# La Cascade des loups

Antonin Malroux

# La Cascade des loups

ÉDITIONS FRANCE LOISIRS

Édition du Club France Loisirs,
avec l'autorisation des Éditions Calmann-Lévy.

Éditions France Loisirs,
123, boulevard de Grenelle, Paris.
www.franceloisirs.com



ISBN : 978-2-298-06329-5

# Avant-propos

Je me souviendrai jusqu'à mon dernier jour des mots de mon grand-père, ceux prononcés chaque soir lorsque nous poussions le loquet de la porte de la maison, en fermant la nuit dehors.

Ils clôturaient la journée et donnaient le signal du moment de rejoindre mon lit dans la chambre voisine. J'aurais bien voulu qu'il me contât encore une histoire mais mes grands-parents avaient l'habitude de se coucher tôt. La télévision n'existait pas et on allumait simplement le poste radio pour écouter les informations. Le temps béni des vacances ou « l'herbe était bien haute et mes genoux bien petit ».

« Demain, il fera jour ! » Les voilà ces quelques mots plus merveilleux qu'un discours. Le lendemain serait rempli de surprise, c'est ce que cela voulait dire.

J'avais alors ce bonheur immense d'imaginer la journée qui viendrait…

Au cœur de ce roman, Denis Cabreloche attendra indéfiniment le retour de sa mère dont l'image vivante a disparu de sa mémoire. Une simple photo sur la table de nuit attirera parfois son regard. Elle sera le socle du doute, du manque, de l'ennui et pire parfois.

Je n'ai pas pu lui souffler : « Demain, il fera jour » ; je n'en avais pas le droit. Tout au plus l'ai-je accompagné dans sa vie, cette vie où l'espoir peut mourir aussi.

Près de la cascade, sans que l'écume de celle-ci n'offrît jamais le moindre arc-en-ciel, Denis pouvait percevoir le hurlement des loups…

# 1

– Emma, voudrais-tu jeter un œil sur les bêtes ? Il n'y a guère de quoi brouter et faudrait pas qu'elles aillent chez les voisins, c'est déjà arrivé… lui dit son père.

Août 1924. Sur le versant sud d'une douce colline où le soleil s'amuse à ne pas vouloir s'en aller précipitamment pour accomplir son funeste et quotidien destin, quelques toits signalent un tout petit village. Maisons, granges et pauvres abris se tiennent compagnie, simplement séparés par les volutes de verdure venues se planter là, utiles quant aux arbres fruitiers, inutiles pour d'autres mais s'accrochant eux aussi à cette terre leur appartenant de par le temps. Des haies sauvages de noisetiers soutiennent parfois les talus des chemins. De vieux chênes agressés et meurtris dans leur chair par des clous de ferrailles soutenant encore des barbelés, résistent aux orages et à la foudre qui parfois les démembre atrocement.

Le hameau avait été baptisé Costesoleil, et au pays on affirmait que c'était là le meilleur nom qu'on eût pu trouver pour ce lieu recevant de l'aube au crépuscule les bienfaits de l'astre du jour. Le village dépendait de la commune de Braillac.

Les jardins se dissimulaient derrière des murs de pierre sèche et le puits avec sa margelle et sa petite toiture pointue décorait les lieux.

Une famille vivait ici, un couple de paysans avec leur fille, Emma, âgée de dix-neuf ans, aussi discrètement que le sont les petits chemins tortueux de la région. Les parents, Émile et Marie-Thérèse Cabreloche, travaillaient dur comme tous les agriculteurs dans ces petites fermes de campagne ; il fallait vivre et le courage ne leur manquait pas.

Ces temps derniers, la fille avait la tête ailleurs. À dix-neuf ans, c'est bien naturel lorsqu'un jeune homme est au cœur de ses pensées.

Bien qu'il n'y eût point d'urgence, les parents auraient vu d'un bon œil la venue d'un gendre dans leur propriété héritée des anciens Cabreloche disparus prématurément. Quelques prétendants s'étaient présentés… Emma ne les trouvait pas à son goût, jusqu'au fils du plus proche voisin, un homme de trente-neuf ans qui fut éconduit comme les autres malgré un futur héritage conséquent.

Marie-Thérèse et Émile serraient les dents et espéraient toujours. Emma les secondait autant qu'un homme eût pu le faire et même davantage, nulle tâche ne la rebutait. Un vrai garçon au travail, une jolie fille le dimanche où elle accompagnait sa mère à la messe, pratique immuable de la famille. Émile ne s'y rendait que pour Pâques !

Emma, aux yeux noisette, cheveux mi-longs et bruns, l'allure sportive et le caractère bien trempé, n'avait jamais exprimé le souhait de quitter ses parents. D'ailleurs, depuis son certificat d'études, elle assurait comme le deuxième homme de la maison bien que fort mince et au sourire ravageur.

Les grands travaux de l'été terminés, Emma s'accordait, en plus des dimanches, de longs moments de loisirs dans la commune de Braillac.

Entre jeunes, il fallait se rencontrer, boire un coup au *Café Bleu*. Sur cette salle mal éclairée et souvent enfumée régnait la mère Poulardi, la patronne, ayant plus de soixante ans mais toujours présente et aimant cette jeunesse qui trouvait chez elle « bénédiction pour propos osés ».

Plus loin, une modeste auberge proposait quelques chambres avec pension aux vacanciers osant s'aventurer à Braillac ou qui avaient souvent quelque parenté avec des gens d'ici.

Cette année-là, un couple avec leur enfant et un ami logeaient à l'*Auberge des Buis*. Plus tôt que prévu, le couple dut rejoindre Paris, et leur ami, prétendument en convalescence, continua son séjour et fit connaissance avec les jeunes du village dont Emma.

Il s'appelait Ludovic Moissin et n'avait pas plus de vingt-neuf ans. Il avait plu immédiatement à la jeune Cabreloche qui, bravant quelques interdits, ne s'en cachait pas. Le beau Parisien travaillait avec ses parents à la capitale. Lui aussi n'avait pu résister au charme d'Emma…

– Tu as bien la tête ailleurs, lui disait son père l'observant plus que d'habitude. Me cacherais-tu quelque chose, ma fille ?

– Laisse-la donc tranquille, intervenait Marie-Thérèse prenant sa défense. C'est l'été et les jeunes ont besoin de se rencontrer au village. Tant que ce n'est pas pendant la nuit…

– Y a pas besoin de la nuit pour faire de mauvaises rencontres, reprenait le père.

Emma souriait en voyant ses parents se chamailler de la sorte à son propos, d'autant plus qu'il se passait bien quelque chose… et si elle se retenait de les informer, c'était que le jeune homme en question, venant de Paris, ne leur plairait pas. Un Parigot pour une Cabreloche, pensez donc, ce ne pouvait pas convenir.

– Je voudrais bien quelques après-midi pour voir mes amies ; les gros travaux achevés on peut souffler maintenant.

– Tant que ce n'est pas la nuit, reprit le père en guignant Marie-Thérèse, sans doute pour adoucir son attitude.

Le temps du jour semblait décidément les rassurer…

– Merci, père, le travail n'en souffrira pas, promis !

Avant de s'en retourner à ses terres, Émile Cabreloche lui dit en fermant légèrement les paupières :

– Parmi ces amies, comme tu dis, n'y aurait-il pas un garçon par hasard ?

Il ne lui laissa pas le temps de répondre et lui

tourna le dos sans doute pour ne pas l'ennuyer. Elle le regarda s'éloigner, pensive.

– Faut bien voir du monde, Emma, tu vas avoir bientôt vingt ans, je ne voudrais pas de toi comme vieille fille, il ne manquerait plus que ça…

Emma se rapprocha de sa mère et tout doucement lui confia à l'oreille :

– J'ai fait la connaissance d'un garçon qui me plaît et je sais que je lui plais aussi. C'est un Parisien.

– Celui de l'auberge ?

Elle fit oui de la tête.

– Comment se fait-il qu'il vienne ici, à Braillac, tout seul ?

– Il est arrivé avec un couple qui a dû repartir d'urgence à Paris, je n'en sais pas plus.

Elle ajouta ce qu'elle connaissait de lui et de son travail comme associé de ses parents dans un restaurant près du quartier de la Bastille.

La mère fronçait les sourcils, comme un homme parfois, lui conférant un air dur.

– Ça ne me plaît pas bien, il ne travaillera jamais à la ferme de ton père. Si t'avais pu en trouver un autre, comme ton amie la Marcelle qui se marie dans une huitaine de jours, vois-tu, ça nous aurait fait plaisir. Voilà un couple qui n'aura pas de soucis pour l'avenir…

Marie-Thérèse ne parla plus et toutes deux marchèrent un moment en fixant le sol… Puis la mère lâcha :

– J'espère qu'il partira le plus tôt possible…

Emma garda la tête baissée, peu disposée à provoquer une discussion qui s'avérerait houleuse.

Ludovic ne lui avait encore rien demandé mais lui avait avoué qu'il était follement amoureux d'elle. Les jours suivants, ils se rencontrèrent davantage et la jolie Emma en quête du grand amour écoutait, le cœur ouvert à ce que personne ne lui avait encore dit avec cette manière si douce… Elle n'entendait plus ses parents la mettre en garde, elle n'entendait que Ludovic.

Les jours passaient et le Parisien demanda à rencontrer les parents d'Emma, sans doute pour les rassurer sachant que leur relation ne plaisait guère. Les bruits courent bien vite dans les villages, surtout ficelés de jalousie.

Ludovic rencontra les Cabreloche un après-midi, vers 17 heures. Emma le présenta comme un ami, comme son ami. Après quelques banalités, Émile posa directement la question qui brûlait ses lèvres :

– Connaissez-vous le travail de la terre, jeune homme ?

Ludovic ne s'embarrassa pas de fioritures :

– Absolument pas, je travaille dans la restauration, en famille, en attendant le jour où je prendrai la succession, une affaire lucrative.

– On va boire un coup tout de même et j'espère que vous m'en direz davantage. Je ne donnerai pas ma fille à n'importe qui, croyez-moi…

Ludovic encaissa sans broncher. Il découvrit à ses dépens le comportement des paysans, ceux qui vivent de leur terre, la conservent comme leur bien le plus précieux et la transmettront à leurs enfants.

Céder sa fille à un Parisien ne correspondait pas aux desseins d'Émile et Ludovic le savait désormais. Mais entre ces deux hommes, il y avait Emma, et Ludovic en était très amoureux. C'était réciproque, sans aucun doute.

Émile l'avait compris et tenta plus tard d'exposer à sa fille les possibles dangers de la situation.

– Cet homme n'a qu'une envie, que tu sois sa maîtresse, dit-il à Emma. Nous n'avons que toi, et nous aimerions tant que…

– Je sais, père, mais j'ai peut-être droit au bonheur, moi aussi. Il est plus âgé que moi et alors ? On peut aussi vivre autrement que derrière ses vaches !

Cabreloche prit le boulet en plein cœur.

– N'en parlons plus, ma fille, je dois être trop vieux pour admettre tes arguments ; le temps a passé trop vite, mais je suis certain que tout va rentrer dans l'ordre dès qu'il sera parti d'ici.

Émile s'éloigna et rejoignit Marie-Thérèse.

– Ce garçon a l'âge de trousser toutes les filles, je suis très inquiet au sujet d'Emma.

– Il ne s'est rien passé entre eux, Emma me l'a juré. Mais je sais qu'ils sont follement épris l'un de l'autre.

– Qu'avons-nous fait au bon Dieu pour mériter ça ?

Marie-Thérèse ne trouvait plus les mots pour rassurer son mari. Les jours passèrent et fin août arriva.

– Ludovic va partir, annonça Emma à ses parents.

Ceux-ci restèrent impassibles en présence de leur fille mais au fond d'eux-mêmes l'angoisse diminuait. Il partait, tant mieux ! Emma ne semblait pas très triste de ce départ, ce qui les rassurait.

– Elle est plus raisonnable qu'on l'aurait imaginé, dit Émile à son épouse, ce départ m'enlève un poids…

À leur grande surprise, Ludovic vint les saluer la veille de son départ, ce qui eut pour résultat d'installer un certain malaise lorsqu'il leur dit qu'ils se reverraient bientôt. Émile ne put s'empêcher de lancer ironiquement :

– Vous compter vous installer au pays, vous y auriez pris goût ?

Il n'y eut pas de réponse mais dans le regard complice qu'échangèrent Emma et Ludovic, Émile et Marie-Thérèse comprirent ce qui se tramait entre ces deux-là.

– Vous voulez nous prendre Emma, n'est-ce pas ?

– Je souhaiterais la présenter à mes parents pour commencer…

Les sourcils se haussèrent. Le faible espoir des jours précédents s'envolait d'un seul coup et, les bras ballants, Émile tourna les talons suivi de Marie-Thérèse. Il n'y avait plus rien à dire, plus rien à faire. Emma raccompagna Ludovic sur le chemin et tous deux disparurent derrière la haie sauvage des noisetiers.

Émile demeura une bonne demi-heure assis sur le banc près de la grande table, les coudes posés sur elle et la tête entre ses mains ; son regard ne se fixait sur rien.

Marie-Thérèse tournait dans la pièce mais n'intervenait pas auprès de son homme. Puis Émile se leva, franchit le seuil de la maison et partit en direction de ses terres, accompagné de son chien Casse. Il n'y avait que cette bête pour manifester un peu de joie et s'approcher des jambes de son maître, heureuse de cette sortie.

De fort mauvaise humeur et noyé de chagrin, Émile l'écarta d'un mouvement de pied si fort que l'animal couina.

– Laisse-moi tranquille, c'est pas le moment de traîner dans mes jambes, allez, fous le camp !

Casse suivit alors son maître à quelques mètres derrière, la queue et les oreilles basses, peu habitué à ces manières.

Les pensées se bousculaient dans la tête d'Émile, le paysan de Costesoleil, face à l'imminence du danger. Nul n'est maître du destin des autres, fût-ce celui de sa fille unique, se disait-il, mais tout de même…

Combien de temps marcha-t-il dans cette campagne qu'il connaissait parfaitement ?

Il avait fini par s'asseoir près d'une fontaine, son chien près de lui, et lui parlait maintenant doucement tout en se désaltérant.

– Vois-tu ce qui nous arrive ? Ce Parisien est capable de me prendre ce que j'ai de plus cher au monde. Bientôt, elle sera majeure et je n'aurai plus aucun droit, aucune autorité pour la retenir. Je ne t'ai jamais infligé ni collier ni laisse, mon brave chien, et tu es toujours resté fidèle. Peut-être est-ce la solution pour Emma ? Ça me fait si mal… Marie-Thérèse me cache sa peine, c'est évident, elle doit souffrir comme moi sinon davantage. Je ne suis qu'un égoïste, voilà ce que je suis, mais me faire à cette idée me laboure la cervelle !

Lorsqu'il rentra, Marie-Thérèse et Emma avaient assuré la traite, elles l'attendaient. Les couverts s'impatientaient sur la lourde table. Il s'assit et mangea sa soupe dans un silence épais, seulement troublé par les *slopps* s'échappant de sa bouche, le raclement des cuillères contre les assiettes et le tic-tac de la vieille pendule.

Émile, ne pouvant se retenir davantage, questionna sa fille qui s'était levée :

– Tu as décidé de suivre ce Parisien ? L'affaire est donc conclue ?

Se peignaient sur son visage de la tristesse et de la haine difficilement contenues. Emma écarta les bras de ses hanches et les laissa retomber dans un signe d'impuissance et de résignation.

Émile fixait sa femme d'un air dépité, lui reprochant à travers ce regard la faute de sa fille.

– As-tu essayé de la retenir ? Que vas-tu faire sans Emma, nom de Dieu ? Est-ce que tu te rends compte de la situation ? Nous allons nous retrouver là, comme des vieux cons, à attendre je ne sais quoi…

Si la haine avait quitté son visage, le désespoir l'avait amplement remplacée. Marie-Thérèse répondit maladroitement :

– Elle n'est pas encore partie et peut-être ne partira-t-elle pas ? dit-elle en implorant Emma.

– J'avais imaginé autre chose pour nous tous… ajouta le père.

Émile quitta la table sans dire un mot et rejoignit sa chambre.

Le lendemain, alors qu'Émile Cabreloche s'occupait dans le champ voisin, Emma quitta Costesoleil. À midi, lorsque le paysan ne vit que deux couverts sur la table, il s'arrêta tout net à l'entrée de sa maison. Marie-Thérèse pleurait. Ils se regardèrent tous deux.

– Assieds-toi, Émile, lui dit-elle.

– Est-elle partie pour toujours ?

– Tu es fou, elle va revenir d'ici quelques jours. Ludovic veut la présenter à sa famille…

– Et tu l'appelles par son prénom, celui-là ?

– Je ne sais pas comment l'appeler autrement, je ne voulais pas que notre fille soit trop contrariée, comprends-tu ?

– Mais moi, on s'en fout que je sois contrarié, que je souffre de ce départ, car c'est un départ, dit-il en cachant son visage dans ses mains. Pourquoi elle nous fait ça ? Pourquoi ?

– Elle ne t'a pas attendu pour ne pas te faire trop de peine, voilà ses derniers mots. Elle s'est éloignée juste pour quelques jours, elle me l'a promis.

– As-tu essayé de la retenir au moins ?

– Ne nous déchirons pas, Émile, je t'en conjure, c'est déjà tellement cruel.

– Quel jour sommes-nous aujourd'hui, je perds un peu la tête en ce moment…

– Vendredi 29 août 1924, et je ne suis pas prête à l'oublier, répondit-elle en s'affalant sur le banc, les yeux noyés de larmes.

– J'espère que dans deux ou trois jours, elle sera là, sinon…

– Assieds-toi, ne reste pas là comme une statue, on dirait que tu n'es plus de la maison en restant comme ça.

Il s'approcha, posa sa main sur l'épaule de Marie-Thérèse et s'assit enfin.

# 2

Les jours suivants, les Cabreloche s'évitèrent du regard tant y lire l'attente et le doute devenait pénible. Une semaine déjà qu'Emma avait quitté Costesoleil et pas la moindre nouvelle. Le couple évitait de se rendre à Braillac, craignant des questions gênantes. Il fallait pourtant se rendre à l'évidence. Marie-Thérèse Cabreloche s'arma de courage et se rendit à l'*Auberge des Buis* où avait séjourné Ludovic, prétextant qu'elle devait lui faire parvenir un paquet…

– Je n'ai plus son adresse, figurez-vous que je ne l'ai pas gardée. On note souvent au crayon pour pouvoir effacer lorsque les clients sont partis. Ce n'est pas très réglementaire mais, entre nous, avec les impôts, on essaie de se débrouiller…

Une étrange sensation lui étreignant le cœur, Marie-Thérèse s'en retourna à sa ferme, bredouille.

– Il faut bien trouver quelque chose à dire aux gens, on ne peut pas toujours vivre comme des sauvages, on n'est pas des voleurs ! s'exclama Émile.

– C'est facile à dire mais le jugement des autres, ça fait beaucoup de mal…

Et chacun s'affairait à son travail, pour oublier l'inoubliable…

Midi n'allait pas tarder à sonner lorsque le facteur se présenta chez les Cabreloche ; sa silhouette se dessinait dans l'encadrement de la porte ouverte.

– Vous avez une lettre, lui annonça le préposé de la poste.

Instantanément, Marie-Thérèse déclara :

– C'est sûrement de notre fille, elle fait un essai à Paris…

L'homme resta muet face à cette nouvelle et en resta la bouche ouverte de surprise, à peine s'il put ajouter :

– À Paris ? Vous avez bien dit à Paris, madame Cabreloche ?

– Et qu'est-ce qu'il y a de si drôle dans tout ça, monsieur le facteur ?

– Pardi, c'est bien normal à son âge, il y en a bien d'autres qui vont à *Paris*…

Il avait tellement appuyé sur le nom de la capitale que Marie-Thérèse sentit la moquerie mais releva simplement :

– Il n'y a pas qu'au cul des vaches qu'on peut gagner sa vie, monsieur le facteur. À la prochaine fois et merci !

Il rajusta sa casquette, fit semblant de ranger des lettres dans sa sacoche presque vide et disparut en grommelant. Pas heureux, le bougre !

Dès qu'il se fut éloigné, Marie-Thérèse courut à l'extérieur pour annoncer la nouvelle à son mari.

Dès qu'elle l'aperçut, elle lui montra la lettre en la levant bien haut.

– Viens, Emma nous a écrit, dépêche-toi…

Puis elle se rendit dans la maison, prit un couteau et délicatement trancha l'enveloppe en prenant bien soin de ne pas couper la missive à l'intérieur.

– Quand même, ma petite Emma, tu penses à nous ! Il me tarde de savoir ce que tu vas nous dire. Sans doute la date de ton retour…

Casse, qui traînait par là, s'était arrêté de tourner et la regardait, assis sur son derrière comme s'il comprenait. Mais au moment où elle allait lire la lettre, elle s'aperçut que ses mains n'étaient pas trop propres et elle se hâta d'aller vers la souillarde et de faire le nécessaire. Elle jeta un dernier coup d'œil vers la porte, et même plus loin, pour voir si son homme arrivait enfin.

– Ces hommes ! maugréa-t-elle.

Elle lisait maintenant, sur le seuil de la maison où la lumière rentrait à profusion. Elle dévorait les phrases les unes après les autres tandis que, petit à petit, son visage se fermait.

– Viens donc au plus important, marmonna-t-elle.

Ses mains s'agaçaient à tenir la page noircie d'une belle écriture. Les mots attendus manquaient. Ses bras retombés le long de son corps, le papier blanc au bout de ses doigts, elle affichait une mine dépitée. Elle alla s'asseoir à l'intérieur et relut la lettre. Les nouvelles n'étant pas bonnes, elle relisait encore une fois pour voir si elle n'avait pas sauté un mot, un bout de phrase, dans sa précipitation.

Émile entra et, la voyant assise là, le regard ailleurs, sut. Elle lui tendit du bout de sa main la feuille un peu froissée et croisa ses bras sur sa poitrine.

– Ça ne va pas, on dirait. De mauvaises nouvelles ?

Elle fit un geste de dépit pour toute réponse. Émile comprit très vite. Pas un mot sur son retour.

– Nom de Dieu, ce putain de Ludovic nous l'a volée ! C'est foutu, ma pauvre femme… Il faudrait un tremblement de terre pour que nous la revoyions.

– Les tremblements de terre, ça existe ! cria Marie-Thérèse. Je l'attendrai toujours et à partir de cet instant !

Émile posa la lettre sur la table et dit à sa femme qu'il voyait désespérée :

– Nous l'attendrons tous les deux, excuse-moi, oui, nous l'attendrons tous les deux. Elle arrivera comme d'habitude, lorsqu'elle revient du village, par le chemin qui borde le jardin…

Puis le silence s'installa, ce silence qui devrait durer bien du temps.

Les jours passaient, Emma ne revenait pas. Pourquoi n'avait-elle pas donné son adresse dans son courrier ? Un mystère de plus mais un indice fort, trop fort pour qu'il fût anodin.

Marie-Thérèse pensait de plus en plus à l'attitude qu'elle avait eue avec sa fille lorsque celle-ci lui avait parlé plusieurs fois de son envie d'aller à Paris par le passé. Elle ne l'avait pas encouragée, certes, mais n'avait manifesté aucune interdiction. Marie-Thérèse savait que la vie d'une jeune femme attachée à la terre et promise à un mariage entre paysans n'apportait pas le bonheur. Elle l'avait vécu lorsqu'elle avait épousé Émile qui avait encore sa mère et dont elle fut la « servante » jusqu'à sa disparition. Elle avait subi le mépris, n'ayant rien apporté en biens à la famille. Émile lui avait demandé d'être patiente, toujours et en vain.

Aujourd'hui, malgré sa peine, elle priait pour que sa fille trouvât un bonheur différent du sien, jusqu'au risque de l'éloignement. Mais éloignement ne voulait pas dire rupture…

Marie-Thérèse gardait pour elle ses pensées, ses espoirs. Émile avait les idées ailleurs, il attendait Emma, elle allait revenir, elle ne pouvait pas quitter la ferme ainsi. Que deviendrait l'exploitation sans elle ?

Ayant dit au facteur que sa fille avait décidé de faire un essai à Paris, Marie-Thérèse se félicitait de cette trouvaille inopinée. Emma travaillait pour un temps dans la restauration… Voilà qui clouait le bec aux curieux et malintentionnés. Certains de ses amis demeuraient cependant dubitatifs. Émile avait trouvé la formule adroite et félicité sa femme.

– Vous les femmes, vous savez vous sortir de toutes les situations. En te disant ça, je pense aussi à notre fille…

Plus d'un mois plus tard, en octobre, une deuxième lettre fut apportée par le facteur qui ne fit aucun commentaire… Rien de nouveau, elle travaillait. Elle ne parlait pas de Ludovic et c'était bien là ce qui tourmentait ses parents. Mais où habitait-elle ?

Vers Noël, elle leur annonça qu'elle ne pourrait pas venir, débordée de travail.

– Ce sera le premier Noël de notre vie sans notre petite, nom de Dieu ! Pourquoi cette attitude ? jurait Émile.

– C'est pas en jurant ainsi que tu la feras revenir, mon pauvre mari.

– Je ne mettrai pas les pieds à l'église le 24 au soir !

– J'irai, moi, et toute seule, que peut-il m'arriver de plus maintenant ?

Émile ronchonna dans son coin, incapable de trouver une solution et convaincu que seul le temps lui ramènerait son enfant unique.

Le couple Cabreloche réalisait donc seul les travaux de l'exploitation. La saison hivernale ralentit l'activité et prolonge les heures près du feu brûlant dans le cantou.

Cette année, on évitait de lancer des invitations aux amis pour une partie de cartes, de casser les noix, de parler politique entre hommes et de papoter entre femmes, l'ouvrage de tricot entre les mains. La maison s'habillait de tristesse et la chambre d'Emma restait irrémédiablement vide, ce qui n'empêchait pas Marie-Thérèse d'ouvrir les volets tous les jours et de passer la main machinalement sur l'édredon de satin du lit pour supprimer une invisible froissure.

Décembre s'acheva et janvier le suivit comme à son habitude sans changement notoire dans la vie des habitants de Costesoleil.

Ce ne fut que fin février qu'une autre lettre leur arriva.

Madame Cabreloche la lut en premier et la tendit à son homme qui attendait tout en maîtrisant son impatience.

– Nous voulions des nouvelles ? En voilà, et de très surprenantes ! Assieds-toi, tu pourrais tomber par terre, mon pauvre mari.

Il prit un moment avant d'entreprendre la lecture, essayant de deviner sur le visage de sa femme la nature de ces nouvelles. Il consulta l'enveloppe, son recto et son verso.

– Et toujours pas d'adresse, que pouvons-nous faire ?

– Tu vas être grand-père ! Ils doivent attendre pour le mariage ! Ludovic doit attendre... Le voilà enfin, celui-là, il est donc en vie...

– Tu aurais pu me laisser lire, je sais encore...

La feuille tremblait dans ses mains lorsqu'il se glissa vers la cheminée, s'assit sur la bergère, à l'endroit le plus éloigné comme pour se cacher alors qu'il n'y avait personne mis à part son épouse et son chien. Il avait honte d'avoir entendu le principal de la bouche de sa femme. Il lisait péniblement car peu de lumière arrivait dans cet endroit en fin de matinée.

– Tout est clair maintenant. Mes craintes se vérifient. Elle a suivi un gigolo qui l'a embobinée, lui a fait un petit et ne l'épouse même pas ! J'ai envie de le tuer !

Il jura si fort que sa pauvre femme n'arriva pas à le calmer ni à le raisonner.

– Nous sommes foutus, dit-il enfin, foutus ! Et la risée de tout le monde ! Notre travail si dur a servi à quoi ? À qui ?

Il se dirigea vers la porte et Marie-Thérèse sut qu'il se rendait dans la cave. Il soutira deux bouteilles de vin au tonneau, revint et, prenant un verre, s'assit à la table. Il se mit à boire sans discontinuer, verre après verre, et de son regard mauvais chargeait son épouse de tous les maux de la terre.

Elle subissait sa rage, mais aussi son immense chagrin. Il entama la deuxième bouteille qu'il ne put achever et s'endormit, affalé sur la table. Il sentait la vinasse et respirait mal, la lippe baveuse. Elle donna alors libre cours à ses larmes.

Deux bonnes heures avaient disparu de sa mémoire lorsqu'il se réveilla. La pièce était vide, le feu presque éteint. Il sut qu'il n'avait pas déjeuné et demeura là, sans rien faire ni savoir quoi faire, les bras croisés. Il essayait de se rappeler et au bout d'un long moment il se souvint…

Il ranima le feu tant bien que mal et rejoignit l'étable où les bêtes ruminaient, elles aussi. Il faisait encore trop froid pour qu'elles rejoignissent les pâtures.

Marie-Thérèse, assise sur quelque chose qui ressemblait à un siège en planches, attendait, Casse à ses côtés.

Voyant son homme arriver, elle lui demanda simplement :

– Veux-tu manger un morceau ? Tu n'as rien pris ce midi.

– J'ai pas les idées à manger, j'ai remis le feu, tu peux rentrer…

Il prit la place de sa femme et garda son chien tout près de lui, le caressant généreusement.

– Ma pauvre bête, si tu savais…

L'histoire de leur fille leur échappait totalement, d'autant que quelque temps plus tôt rien de tel n'aurait paru concevable. Ah, non ! Rien !

Ils acceptèrent la nouvelle bon gré mal gré et continuèrent de travailler à leur exploitation.

– Si nous n'y arrivons pas nous demanderons de l'aide pour les gros travaux. Nous n'avons que la quarantaine et, avec notre bonne santé, nous pourrons mettre les bouchées doubles. Elle finira bien par nous revenir, notre Emma, et puis nous savons que nous aurons un petit-fils ou une petite-fille… Va savoir, peut-être que nous l'aimerons comme nous aimons Emma !

Ils voulaient espérer. Le printemps arriverait ; tout change au printemps, la vie sourd de partout et l'espoir aussi.

À Paris, le 15 juin, un petit-fils naquit.

*Nous l'avons nommé Denis, il est beau et plein de vie. Ne vous inquiétez pas, nous allons bien tous les trois !*

– Elle va nous faire tourner en bourrique ! Elle nous annonce ça comme elle nous dirait : j'ai acheté de la farine pour faire un gâteau… Mais c'est de mon petit-fils qu'il s'agit, nom de Dieu ! hurlait Émile.

– Tu as raison, mon pauvre homme, tu as raison mais nous le verrons un jour, ce petit, ce n'est pas possible autrement, non, ce n'est pas possible autrement. Vois-tu, nous allons acheter un petit lit d'enfant de bois clair et le placerons dans la chambre d'Emma, ça nous permettra d'attendre et quand elle nous l'emmènera, il aura déjà sa place dans la maison des Cabreloche…

Émile se calma, Marie-Thérèse avait bien souvent les mots justes et savait examiner la situation avec calme et circonspection, au contraire de son mari.

– Ce petit, c'est tout ce qui me reste de ma fille qui nous a abandonnés. À force de l'imaginer, je ne sais plus comment elle est faite mais ce petit, il doit nous ressembler et comme c'est un garçon, c'est à moi qu'il ressemble évidemment…

Ils se retinrent pourtant d'être heureux tant ils leur manquaient bien, les détails sur cette naissance, et toujours pas d'adresse d'Emma.

Marie-Thérèse monta dans la chambre vide et se recueillit face au petit lit qui attendait. Elle arrangea d'une main presque tremblante les couvertures, comme à son habitude, et dit tout haut ces quelques mots, cette prière :

– Nous t'attendons, petit Denis, ne tarde pas à nous venir, s'il te plaît… S'il te plaît, répéta-t-elle encore.

Elle coupa une brassée de lilas et la posa dans un vase près de la fenêtre. Emma aimait les lilas.

Souvent elle observait Émile, sachant pertinemment que ce tout petit homme en devenir l'aiderait à vivre, lui, le cultivateur de Costesoleil qui avait consacré sa vie à Emma en attendant un fils qu'elle n'avait pu lui donner.

Marie-Thérèse devinait parfois une lueur d'amour pour le tout-petit dans les yeux du grand-père lorsque tous deux en parlaient, et ça la rassurait.

Ils n'en pouvaient plus de garder le silence sur leur vie, sur ce secret. Les gens du village ne leur posaient plus de questions mais ça n'en était que pire.

Madame Cabreloche décida un jour de rencontrer monsieur le curé. Lui au moins pouvait écouter ce que ces parents avaient sur le cœur, il en avait entendu bien davantage.

Émile n'exprima pas son accord pour cette démarche. De toute manière, sa femme ne tiendrait pas compte de son avis.

Le curé reçut Marie-Thérèse et ils s'entretinrent des événements. Il n'échappa pas à la paysanne que le prêtre en savait beaucoup sur cette affaire et s'était abstenu d'en parler.

– Ce qui est le plus surprenant, c'est bien sûr qu'elle ne vous donne pas d'adresse à Paris pour la joindre. Cependant, elle informe régulièrement et voilà le plus rassurant tout de même. La venue de son enfant, de votre petit-fils, est ce qui la ramènera, je pense. La messe de dimanche lui sera consacrée dans la discrétion, comptez sur moi.

L'essentiel avait été dit et si Marie-Thérèse se rendit le dimanche à l'église de Braillac, Émile ne bougea pas de chez lui.

Les travaux de la ferme prirent tout le temps de l'été et les Cabreloche travaillèrent pour trois. Puis l'automne s'étira. Noël se préparait tandis que dans le cœur des gens de Costesoleil, une inquiétude grandissante s'installait. Il fallait tenir et ils tinrent.

Une petite carte leur arriva enfin. Denis allait pour le mieux... Il penserait à ses grands-parents pour Noël et les embrassait tendrement. Rien de plus !

Marie-Thérèse installa un petit sapin décoré de trois bricoles brillantes dans la chambre d'Emma. Chaque matin, Émile regardait le ciel et son regard devenait de plus en plus sombre.

Puis un jour, un éclair passa dans ses yeux, un sourire s'esquissa sur ses lèvres.

– Ce petit Denis porte notre nom, je viens tout juste d'y penser... En attendant, c'est un Cabreloche de plus pour le pays ! Je m'en vais le rappeler à sa grand-mère...

# 3

Un jeune cœur battait bien loin des Cabreloche mais c'était un Cabreloche, du moins pour le moment, et cela avait tout de même une certaine saveur. Les jours et les mois avaient le goût amer de l'attente. Alors de la patience, il en fallait copieusement.

Plus de nouvelles, hélas ! Près de deux années sans lettre de Paris. Ce n'étaient pas les messes qui changeaient grand-chose sinon d'espérer toujours.

– Et s'ils étaient morts ? dit Émile. Crois-tu qu'on nous aurait prévenus ? Est-ce qu'une personne à part eux sait que nous existons ? Je n'en suis pas certain…

Marie-Thérèse, à bout d'espoir, commençait à croire ce que lui disait son mari.

– Denis va avoir deux ans en juin, te rends-tu compte ? Deux ans ! Denis doit déjà savoir courir, comme tous les petits de cet âge.

Et Émile se grattait la barbe, les pensées on ne sait où ; le savait-il lui-même ?

La comtoise venait de sonner quatre coups dans la maison des Cabreloche et un petit casse-croûte se préparait, rien d'extraordinaire mais les quatre-heures chez les paysans avaient leur importance.

– Nous aurons bientôt terminé de planter les pommes de terre.

– Encore demain après-midi et ce sera fini pour cette année, répondit tout naturellement Marie-Thérèse.

À peine avait-elle fini que Casse fila à l'extérieur sans aboyer. Des pas résonnaient près de la maison.

– Ce n'est pas un étranger si Casse n'aboie pas…

Soudain, face à la porte d'entrée toujours ouverte, apparut une femme avec un enfant dans les bras. Marie-Thérèse se leva d'un bond et cria :

– Emma, ma petite Emma ! Et le petit Denis, merci mon Dieu !

Émile avait refermé son couteau et s'avançait vers sa fille déjà débarrassée du petit par Marie-Thérèse.

Comme il la serra dans ses bras, incapable de la lâcher, sans rien dire et laissant couler des larmes sous ses paupières closes.

La grand-mère couvrait le petit Denis de baisers tendres et fous. Puis elle arracha Emma à son homme.

– Laisse-moi-la un peu ma fille !

Ce fut un moment d'intense bonheur pour les quatre Cabreloche enfin réunis. La joie empêchait ou tout au moins avait l'avantage de retarder les questions qui brûlaient les esprits.

– Donne-moi ce petit et viens t'asseoir, nous allions faire quatre-heures, comme d'habitude.

Emma n'entendait plus les mots de ses parents, elle regardait autour d'elle pour s'approprier ce qui semblait avoir disparu de sa mémoire. Casse lui collait aux jambes, il ne l'avait pas oubliée.

Elle respirait l'odeur de la pièce principale, salle où la vie de famille se déroulait dans les campagnes, où elle avait grandi, d'où elle s'était échappée un jour.

– Il y a un lit pour le petit dans ta chambre, nous vous attendions…

Elle voulut répondre mais n'y parvint pas. Émile l'observait et, craignant le pire, osa lui demander délicatement :

– Tu reviens à la maison, Emma ? Tu reviens chez nous, n'est-ce pas ?

Marie-Thérèse s'aperçut qu'elle n'avait aucun bagage si ce n'était ce gros sac qu'elle avait déposé près de la porte. La crainte la saisit, puis la panique s'empara d'elle.

– Emma ? Emma, tu ne réponds pas à ton père ? Il t'a posé une question, dit-elle en adoucissant sa voix.

Marie-Thérèse donna Denis à Émile et se planta devant sa fille, suppliante :

– Emma ? Emma ? Que se passe-t-il ?

– Je dois repartir tout à l'heure, on m'attend.

– Ludovic a peur de se montrer ? Dis-lui qu'il rentre, on ne le mangera pas, celui-là.

– Ce n'est pas Ludovic. Ludovic s'est absenté pour un long voyage et son frère prend soin de moi en attendant. Je suis venue pour vous confier Denis, je serai heureuse que vous vous en occupiez, il ne sera jamais aussi bien que chez vous en attendant, si vous le voulez bien entendu. Je vous enverrai de quoi l'élever pendant quelque temps et vous promets de revenir dès que je le pourrai, ou lorsque son père sera de retour. Paris n'est pas un lieu pour un petit comme Denis avec une maman seule. Je travaille dur pour y vivre.

– Reste donc ici, c'est chez toi, nous t'accueillerons comme si tu n'étais jamais partie, ma fille, reste à Costesoleil, nous t'en supplions !

– Viens voir si ta chambre lui conviendra, dit Émile, en emportant à l'étage le petit qui semblait mort de fatigue.

Une façon de mettre fin aux discussions cruelles qui, loin d'aboutir, creusaient la déchirure.

Denis regardait son grand-père sans manifester de crainte apparente. Il tentait de lui toucher le visage, comme le font souvent les tout-petits, et lui sourit de ce beau sourire d'ange tombé du ciel.

Marie-Thérèse redoutait déjà le départ, une fois encore, de sa seule fille. Elle la prit dans les bras et leurs cheveux se mêlèrent dans les sanglots.

– Tu n'as pas grossi, lui dit sa mère à court de conversation, prends garde à toi… Tu pourrais t'asseoir un moment tout de même…

– J'ai soif, donne-moi de l'eau du puits.

– Pendant que ton père est là-haut, dis-moi quelque chose, tu es si distante, on dirait que tu ne peux pas parler…

Elle lui sourit mais n'en dit pas davantage. Emma semblait enregistrer tous les détails de la maison, sans en laisser échapper aucun.

– J'aime revoir ma maison, tout est en ordre ici, comme toujours, même les petites choses sur la cheminée, le petit pot de terre glaise est là lui aussi… avec un peu de poussière.

Émile, redescendant de la chambre, annonça :

– Il était mort de fatigue ce pitiou, il s'est endormi en quelques secondes…

– Il y a là de quoi le changer, dit-elle en montrant le gros sac. Je vais lui faire un gros bisou car je dois partir…

– Nom de Dieu ! C'est quoi cette affaire ? hurla Émile.

Sa femme lui rappela que le petit avait besoin de dormir… Il sortit et s'appuya contre le mur de sa maison, hors de lui.

– Jamais vu chose pareille, marmonnait-il.

Les deux femmes discutèrent un instant près du lit de Denis et redescendirent.

Emma remit à sa mère une enveloppe contenant l'acte de naissance de Denis, enfant d'Emma Cabreloche, tout simplement. L'emplacement du nom du père demeurait vierge. Le papier estampillé d'un cachet mal appuyé où l'on n'apercevait sur un côté que Paris et un numéro d'arrondissement, le vingtième. Un certificat médical à jour était joint.

Elles s'embrassèrent longuement et Emma sortit de la maison. Elle devina la colère et l'incompréhension du père toujours appuyé contre le mur.

– Je dois y aller, papa, au revoir et merci pour ce que vous ferez tous les deux pour le petit.

– Pourquoi tu nous fais tant de mal, ma fille ?

Elle se blottit contre lui et eut bien du mal à s'arracher de ses bras.

Emma s'en alla comme elle était venue, ses belles chaussures maculées de boue, ses jupons ondulant dans le courant d'air du chemin, sa veste ouverte et ses cheveux brillant sous les rayons du soleil de cette fin mai 1927.

Émile et Marie-Thérèse rentrèrent et s'assirent face à face à la grande table de chêne où le casse-croûte attendait. La pendule vivait sa vie, le chien attendait son morceau de pitance mais là-haut, il y avait un petit être innocent qui respirait doucement son premier bol d'air auvergnat.

Émile, en silence, leva l'index pour le rappeler à sa femme.

– Nous voilà bien, un petit à élever maintenant.

– Ce n'est pas un petit, rétorqua-t-elle, mais notre petit-fils Denis. Nous y arriverons, Émile, toi et moi en sommes capables, et tu verras que le jour où elle le reprendra, nous serons les plus malheureux du monde !

– Tu as certainement raison, en attendant je vais m'occuper des bêtes, je n'ai plus faim.

– Voyons voir ce qu'il y a dans ce paquet, ce sont sûrement des choses modernes...

Chacun des Cabreloche pensait à sa vie qui se préparait désormais à Costesoleil. On parlerait encore dans le village mais ils n'auraient pas honte de montrer ce petit-fils qui allait agrémenter tout de même leur vie pour un moment.

Un mystère demeurait, celui entourant l'absence de Ludovic. L'explication sur son départ sonnait faux. Les parents Cabreloche avaient eu l'intelligence, ou la pudeur peut-être, de n'en point parler. Ils connaissaient le caractère de leur fille.

La vie changea de rythme à Costesoleil et, tout doucement, Marie-Thérèse et Émile devinrent des parents pour Denis.

Quelques lettres arrivèrent, un peu d'argent également, puis elles devinrent rares et la source se tarit avec ce dernier mot :

*J'ai quelques difficultés…*

– C'est un appel au secours, s'était alarmé Émile, et on ne peut rien tenter pour lui venir en aide. J'ai un mauvais pressentiment, Marie-Thérèse, ce Ludovic s'est enfui…

– Heureusement nous avons Denis, c'est ce qui nous reste de mieux. Regarde-le comme il est beau maintenant, il court dans le jardin, sur les chemins, et tout le monde apprécie son joli sourire. La boulangère lui offre toujours une gourmandise et l'épicière aussi. Un rayon de soleil dans notre malheur !

– J'ai rencontré le maire et nous avons bavardé à son sujet. « Il y a pire comme situation, m'a-t-il dit ; le petit est chez lui, au moins il est à l'abri. Elle reviendra un jour le chercher, j'en suis persuadé… »

– Paris transforme les gens, tu vois bien. Essayons de ne penser qu'à Denis.

– Tu sais bien que ce n'est pas possible !

– Hé oui ! Je le sais parfaitement.

Les mois et les années passèrent. Les Braillacois avaient adopté Denis. Un jour, le facteur porta une lettre dont le destinataire était Denis Cabreloche, à Costesoleil. Elle venait de Paris.

– Viens voir ce que le facteur m'a remis, s'inquiéta Marie-Thérèse à l'attention de son mari.

– Ouvre donc, dépêche-toi…

– C'est pour Denis, alors je ne sais pas si…

– Denis ? Denis ? Où est-il passé ?

L'enfant arriva enfin, les mains sales de terre, comme à son habitude.

– Il y a une lettre pour toi, je vais l'ouvrir, Denis.

Une feuille pliée en quatre protégeant la photographie d'Emma. Au dos de celle-ci : *Pour Denis, mon amour !* et pas un mot de plus.

– Tiens, c'est ta maman, mais va te laver les mains d'abord.

Émile demeurait figé sur place. Il regardait sa femme et l'enfant courant vers la maison. Il n'avait guère eu le temps de voir la photo d'Emma car Marie-Thérèse se pressait pour la remettre à son petit-fils qui ne cessait pas de demander : « Elle va venir me chercher, ma maman ? » et ne cessait de répéter ces pauvres mots qui faisaient tant de mal à sa grand-mère.

Denis avait cinq ans et on lui répétait souvent que sa maman viendrait le récupérer… Il regarda la photo de sa mère, ne comprenant pas.

– Ma jolie maman, ma jolie maman, ne cessait-il de dire.

Émile la trouvait belle aussi, quoique trop maquillée à son goût, mais il se tut ; Marie-Thérèse ne pouvant retenir ses larmes l'installa dans la chambre du petit.

Lorsqu'ils étaient seuls, le couple se posait mille questions. Cette photo les intriguait beaucoup.

Un matin, alors que le soleil dardait ses puissants rayons estivaux, un homme se présenta chez eux, que Marie-Thérèse n'eut aucun mal à identifier après quelques secondes.

– C'est bien la première fois que vous nous rendez visite, monsieur Crispane, vous voulez voir mon mari sans doute ?

– Si c'était possible…

– Il est là-bas vers le champ de pommes de terre…

– Je le trouverai, merci, madame Cabreloche.

Émile sulfatait ses rangées de pommes de terre et fut lui aussi surpris de cette visite en plein champ.

– Ce n'est pas bien le moment de déranger mais je voudrais vous parler un instant si vous le permettez. C'est au sujet de votre fille…

Le visage de l'homme au travail changea, et immédiatement Émile arrêta la manœuvre de sa machine sanglée sur son dos.

– Vous savez quelque chose, monsieur Crispane ? Allons discuter un peu plus loin, ici ce n'est pas très propre avec ce produit.

Émile fort impatient questionnait l'homme du regard. Celui-ci ne tarda pas à l'informer :

– Un voyageur de commerce, qui est devenu un de mes amis maintenant, faisait étape chez nous il y a deux jours. Nous avons parlé des Auvergnats de

Paris dont il connaissait quelques amicales et, en toute discrétion, j'ai tenté d'avoir quelques renseignements au sujet d'Emma…

– Vous avez obtenu quelque chose ?

– Il m'a rappelé ce matin même au téléphone. Il m'a donné une vague adresse où une Braillacoise aurait habité quelque temps, sans trop de précisions. Je n'ai pu en savoir davantage, monsieur Cabreloche, mais je suis venu vous donner immédiatement ces informations qui demeureront secrètes entre nous.

– Je vous remercie, monsieur Crispane.

Ces maigres informations lui trottaient dans la tête et peu après, un soir, en parlant avec Marie-Thérèse, il imaginait et se voyait déjà monter à Paris pour la première fois de sa vie. Une faible piste mais une piste tout de même et elle n'était pas à négliger.

Soucieuse, Marie-Thérèse manifestait sa désapprobation quant à ce déplacement à Paris alors que ces informations étaient bien maigres. Et pourtant…

– Peut-être faudrait-il lui écrire, si elle habite à cette adresse, elle nous répondra, nous pouvons essayer, nous ne risquons rien.

La lettre partit le jour même et l'espoir revint petit à petit dans leurs cœurs.

Au bout de huit jours, l'enveloppe leur fut retournée avec la mention : *N'habite pas à l'adresse indiquée*.

– Nous avons bien fait, tu aurais perdu ton temps à Paris.

De nouveau, le temps passa sans aucun espoir de retrouver Emma. Mais Émile attendait toujours et patiemment un indice, un signe quelconque qui pourrait le conduire à sa fille.

Denis avait huit ans, un beau garçon pour son âge, solide et à croquer, disaient les femmes qui connaissaient le manque affectif de l'enfant. Malheureusement, à l'école, certains le chahutaient et se moquaient de lui ; de tout temps, la cruauté des enfants n'a pas ménagé les faibles ou les mal lotis familiaux. Denis n'échappait pas à la règle. Que pouvaient y faire les Cabreloche ? Ils ne se résignaient cependant pas, espérant toujours.

Lors d'une conversation sur la place du marché, quelqu'un parla des Roussial, une famille de cafetiers partie à Paris trente ans auparavant et qui avaient aidé bon nombre d'Auvergnats, et en particulier des Braillacois, à trouver du travail dans la capitale et parfois même de quoi se loger.

Cette information tomba dans la bonne oreille de Marie-Thérèse qui la transmit à son mari. Il se renseigna et décida de se rendre à Paris coûte que coûte, il n'avait rien à perdre.

L'expédition fut programmée et Émile prit le train pour Paris. L'homme s'était bien mis et Marie-Thérèse avait retiré de l'armoire ses habits de sortie. La chemise blanche pliée précautionneusement dans une serviette afin d'éviter le jaunissement, son costume de marié noir, son chapeau et ses chaussures qui lui feraient certainement mal mais c'était sans importance pour lui. Dans une minuscule mallette, il avait emporté de quoi se restaurer pendant le trajet.

Plus le train se rapprochait de Paris, plus il pensait à la tranquillité de son hameau, à son petit Denis, et à sa propre fille, Emma, quelque part égarée. Que le monde était vaste vu de ce train qui le menait à la capitale ! La campagne se présentait plus plate que son Auvergne et, s'il l'avait appris à l'école où il n'était pas resté longtemps, il ne s'en souvenait guère.

Il regardait sa montre mais le temps s'écoulait lentement, il lui tardait de rencontrer cette fameuse personne, seul point de repère possible et cependant incertain.

Il acheta un plan de Paris à son arrivée et se repéra tant bien que mal, dût-il quémander auprès de gens assez aimables pour lui indiquer son chemin.

Face à monsieur Roussial, il ne savait trop comment s'y prendre, aussi avoua-t-il clairement sa situation. Face à ce père montrant tant d'inquiétude, de crainte, et aussi beaucoup de naïveté, en lui précisant que rien n'était vraiment sûr, il lâcha une adresse.

– Vous savez, monsieur, je vois beaucoup de monde passer dans mon café. Quand il y a un problème, on vient me solliciter. Je fais ce que je peux pour aider mes compatriotes, ce qui ne réussit pas toujours. Je ne suis pas une agence de placement.

– Je vais me rendre à cette adresse, c'est tout ce que j'ai pour l'instant et je vous remercie de votre amabilité.

– Je vous souhaite bonne chance !

Tandis que Roussial s'en retournait derrière son comptoir, Émile tenta une dernière question :

– Connaîtriez-vous un restaurateur du nom de Moissin, par hasard ? C'est le nom du propriétaire de cette importante affaire parisienne.

– Je connais tous les restaurateurs de cette ville, croyez-moi, mais ça, Moissin, ça ne me dit strictement rien.

Émile salua l'homme et ne vit pas son petit rire en coin.

Cabreloche se trouva enfin à l'adresse indiquée, face à une entrée d'hôtel. Après avoir vérifié qu'il n'y avait pas d'erreur, il poussa la porte du hall très bien décoré. Accueilli par une charmante dame, il lui demanda s'il pouvait parler à Emma.

– Elle n'est plus ici mais si c'est pour passer un moment…

– Je veux savoir où est Emma Cabreloche, ma fille, c'est tout simple, madame…

La dame avait bien compris et ouvrit un carnet qu'elle parcourut ou qu'elle fit semblant de parcourir.

– Elle ne travaille plus chez nous, monsieur, je regrette.

– C'est pourtant monsieur Roussial qui m'envoie ici, quelqu'un de chez moi qui a un grand café à Paris, vérifiez bien.

– Il nous en envoie pas mal en effet, osa-t-elle de manière difficilement audible. Pour ce qu'elles font, enfin, vous avez compris…

Émile resta bouche bée. Il n'osait comprendre et surtout, il ne voulait pas admettre ce qu'il craignait.

Comment était-ce possible ? Il se dandinait sur ses jambes, et jetait des regards perdus autour de lui.

C'est alors qu'un homme bien habillé surgissant de nulle part s'adressa à lui, courtoisement :

– Vous êtes le père d'Emma ?

– Oui !

– Venez un instant, nous serons mieux pour parler au-dehors…

L'homme devinait le désarroi de ce père totalement désorienté, au regard de chien battu.

Emma avait travaillé effectivement dans cet établissement comme femme de ménage…

– Jamais votre fille n'a besogné comme les filles, enfin vous voyez ce que je veux dire… Elle est arrivée ici par erreur, je vous le confirme. Vous pouvez me croire, je vous en donne ma parole, votre fille est une personne bien. Vous avez de la chance, monsieur, d'avoir une fille comme elle.

– Où puis-je la trouver ? C'est tout ce que je vous demande.

– Elle avait une amie qui travaillait aux Nouvelles Galeries, boulevard Haussmann, une dénommée Annonciation, je crois… ce prénom original m'est resté en tête.

Ce ne fut qu'en fin d'après-midi qu'Émile dénicha cette Annonciation dans le grand magasin. Lorsqu'il se présenta, elle eut bien du mal à le croire et, après bien des hésitations, finit par être convaincue qu'il était bien le père d'Emma. Ils décidèrent de se revoir aux environs de 21 heures dans un café.

C'est dans ce bistrot qu'Émile apprit brutalement la disparition de sa fille.

– Elle a disparu mais elle n'est pas morte, c'est totalement différent, disait le père, voulant toujours s'accrocher à un espoir fût-il bien mince.

– Votre fille a eu la chance de gagner une jolie somme d'argent à la Loterie nationale et m'a confié qu'une part importante irait à son fils Denis. Elle avait eu moins de chance que le premier gagnant, Gaston Bonhour, mais avait tout de même empli son escarcelle.

Émile n'avait rien reçu de cette somme.

– Et Denis, savez-vous où il peut être ? La dernière fois que je l'ai vu, il allait bientôt marcher…

– Il est chez nous, elle nous l'a amené alors qu'il avait deux ans et depuis il grandit dans notre maison, en Auvergne.

– Dieu soit loué ! Comme elle a bien fait de vous le confier, au moins…

Annonciation avait tenté des démarches pour retrouver Emma avec l'aide des services de police, qui lui avaient confirmé qu'un adulte pouvait disparaître de son plein gré sans en informer qui que ce soit.

– Échangeons nos adresses, on ne sait jamais, si vous appreniez quelque chose, pour ma femme et moi, et surtout pour son fils… Et merci encore de m'avoir consacré un peu de votre temps, merci.

Annonciation demeurait livide face à cet homme qui venait d'apprendre la disparition de sa fille. Devant sa détresse, elle s'était bien gardée de lui dire qu'Emma n'était plus la fille qui avait quitté l'Auvergne, un jour… pour un homme.

Il rejoignit la gare, consomma les restes de ses provisions, prit une boisson au bar, et s'endormit dans la salle d'attente sur un banc, fourbu et accablé.

Lorsqu'il se réveilla, il s'aperçut que son bagage avait disparu mais il avait toujours en sa possession son portefeuille avec son peu d'argent et son billet de retour, ayant pris la précaution de dissimuler le tout sous ses sous-vêtements sur le conseil d'un ami.

Il acheta un joli cadre pour la photo d'Emma, une tour Eiffel de 8 centimètres de hauteur en métal bronzé pour Denis. Que dire à son petit-fils au retour ? Il y réfléchit pendant tout le trajet, les yeux dans le vague, léchant le paysage sans le voir. Son cœur brisé saignait tant la peine le tourmentait. Il n'avait pas dit à l'enfant les véritables motivations de son voyage mais celui-ci pouvait s'en douter.

Son costume n'avait plus guère de forme ainsi que le col de la chemise dont les pointes rebiquaient. Ses pieds lui faisaient si mal qu'il dut enlever discrètement ses chaussures. Quant à sa barbe, elle noircissait de plus en plus son visage d'Auvergnat.

Crispane ? Roussial ? Annonciation ? Rien de concret.

Il aurait voulu être plus heureux qu'il ne l'était en retrouvant Costesoleil, mais il se montra tout de même sous un bon jour.

– Tu m'as manqué, lui dit Denis en le voyant. Alors, tu as vu ma maman ?

– Je t'ai apporté un petit souvenir de Paris. Viens voir…

– Oui, mais ma maman, tu l'as vue, grand-père ?

– Je n'ai pas pu la voir car elle a rejoint ton père dans ce grand pays qu'est l'Amérique…

Denis leva ses yeux vers ceux de son grand-père, cherchant à y découvrir autre chose car cette révélation ne lui convenait pas.

Puis Denis baissa la tête, contrarié.

– Il n'aurait jamais dû emmener ma mère en Amérique, je ne l'aime pas…

Il donna un coup de pied à quelques cailloux proches et rentra à la maison se blottir près de sa grand-mère. Elle avait entendu leur conversation.

– Tu es grand maintenant, il faut que tu comprennes que parfois les adultes sont obligés de faire des choses que l'on ne saisit pas. Mais nous t'aimons pour quatre, tu le sais.

– Ça ne remplacera jamais ma maman.

Il colla ses bras le long de son corps, ses petits poings serrés. Son grand-père déballa le cadre et la petite tour Eiffel.

– Vérifie si la photo de ta maman ira bien dans ce cadre, va la chercher.

Il s'exécuta avec un sourire timide. La photo s'encastrait fort bien.

– Merci, grand-père, je la placerai avec la tour Eiffel face à mon lit, je la regarderai tous les jours.

Il disparut dans l'escalier pour un bon moment.

Marie-Thérèse scrutait le visage de son homme. Elle s'attendait au pire.

– Emma a totalement disparu, personne ne sait où elle est. J'ai pensé dire au petit ce que tu as entendu, je ne savais pas quoi inventer d'autre, ça m'est venu d'un coup, ma pauvre Marie-Thérèse.

– Tu as mis ton costume dans un drôle d'état, dépêche-toi de te changer…

Elle s'en retourna à son travail, le visage empreint d'une résignation terrifiante.

– Pourquoi, grand-père, des gens vont en Amérique ?

– Il paraît que le ciel est d'un bleu particulier, à ce qu'on m'a dit…

Denis dévisageait son grand-père : disait-il la vérité ?

Devinant la pensée du gosse, Émile ajouta, plein de tendresse pour son petit-fils :

– Un de ces jours je t'emmènerai à la cascade des loups…

– Des vrais loups, grand-père ?

– Autrefois oui, aujourd'hui, on n'en voit pas souvent, rassure-toi.

## 4

Émile Cabreloche avait trouvé cette astuce pour détourner les pensées de son petit-fils, qui d'après lui en avait grand besoin.

Novembre commençait à se manifester par des froidures soutenues et des gelées matinales bien pesées. La campagne se reposait de sa saison estivale et les arbres se dépouillaient en offrant aux chemins des épaisseurs de feuilles impressionnantes parfois. Des vents pressés avaient même créé des monticules où les enfants aimaient parfois se vautrer, voire se dissimuler.

– C'est encore loin, grand-père ? On va peut-être rencontrer des loups, des vieux loups qui ne sont pas encore morts et qui traînent dans les bois pour manger les petits enfants.

Cabreloche éclata de rire.

– Il ne faut pas croire ces choses-là. Il n'y a plus de loups depuis fort longtemps dans notre pays.

– À l'école, il y en a qui m'ont dit le contraire et même s'ils ne les ont pas vus, ils les auraient entendus !

– Tu leur diras que ce sont des menteurs, un point c'est tout !

Tous deux marchaient d'un bon pas par cet après-midi ensoleillé. La cascade n'était pas toute proche et il fallait longer des prés, des champs et des bois pour arriver enfin à l'endroit mystérieux. Une colline importante, habillée d'essences diverses, se présentait enfin à leurs yeux, d'où semblait s'échapper un ruisseau qui s'en allait vagabonder dans des prairies en contrebas.

– Ce ruisseau vient de la cascade, l'eau est si pure que les truites et même les écrevisses s'y plaisent. Au printemps, les pêcheurs avertis se disputent l'endroit dès l'aube et en fin de soirée. Plus tard, il n'y a plus de poisson, il faut attendre la saison suivante.

– Tu m'amèneras un jour pêcher la truite, grand-père ?

– Je ne suis pas pêcheur mais plutôt braconnier, les truites que tu manges parfois, je les attrape à la main, mais il ne faut pas le répéter, c'est défendu !

– Je ne dirai rien, tu peux compter sur moi, grand-père. Ma maman connaît aussi cette cascade ?

– Oui, je la lui ai montrée quelques fois mais ce n'est pas un endroit pour jouer.

Au bout d'un long silence, Émile lui dit :

– Nous sommes venus ici plusieurs fois avec ta maman. Pour lui faire plaisir, que n'aurais-je pas fait ?

– Elle n'avait pas peur des loups ?

– Il n'y en a plus, comme je te l'ai dit, mais la légende demeure.

– Quand elle reviendra, je lui demanderai de venir avec moi, et tous les deux nous parlerons, nous nous dirons nos secrets, car ici personne ne pourra nous entendre.

– C'est une excellente idée, répondit Émile en détournant le regard.

Émile savait que sa mère le hantait toujours, quoi qu'il fît, et c'était sans doute normal. Il fallait diriger ses pensées vers autre chose, le passionner pour le libérer si tant est que la tâche fût possible.

– Voilà le ruisseau, nous allons le suivre jusque là-haut, là où tu entends déjà le bruit de la chute d'eau.

– C'est pas commode, il y a des ronces partout.

– Viens, je vais te porter un moment.

Cabreloche s'accroupit pour qu'il grimpe sur ses épaules et ainsi tous deux continuèrent à monter. Le petit lui serrait parfois le cou jusqu'à l'étrangler mais il supportait ses petites mains avec un certain plaisir, c'étaient celles de son petit Denis, son unique descendant jusqu'à ce jour.

Le bruit des chutes devenait de plus en plus fort, et Denis serrait son grand-père plus vigoureusement encore. Tout en haut, le premier versement de l'eau se cassait sur la proéminence de rochers, se transformant en plusieurs volumes pour finir dans un grondement inquiétant et bouillonnant tout en bas.

– Maintenant tu peux descendre, le plus mauvais est passé, il y a même une minuscule clairière ici, tout près. C'est le seul endroit où le soleil peut pénétrer parfois car plus haut la forêt est encore plus dense.

– L'endroit des loups ?

– Oui, certainement.

Denis avait appris que ces bêtes font partie des mammifères carnassiers aux molaires puissantes et aux pattes munies de griffes pointues.

La chute de l'eau faisait un tel bruit qu'il fallait maintenant parler fort pour s'entendre. Ils admiraient tous deux ce spectacle. La chute avait deux rebondissements qui produisaient une énorme écume qui leur collait au visage. Denis riait de ce phénomène en essuyant ses joues d'un revers de manche.

– C'est froid, disait-il, c'est glacé… On est tout seul ici, grand-père…

– C'est un endroit dangereux. On peut se laisser emporter et si on tombe, on ne peut en sortir vivant que par un miracle.

– Tu y crois, toi, aux miracles ?

– Non, je n'y crois pas, c'est pour les ignorants, ces choses-là…

Denis n'en parla plus et voulut grimper au plus haut, ce que son grand-père accepta.

Du haut de la cascade, le vertige vous prend et l'on ressent le besoin de se retenir à quelque chose pour repousser l'attraction du vide.

– J'aimerais être un oiseau, grand-père, je pourrais m'envoler par-dessus la cascade et au-dessus des arbres, ce serait merveilleux…

– Ça s'appelle rêver, ce que tu me décris. Moi aussi, je voulais voler quand j'étais petit, mais je n'ai jamais trouvé la manière de m'y prendre…

Recule un peu, tu vas te faire emporter par le souffle et la brume. Il est temps de rentrer, nous avons du chemin à faire et grand-mère s'inquiéterait.

– Ça me fait un peu peur tout ce bruit, cette brume et ce grand précipice en bas entouré de rochers.

– Voilà pourquoi c'est interdit aux enfants, tu comprends maintenant ?

– Oui, grand-père. À partir d'aujourd'hui, je n'aurai plus peur des loups ; tout ça, c'est des inventions de certains camarades.

Émile Cabreloche opina. Le petit avait compris !

Le retour fut silencieux, chacun surveillant ses pas dans cette campagne pas toujours accueillante.

– Quand je serai grand, j'irai pêcher les truites dans la cascade.

– En aval, Denis, en aval de la cascade. Comme elles ne peuvent pas franchir la hauteur de la chute, elles restent là, prisonnières, et tous les pêcheurs le savent au printemps.

Lorsqu'ils arrivèrent à la ferme de Costesoleil, Denis s'empressa de dire à sa grand-mère :

– Je crois que j'ai vu un loup à la cascade, grand-mère, il m'a montré ses dents énormes...

– À ta place je l'aurai chassé d'un coup de bâton...

Un peu vexé par cette réplique, Denis ne parla plus de cette visite à la cascade. À l'école, le lendemain, racontant son expédition, on lui certifia que des loups rôdaient encore par là au plus froid de l'hiver. Qui croire ? Il n'en parla pas à son grand-père.

Denis avait un camarade, Vincent, à qui il confiait ses soucis, ses peines, et celui-ci, plus âgé d'une année, l'écoutait avec attention ; il le protégeait de certains qui profitaient de sa situation familiale pour l'ennuyer. Denis inventait des histoires justifiant l'absence de sa mère surtout. Elle travaillait dans un grand magasin en Amérique.

– Mais l'Amérique c'est grand, dans quel endroit travaille-t-elle, dans quelle ville ?

– Ça ne vous regarde pas. Quant à mon père, il est parti à la recherche d'or dans le Grand Nord canadien en compagnie de trappeurs…

Vincent le félicitait pour ses inventions épatantes ; lui n'aurait jamais pu trouver ces choses-là.

Un jour, Denis se mit en colère et affirma à ses camarades qu'il ne leur parlerait plus jamais de ses parents. Il ne put s'empêcher de demander à Vincent s'il savait pourquoi le ciel d'Amérique était plus bleu que celui de France.

Denis utilisait les astuces de son grand-père pour se défendre mais, au fond de lui, les moments d'incertitude et d'incompréhension demeuraient. Chaque soir, il contemplait longuement la photo de sa mère avant de s'endormir.

Denis rencontra par hasard un vieux berger et tous deux parlèrent longtemps. L'homme le questionnait sans a priori, simplement pour parler. Lorsque Denis lui dit que sa mère était en Amérique, il lui dit :

– Mais c'est le bout du monde, l'Amérique ! Mais que fait-elle si loin ?

Denis ne savait pas. L'homme, devinant son désarroi, changea de sujet avant de rejoindre ses moutons.

Denis n'avait jamais pu comprendre que la Terre soit ronde, il ne pouvait l'imaginer malgré les explications du maître d'école, les cartes géographiques et les explications de son copain Vincent. Il devait arriver un moment où la Terre s'arrêtait tout net, abruptement, c'est ainsi qu'il voyait la chose dans sa tête et même Vincent n'avait jamais réussi à le persuader de son erreur.

Quand le berger lui avait annoncé que l'Amérique était le bout du monde, il lui avait finalement donné raison. Il imaginait donc que c'était là-bas que s'arrêtait la Terre, brutalement. Personne à sa connaissance n'étant jamais revenu de si loin pour le lui raconter, cela voulait sans doute dire que là-bas, au bout du monde, il y avait un immense précipice, voire une cascade géante, qui pouvait emporter les imprudents ou les fous… « Pourvu que maman ne soit pas allée si loin… » Il ne parla à personne de cette rencontre avec le berger, il savait qu'on se moquerait de lui malgré sa certitude.

La vie continuait ainsi. Denis était un élève comme les autres, dans la bonne moyenne de sa classe. Avec son ami Vincent, ils se rendaient au catéchisme et tous deux servaient la messe le dimanche en tant qu'enfants de chœur. Denis se sentait attiré par la religion, et par ce sentiment qui lui apportait quelque chose de plus parfois. Il avait demandé à Dieu de l'aider à retrouver ses parents, en vain. Mais, au fond de lui, une petite voix lui disait qu'ils reviendraient, il n'y avait aucune raison qu'ils ne revinssent pas. Son ami Vincent ne le détrompait pas.

Les jeudis après-midi, les deux amis se retrouvaient pour vagabonder dans la campagne, construire des cabanes, couper et graver leur prénom sur des bâtons, pêcher des goujons… Les filles du village commençaient à tourner autour de Vincent uniquement pour l'embêter, ce qui faisait rire Denis. Elles leur proposèrent même des cigarettes…

Casse, le chien des Cabreloche, désormais âgé, marchait difficilement. Émile prévint l'enfant que l'état de santé de la bête n'irait pas en s'améliorant. Si l'on multipliait son âge par sept, Casse était maintenant un vieillard. Mais Denis ne voulait pas l'admettre.

Un matin Casse ne vint pas à l'approche de son maître. Malgré les recherches, on ne le trouva nulle part. Alors Émile dut dire à son petit-fils que certains animaux, les chiens, les chats en particulier, pressentant leur fin toute proche, s'éloignaient un jour et on ne retrouvait que rarement leur dépouille.

– Ils vont mourir au loin, pour qu'on n'ait pas de peine…

Denis versa des torrents de larmes. Son chien s'en était allé mourir loin de lui, sans le prévenir.

Ce chagrin en raviva un autre, bien plus cruel encore, et Denis passa une mauvaise semaine.

Quelque temps plus tard, des roulottes de Bohémiens et leurs chevaux s'installèrent comme à leur habitude dans un pré appartenant aux parents de Vincent qui n'y voyaient aucun inconvénient, entre Braillac et Costesoleil, fait suffisamment rarissime pour qu'il soit mentionné.

Trois roulottes multicolores prirent place non loin du ruisseau, et apparurent très vite tables, bancs, bazar de toute sorte au milieu de gens et de nombreux enfants.

Vincent les reconnut aussitôt, ce malgré leur absence de deux années, et Denis se sentit attiré par ces étranges voyageurs. Ils se rapprochèrent d'eux et tout naturellement les saluèrent. Les vieux se souvenaient de Vincent. Il devait y avoir six enfants d'âges variés et cinq chiens au milieu d'eux.

Un garçon et une fille vinrent à leur rencontre et parlèrent de l'école où ils se verraient dans quelques jours, ils devaient rester au moins trois semaines au pays pour vendre dans les villages des alentours leurs vanneries et travailler le cuivre principalement en réparation.

Denis avait repéré un jeune chien qui lui plaisait et le caressait déjà. Remarquant son attirance pour l'animal, un garçon lui dit :

– Tu aimes les chiens ?

Denis fit oui de la tête, un peu impressionné par tous ces gens à la peau hâlée, aux cheveux noirs et aux vêtements différents de ceux des gens d'ici. Denis n'avait jamais vu d'étrangers au village, peut-être quelques travailleurs saisonniers aux étés mais rien de plus. Vincent s'approcha et lui présenta le jeune Bohémien.

– Je te présente mon ami Jésus et sa sœur Marie, on se connaît nous autres.

– Moi, c'est Denis… répondit-il, très surpris par ces prénoms.

Puis il interrogea discrètement son ami sur leur origine.

– Ce ne sont pas des Bohémiens mais des Gitans venus du fond de l'Espagne, ils m'ont raconté leur histoire et sont très chrétiens, d'où certainement les prénoms…

Vincent dit à Jésus que son ami Denis avait perdu son chien dernièrement et qu'il lui manquait beaucoup. Puis l'oncle de Jésus arriva lentement vers eux. Un homme vieux et dégingandé, portant un gros collier d'or autour du cou et arborant un magnifique sourire.

– Tu aimes les bêtes, toi au moins, dit-il à Denis. En as-tu ?

Denis raconta son histoire. L'homme l'écouta patiemment. Déjà les Gitans préparaient un feu qui attira quelques curieux.

« Les Bohémiens sont revenus, attention aux poulaillers », entendait-on.

Les deux jeunes amis s'éloignèrent. Vincent parlait de ces nomades à qui son père accordait souvent un emplacement sans trop discuter.

– Parfois le soir, pour ne pas dire presque tous les soirs, devant un feu, ils jouent de la guitare et du violon, mais comme ils nous inviteront, nous irons ensemble…

Les yeux pleins d'enchantement, Denis raconta à ses grands-parents ce qu'il avait vu, sa rencontre avec ces deux enfants aux prénoms peu communs : Jésus et Marie…

Le lendemain, les petits Gitans s'inscrivirent à l'école en présentant des cahiers spéciaux. Six petits nouveaux à intégrer dans deux classes, ils se serrèrent. Denis ne quittait pas Jésus à la récré et Vincent s'occupait plutôt de Marie, un peu plus grande. Tout semblait aller pour le mieux et rapidement Jésus dit à Denis :

– Mon oncle Tiago veut te voir…

– Pourquoi moi ?

– Il ne me l'a pas dit mais, rassure-toi, il est très gentil, viens avec Vincent si tu veux…

Le soir même, Vincent et Denis se rendirent chez les Gitans, voir l'oncle de Jésus.

– Tu as perdu ton chien, lui dit-il, et comme tu es triste je voudrais t'en offrir un, celui que tu caressais si affectueusement…

Denis le devisagea, incrédule. Pourquoi ce Gitan voulait-il lui offrir un jeune chien ? Y avait-il une raison particulière et que diraient ses grands-parents de ce cadeau venant d'un étranger ?

– Je vais demander à mes grands-parents s'ils sont d'accord, ce sera mieux ainsi…

– Tu es un brave petit, je sais où tu habites et j'en parlerai chez toi, n'aie crainte…

– Merci, monsieur.

L'oncle de Jésus rencontra les Cabreloche. Le vieil homme connaissait le désarroi de Denis

– Vincent lui avait raconté – et voulait tout simplement lui rendre service en comblant une partie de ses chagrins.

– Mais avant tout, j'aimerais qu'il vienne voir ce chien le plus souvent possible avant notre départ, je ne confie pas un animal sans connaître son futur maître, j'aime trop les animaux, comprenez-vous ?

Émile et Marie-Thérèse acceptèrent que leur Denis lui rende visite après l'école. Après tout, cet homme n'avait pas l'air mauvais.

Chaque soir, Denis partait vers les roulottes pour discuter avec l'oncle Tiago et voir le chien…

– Que vous racontez-vous ? lui demanda Vincent. Tu es assidu bizarrement à ces rencontres.

– Un jour je te raconterai, mais il se passe quelque chose entre nous… Juste un petit truc…

Les Gitanes vendaient leurs paniers, leurs aiguilles et bobines de fil, leurs boniments aussi à ceux et celles qui voulaient en savoir plus sur leur avenir. Les hommes travaillaient le cuivre, réparaient les récipients percés qu'ils façonnaient à leur guise. Le bruit des marteaux résonnait le long des journées et en agaçait certains qui souhaitaient le départ de ces gens qui volaient et mangeaient des hérissons, et bien d'autres choses encore.

Quelques jours avant leur départ, ils invitèrent ceux qui leur avaient aimablement permis de séjourner ici, et aussi des enfants devenus amis des leurs. Denis était venu avec ses grands-parents. L'oncle de Jésus offrit le chien promis à Denis à sa plus grande joie ; puis les guitares entrèrent en action autour du grand feu. Les femmes aux robes chamarrées dansèrent devant leurs yeux éblouis. On servit à boire, on écouta des chansons auxquelles on ne comprenait rien mais dont la musique prenait aux tripes lorsque le violon s'en mêlait. Les chiens regardaient aussi, retenus dans les bras des enfants. Denis ne se séparait pas du sien, le serrait trop parfois contre lui. L'animal lui léchait le visage.

Lors d'un moment de silence, l'oncle Tiago lui demanda :

– Comment vas-tu l'appeler, ce chien ? Vous avez l'air de vous être adoptés tous les deux.

– Je vais le baptiser Tribun !

– Mais ce n'est pas un nom de chien…

– Ce n'est pas un chien comme les autres, répondit Denis jetant un coup d'œil complice à ses amis Jésus et Marie. Personne n'a jamais eu un animal comme celui-là, Tribun parle… Il commence à parler…

– Montre-nous, puisque tu le dis !

Un grand silence se fit, toutes les têtes s'étaient tournées vers Denis et son chien. L'oncle souriait.

Denis s'adressa à Tribun :

– Pourrais-tu me dire quand ta famille quittera le village ?

– Bientôt, répondit Tribun.

– Et quand pensez-vous revenir ?

– L'année prochaine…

– Je pourrais lui parler ? demanda un enfant.

– Non, il ne répondra toujours qu'à moi !

Comme tous se dévisageaient, ébahis par le phénomène, ils n'osaient applaudir. Ce fut l'oncle qui commença. Dans les yeux de Denis, une étincelle brillait et elle devait briller longtemps. Les Cabreloche ne comprirent pas mais leur petit-fils était alors si heureux, enfin !

Les roulottes tirées par les chevaux quittèrent le pays ; soulagement des uns, tristesse des autres. Ces gens du voyage ne laissaient pas indifférent, et Denis n'oublierait jamais leur passage.

L'« oncle Tiago », comme tous l'appelaient, avait rencontré les Cabreloche et avait bien discuté. Il leur avait raconté l'histoire de Jésus et Marie, orphelins qu'ils avaient recueillis avec feu sa femme bien des années auparavant. Vincent avait parlé de Denis à Tiago, le vieil homme avait alors pris en compassion, de la même manière que pour Jésus et Marie, le petit Cabreloche.

– Un chien peut être d'un grand réconfort pour un enfant et je pense que leur histoire à tous deux adoucira son chagrin lorsqu'il se manifestera...

Émile avait décelé lucidité et intelligence dans le regard de cet homme au visage tanné par les voyages. Ce qu'il ne saisissait toujours pas, c'est que Tribun parlât ! Mais là était le grand secret de Denis et de l'oncle de Jésus !

L'histoire des Gitans s'estompait petit à petit même si des camarades de Denis insistaient encore pour entendre Tribun prononcer quelques mots. Vincent avait compris comment cet animal parlait mais son ami lui rappelait qu'il avait juré de n'en point révéler le secret.

À Costesoleil, Tribun trouva rapidement ses marques et l'affection de tous. Ses yeux à dominante dorée s'accordaient à sa robe de jais à poils courts, voilà tout ce qu'on pouvait en dire sinon qu'il y avait dans son regard la douceur des labradors sans pour autant qu'on eût pu certifier son pedigree. Pour ce beau mâle en devenir, le nom de Tribun convenait parfaitement.

Denis devenait un personnage hors du commun, il savait faire parler les chiens… du moins le sien. Nombreux étaient les enfants qui voulaient entendre Tribun mais Denis leur disait qu'il parlait surtout le soir, dès que la lumière du jour s'amenuisait… Seul Denis en connaissait la raison… Ceux qui voulaient l'entendre attendaient le crépuscule et assistaient à cet étrange spectacle.

Les jeudis après-midi avaient une autre saveur en sa compagnie. Vincent le jalousait en souriant. Denis pressait pourtant Vincent de mille questions concernant ses parents ; il devait être heureux de les avoir. Mais Vincent lui expliquait alors que c'était lui qui avait de la chance de ne pas en avoir incessamment sur le dos, ses grands-parents étaient si gentils avec lui…

Bien sûr, c'était sans doute vrai mais ça ne remplaçait pas… Ça ne l'aurait pas dérangé, lui, de se serrer contre sa mère certains soirs, ces soirs où l'on ne peut pas dormir à force de penser. Lorsqu'il allait de temps en temps chez Vincent, il remarquait les regards et les gestes affectueux dont celui-ci bénéficiait sans même s'en rendre compte.

On ne voit souvent que le bonheur des autres…

Un soir, lors d'une discussion près du cantou, Émile, tout en relevant le feu d'une dernière bûche, déclara :

– Denis grandit, il serait bien de lui aménager une chambrette à côté de celle d'Emma.

Marie-Thérèse avait, contrairement à son homme, l'intuition que sa fille ne reviendrait jamais. Aussi elle mit du temps à lui répondre.

– Tu n'es pas d'accord ? Tu n'as pas l'air enthousiasmée par cette idée ?

– Fais ce que tu veux, ce sera peut-être mieux pour Denis en effet, finit-elle par lâcher.

– Ça le réconfortera pendant cette attente interminable !

– Je crois que tu as raison…

Il lui fallut à peine un petit mois pour aménager la chambre. Il fabriqua même un lit de ses mains. Un matelas fut commandé à la spécialiste du village qui, sachant que c'était pour le petit Denis, le leur vendit à des conditions financières particulières sinon intéressantes.

La chambre terminée, la tour Eiffel et une photo rejoignirent l'étagère. Denis eut alors cette phrase exquise vis-à-vis de sa mère quant à la proximité de sa chambre :

– Même si elle revient en pleine nuit, je l'entendrai…

# 5

Les Gitans n'étaient pas revenus au village. Un jour cependant, Denis reçut une lettre de Jésus et Marie. L'oncle Tiago était mort. La famille avait fait d'autres choix, ils ne reviendraient plus à Braillac. Ils espéraient Denis en bonne santé, ainsi que Tribun, et leur envoyaient le bonjour d'Espagne avec leur amitié. Denis lut plusieurs fois ce qui était un adieu.

La compagnie de Tribun adoucissait sa vie et, petit à petit, le brouillard de l'oubli s'installait dans sa tête.

D'autre part, l'Amérique devenait un lieu inexplicable, une destination incompréhensible, et lorsqu'il regardait la photo de sa mère, même ses yeux n'appréciaient plus les distances. « C'est peut-être aussi loin que le ciel », pensait-il.

Les Cabreloche travaillaient leur propriété et n'espéraient plus le retour de leur fille, d'autant qu'Annonciation n'avait donné aucun signe.

Émile ne se rendrait pas à Paris une seconde fois... Pourtant, il ne pourrait se taire indéfiniment face à son petit-fils qui allait bientôt faire sa communion solennelle.

À l'école, tout allait pour le mieux ; s'il n'occupait pas la première place il n'en était pas loin. Tribun lui avait permis de briller parmi les enfants du village et certains, jaloux, l'appelaient en riant le « sorcier des chiens » !

Émile Cabreloche se rendit un jour chez le maire de la commune, Jules Verdale. Il fallait parler plus que d'habitude, et la mairie, la maison du peuple, rendait plus officielle cette entrevue. Denis allait sur ses douze ans et bientôt serait un beau jeune adolescent.

Voyant l'embarras de Cabreloche, le maire se douta de son souci, s'étonnant même qu'il ne fût pas venu le rencontrer plus tôt.

– Pardi, c'est pas bien facile cette situation mais il faut que vous m'aidiez, monsieur le maire.

– On se connaît assez pour ne pas oublier de se tutoyer, Émile… Nous savons tous qu'Emma ne donne plus signe de vie depuis des années. Je le sais mais il n'y a pas grand-chose à faire dans ces cas-là, le choix des adultes leur appartient… Avec ma femme, nous en avons souvent parlé tous les deux et, chaque fois, nous avions de la peine pour vous deux et pour Denis. Pas de solution à te proposer, mon pauvre Émile.

Émile demeura silencieux, sachant fort bien que les miracles… n'arrivaient pas souvent. Il baissa la tête, se gratta le dos de la main, gagnant du temps et attendant surtout d'avoir le courage de lui dire enfin :

– Pour le petit... Un jour, il apprendra, c'est inévitable. Et plus tard ce sera, plus il risque d'en souffrir. Il va faire sa communion solennelle en mai...

– Comment pourrait-on procéder ? L'adolescence est si proche. Je sais qu'il est intelligent et sensible. Je peux t'aider, lui expliquer que l'enquête a dû s'interrompre et qu'à Paris personne n'a la moindre information sur elle, ni sur son père d'ailleurs.

– Je lui ai menti en lui disant qu'ils étaient partis pour l'Amérique, mais, comprends-moi, je n'ai rien trouvé d'autre...

– Si nous attendions après la communion ? Qu'en penses-tu, Émile ? Nous lui expliquerons tous les deux, tu viendras avec lui et ça se passera ici, je ne vois pas d'autre moyen, mais ce sera très dur, je parlerai en premier...

– Je te remercie, Jules.

Émile s'en retourna à Costesoleil, inquiet. Comment son petit Denis allait-il prendre la nouvelle ? Comment allait-il manœuvrer sans trop le blesser ?

Tandis qu'il marchait, une connaissance l'interpella mais il ne l'entendit pas. Il se trouvait bien loin des affaires sans importance, des bonjours habituels des gens d'ici, oui, il avait d'autres pensées dans cet instant.

Les mois passèrent et le jour de la communion arriva. Émile et Marie-Thérèse avaient fait le nécessaire pour que Denis ait un gros cierge comme le voulait la coutume. Il avait aussi un beau costume et le magnifique brassard de soie blanche au bras.

Avant d'aller à l'église, il s'adressa à Tribun qui le regardait bizarrement :

– Je ne peux pas t'emmener, c'est pas un endroit pour les chiens et je le regrette, mais que dirait monsieur le curé en te voyant ? Comment me trouves-tu ?

Et Denis pivotait sur lui-même en riant.

– Mais que fais-tu ? lui demanda Marie-Thérèse qui éclata de rire en comprenant la situation. Dépêche-toi, nous allons être en retard…

L'église était comble ce jour-là. Les communiants resplendissaient dans leurs beaux vêtements neufs, et les filles dans leurs robes blanches ressemblaient à des mariées, si ce n'était les couronnes de fleurs ceignant leur front. Denis rayonnait de joie d'avoir ainsi sa place près de l'autel.

Marie-Thérèse avait trouvé une jolie robe tandis qu'Émile avait revêtu son unique costume noir, qui lui allait encore, avec sa chemise de coton blanc. Seule une cravate nouvelle donnait le ton de la fête.

Tout se déroula pour le mieux et Vincent fut invité chez les Cabreloche pour le repas, ainsi que la vieille Justine qui avait gardé le petit, bien des années auparavant, et que Denis estimait toujours.

Vincent fit des photos de Denis seul, avec le chien puis avec ses grands-parents. Son père lui avait confié son appareil avec chambre noire en accordéon, un Zeiss.

Les vêpres rappelèrent tout le monde et le temps durait pour Denis qui en trouvait subitement la longueur démesurée. Au sortir de la cérémonie qui arriva enfin, le maire offrit à Denis un petit paquet enveloppé d'un joli papier.

– Tu l'ouvriras chez toi, lui dit-il, c'est de la part de ma femme…

La belle journée de fête se terminait tandis qu'à la maison, à Costesoleil, sans perdre un instant Denis ouvrit ses cadeaux avec émotion et empressement. Ses grands-parents lui avaient offert une magnifique montre. Le paquet de Justine contenait un chapelet de nacre, celui de Vincent un joli stylo-plume et quant à celui du maire, c'était un couteau à lames multiples auquel on avait selon la coutume joint un billet de banque pour ne pas couper l'amitié. Denis rayonnait de joie.

– J'ai été trop gâté, grand-mère, merci beaucoup. Seuls mes parents ne sont pas de la fête mais un jour ils se rattraperont, n'est-ce pas ? lança-t-il.

En manipulant le chapelet dans ses mains, il ajouta :

– Je vais le placer à côté de la photo… dans ma chambre.

Le calme revenu, Émile dit à Marie-Thérèse :

– J'ai vu le maire, il ne faudra pas tarder à parler au petit. Je ne voudrais pas qu'il apprenne des choses par n'importe qui, ça lui ferait trop de mal…

Elle soupira profondément et, le regardant, répondit :

– Tu as là une tâche difficile mais tu as raison, c'est peut-être le moment, il aura treize ans l'année prochaine.

– Je le sais que trop… hélas !

– S'il avait totalement oublié ?
– Nous ne l'avons pas élevé comme ça…

Denis aidait aux travaux de fenaison, et ce jour-là le soleil montrait sa générosité de manière insolente. Après avoir tourné le foin une première fois, on s'accordait une pause à l'ombre avant la prochaine opération. Denis se trouvait seul avec son grand-père, Marie-Thérèse ne viendrait que plus tard avec les quatre-heures dans le panier et une boisson fraîche.

– Tu travailles comme un homme, va falloir que je te paie bientôt…

Ils rirent ensemble sans retenue. Soudain, Émile devint grave, son visage portait déjà l'inquiétude.

– Quand il a fait sa communion, un garçon est en passe de devenir un homme, je veux dire que tu n'es plus un petit garçon…

– Je pourrais t'aider encore davantage, grand-père, si tu le voulais !

– Je le sais, mon garçon, je le sais…

Émile hésitait puis il se décida enfin.

– Demain, accompagne-moi à la mairie dans la matinée, le maire y sera et tu pourras le remercier pour ce cadeau qu'il t'a fait pour ta communion.

– Et le foin ? Tu ne devais pas faucher demain matin le dernier carré en bas ?

– Nous aurons le temps de tout faire, rassure-toi, on ne peut pas faucher trop tôt, l'herbe porte trop d'eau.

– D'accord, comme tu voudras. Tiens, voilà grand-mère avec son panier, on va pouvoir boire un coup…

Émile le regardait aller à la rencontre de sa grand-mère tandis que sa pensée se chiffonnait quant au lendemain.

Ils fanèrent tous les trois une nouvelle fois et préparèrent les meules avant la nuit. Demain, ils rentreraient le foin neuf dans la grange.

Jules Verdale lisait à son bureau lorsque les visiteurs se présentèrent dans sa mairie.

– Ce jeune finit de grandir, dit-il en l'accueillant.

– C'est bien pour cette raison que je suis venu avec lui, c'est un jeune homme aujourd'hui, dit Émile.

Le maire avait compris le motif de cette visite impromptue.

– Assieds-toi, Denis, nous avons à parler, je crois.

Denis posa un regard apeuré et inquiet sur le maire qui s'adressait directement à lui. Dans la commune, chacun respectait le personnage maître en sa mairie. L'instituteur avait appris à ses élèves la considération qu'ils devaient à cet élu.

Émile Cabreloche, lisant sur le visage de son petit-fils trop d'émotion, tenta de le rassurer par un clin d'œil.

Le maire lui aussi cherchait ses mots.

– Avec tes grands-parents, nous avons tenté de retrouver tes parents et surtout ta maman qui t'a ramené à Costesoleil lorsque tu avais deux ans environ…

Denis ne put se retenir et se leva d'un bond :

– Vous les avez retrouvés ? Vous les avez retrouvés ? répétait-il.

– Assois-toi, lui dit Émile, reste calme.

Et Jules Verdale reprit aussi calmement que possible :

– Les recherches n'ont rien donné jusqu'à présent, mon pauvre Denis. Les services de police et de gendarmerie sont arrivés à la même conclusion…

Puis il se tut.

– Tu savais, grand-père ? Dis-moi, tu savais ? Tu cherchais aussi ?

– On attendait toujours des bonnes nouvelles, crois-moi, on a attendu jusqu'au plus loin qu'on a pu…

– Et alors aujourd'hui ? Quelles sont les nouvelles ? Qu'est-ce qui est arrivé à mes parents ?

Denis s'accrochait au gilet de son grand-père, les yeux exorbités, la bouche ouverte, demandant la vérité tout en la craignant.

Le grand-père entoura Denis de ses bras et le serra très fort, comme pour l'empêcher d'entendre la vérité qui allait venir de la bouche du maire.

– Nous n'avons plus aucune nouvelle d'eux, dit le maire d'une voix calme et résignée.

– Mais alors, ils ne sont pas morts ?

– Nous ne savons pas où ils sont, mon pauvre Denis, ils ont disparu.

– Ils sont toujours en Amérique et c'est si grand l'Amérique ! Ça veut dire quoi « disparus » ? Ça ne veut pas dire « morts » ? Ils vont revenir, c'est sûr. C'est sûr, ils ne peuvent pas m'avoir abandonné, dis, grand-père ?

– Nous les cherchons depuis toujours, mon Denis. Ta maman nous avait dit que ton père était parti bien loin mais elle n'est pas partie avec, et personne ne sait ce qu'elle est devenue. Nous avons attendu que tu sois assez grand pour t'en informer et avons pensé qu'aujourd'hui tu l'es. L'Amérique, tu sais… n'était qu'une invention, la mienne…

– « Disparu » ça ne veut pas dire « mort », jure-le-moi, grand-père ! hurla Denis.

– Tu as raison, Denis, ça ne veut pas dire « mort ».

Denis s'écroula sur sa chaise et pleura de tout son corps. Son grand-père s'était approché et tentait de contrôler ses soubresauts.

Jules Verdale se demandait s'il n'avait pas commis une erreur en annonçant cette nouvelle à un enfant si sensible. Mais c'était fait et rien, hélas, ne serait comme avant pour Denis. Quant à Émile, il savait qu'un jour il aurait fallu lui dire la vérité… Peut-être aurait-il dû attendre…

Denis se leva d'un bond et disparut à toutes jambes en criant :

– Vous m'avez tous menti ! Vous m'avez tous menti !

Le maire et Cabreloche se regardaient. Jules dit alors :

– Je crois que nous avons fait du propre… Ce n'est qu'un enfant, nous n'aurions pas dû !

Émile quitta la mairie sans un mot et rentra chez lui, le cœur sens dessus dessous, les poings tellement serrés que ses ongles lui rentraient dans les chairs. Annoncer cela à Marie-Thérèse ne serait pas chose facile et cependant elle avait été d'accord.

Devant la maison, sous le soleil fou de 11 heures, Marie-Thérèse l'attendait et son visage en disait plus long qu'un grand discours.

– Il est là-haut, dit-elle en montrant de la main la chambre, et il ne va pas bien du tout. Il ne veut pas m'ouvrir la porte, mais que lui a-t-on dit ? Avez-vous pris toutes les précautions ? C'est un enfant sensible.

– J'aurais bien voulu t'y voir, toi, devant le maire qui lui a appris ces mauvaises nouvelles. Je croyais que ça se passerait d'une autre manière… je veux dire plus…

– Et de quelle autre manière parles-tu ? Mon Dieu, qu'avons-nous fait ? Va voir si tu peux lui parler, je l'ai entendu sangloter…

Émile tenta en vain quelques paroles d'apaisement mais Denis n'ouvrit pas la porte.

– Je vais au pré, là où nous devions aller terminer de faucher, si tu veux m'y rejoindre…

Et Émile disparut vers ses terres, en marmonnant.

– Il fallait bien lui dire, nom de Dieu ! Comment faire autrement ? Et pourtant, si j'avais été à sa place, j'aurais certainement réagi comme lui… Emma, dans quelle situation tu nous as fourrés ? Si au moins tu nous donnais signe de vie ! Je crains le pire mais je vais garder espoir pour le petit Denis, pas pour moi, tu nous as fait trop de mal, oui, trop de mal…

L'homme prit sa faux et se mit à l'ouvrage, ayant pris bien du retard. L'outil tranchait parfois durement l'herbe qui se trouvait projetée sur sa gauche. Le geste semblait assouvir son état d'esprit dans des mouvements durs et plus rapides qu'habituellement. L'andain[1] s'allongeait, les traces des pas du faucheur faisaient de même. Émile transpirait au-dehors comme au-dedans… La douleur s'emparait de tout son être. Dès qu'il eut terminé de faucher, il défit une dernière fois les meules de la veille. Une dernière exposition au soleil et le foin serait engrangé dans l'après-midi.

Il était plus de 1 heure lorsqu'il se décida à rentrer pour déjeuner. Ce n'était pas la faim qui le tenaillait mais bien autre chose, et il fallait aussi rassurer Marie-Thérèse. Les chemins chauds lui brûlaient les pieds à travers ses bottes et la façade de sa maison lui faisait signe par sa clarté. Un clin d'œil en quelque sorte.

Rafraîchi à l'eau du puits, il entra et ne trouva que sa femme qui l'attendait et le chien Tribun au pied de l'escalier du premier étage.

– Il n'est toujours pas descendu ?

Elle fit non de la tête.

– Il ne faut pas intervenir, il reviendra tout seul dans la journée. Le monde des adultes doit l'insupporter. Il ne sait plus qui croire et où espérer,

1. Alignement de foin fauché et déposé sur le sol.

alors il met peut-être de l'ordre dans tout ça, ne crois-tu pas ?

– J'espère qu'il ne fera pas de bêtises, c'est ce que je souhaite, mais j'ai une idée…

Elle pria Tribun de la suivre et tous deux montèrent à l'étage. Frappant à la porte de Denis, elle lui dit simplement :

– C'est Tribun qui s'ennuie, laisse-le donc entrer, s'il te plaît.

Elle attendit un moment et la porte s'entrouvrit, le chien entra et elle se referma doucement. Marie-Thérèse eut un moment de satisfaction et redescendit.

– Son Tribun à ses côtés, tout ira mieux, je pense…

Les Cabreloche ne perdirent que peu de temps au repas et filèrent au pré. Il fallait faner et rentrer le foin sec. Ils ne parlaient pas mais le regard porté vers le chemin trahissait leur angoisse.

Marie-Thérèse partit chercher l'attelage et revint avec le char. Une femme dure à l'ouvrage à qui recevoir les fourchées de son homme ne faisait pas peur. Elle savait rouler les brassées et bien les entasser, et jamais un chargement n'avait versé.

Sur le chemin, aucune silhouette ne venait.

Après avoir déchargé le foin dans la grange, les Cabreloche rentrèrent dans la maison pour se rafraîchir un court instant, avant d'abreuver l'attelage et de retourner au pré.

Marie-Thérèse remarqua que l'assiette qu'elle avait préparée pour Denis était vide. Elle lança un clin d'œil à Émile. Il avait compris. Tout allait bien et Denis ne tarderait sans doute pas à réapparaître.

Lorsqu'ils revinrent au pré, à peine avaient-ils repris leur travail que Denis était là, s'occupant des animaux avec son aiguillon. Personne ne disait mot, la colère et le chagrin s'amenuisaient quelque peu. Tribun ne quittait pas son ami d'une semelle, à croire qu'il comprenait. La journée se termina ainsi. On aurait dit que tous avaient perdu la parole. Mais à quoi bon parler ? Et parler de quoi ? Il faudrait du temps et d'autres jours pour revenir sur le sujet.

Denis garda son calme mais ne sourit pas tout au long du repas du soir. On ne le brusqua pas et les Cabreloche firent comme si de rien n'était.

– Faudrait que demain tout soit terminé dans ce pré, le foin est bien mûr et la récolte semble importante cette année, à voir la grange… Les moissons ne vont pas tarder, les blés sont aussi prometteurs que les foins. Nous aurons besoin de toi, Denis, tu tiens la place d'un homme ici, je peux le dire !

Denis esquissa un petit sourire, mais à l'économie. Lorsqu'il monta se coucher, il caressa son chien. Lui au moins ne lui avait jamais raconté d'histoires…

La nuit chaude de l'été posa alors son silence sur le pays et Denis s'endormit enfin.

Après quelques jours d'une attitude retenue, tout doucement il se remit à parler, sans que réapparaisse pour autant le sourire éclatant qui lui était coutumier.

Les Cabreloche eurent la visite de madame et monsieur Reboilleux, les parents de Vincent. Ils avaient appris la mort d'Emma par Vincent et présentaient leurs condoléances.

– À notre connaissance, Emma n'est pas morte, nous n'avons plus de ses nouvelles tout simplement. Denis a pu le laisser croire, hélas !

Les Reboilleux se confondirent en excuses. Incroyable situation en effet.

– Monsieur le maire nous a informés officiellement de sa disparition suite aux recherches réalisées à Paris, et Denis a très mal supporté le choc. Nous, nous savions mais le tenions écarté de ces choses si pénibles pour un enfant. L'âge venant, nous avons pensé qu'il fallait qu'il sache.

– Nous ne propagerons rien de cette entrevue mais la nouvelle se répandra bien vite au village.

– Nous corrigerons cela en parlant de disparition mais les bruits ne s'arrêtent pas ainsi. Nous allons prévenir Denis, mais il a bien du mal à comprendre et sa déduction n'est pas insensée. C'est tout de même une disparition et nous n'avons plus d'espoir. Merci de votre visite, déclara Émile.

– Je vais préparer un café, dit Marie-Thérèse, parlons d'autre chose.

Puis la discussion sur les foins, les futures moissons et le beau temps souhaité effacèrent les émotions du début de la visite.

Denis rentrerait bientôt de l'école.

# 6

*Juillet 1938.*

Les jours et les semaines se mirent à courir plus vite encore. Denis, treize ans, traînait sa peine et son mal de vivre partout avec lui et chacun pouvait le voir.

Les grandes vacances bien entamées, Denis promenait la plupart du temps son désenchantement autour de la maison. Mais un jour, tout à coup, il prit la direction du village et entra discrètement dans l'église.

Il s'assura d'un coup d'œil bref que personne n'occupait de chaises, et s'approcha doucement et sans bruit du chœur. Il choisit une chaise et s'assit.

Il regarda la croix centrale et scruta le visage du Christ longuement. Avait-il envie de lui parler ? Certainement, mais comment s'adresser à ce visage peint au front ceint d'une couronne d'épines ? Il ne l'admirait pas, non, il le laissait indifférent. Ses yeux se portèrent alors vers la statue de la Sainte Vierge au regard plus compatissant. Par moments, ses mains effectuaient des mouvements agressifs, des gestes de désespoir aussi, de fatalité. Puis il se raidit et il se mit à murmurer :

– J'avais confiance en vous deux et vous le saviez. Pourquoi alors m'avez-vous abandonné ? Pourquoi mes parents ont-ils disparu ?

Sa voix avait porté dans cette solitude et cette pauvre clarté. La dureté de ces reproches avait envahi la nef et le chœur tout entier. Il se leva pour d'autres griefs et sa voix déchira les lieux.

– Qu'ai-je fait pour mériter ça ? Dites-le-moi ! Aidez-moi au lieu de me fixer avec ces yeux qui ne me regardent plus, ils vont au-delà, toujours au-delà mais ils ne m'atteignent pas, je ne le sens pas sur mon cœur, vous m'avez abandonné ! Vous, la mère de Jésus, vous auriez pu comprendre…

Il sortit alors de sa poche le chapelet de nacre et s'apprêtait à le jeter au sol, devant la Vierge, quand une voix l'en arrêta. La Vierge lui parlait donc :

– Calme-toi, mon petit, calme-toi, tu ne peux pas parler ainsi…

Il rabaissa son bras et, stupéfait, tenta de mieux voir ce visage de plâtre qui lui avait parlé. Elle lui avait adressé quelques mots… Il observa les autres statues de l'église et crut voir leur visage braqué sur lui. Il laissa passer quelques secondes et se ragaillardit soudain :

– Vous m'avez abandonné ainsi que ma mère, je ne croirai jamais plus en vous, ni en votre fils ! Vous faites partie de ces menteurs qui racontent n'importe quoi, vous êtes comme les autres…

– Ton cœur a mal mais je te connais, tu as un bon fond, Denis, tu es un brave garçon et tu oublieras ces méchancetés que tu viens de prononcer…

Denis se tut, tout en triturant son chapelet qu'il n'avait pas jeté. Il croyait voir les plis de la robe de la Vierge bouger. Il se demandait s'il rêvait…

Une main se posa sur son épaule et il tressaillit de tout son corps. Il eut juste le temps de vérifier que ni la Vierge ni Jésus n'avaient quitté leur place avant de reconnaître le doux visage de Justine qui lui souriait. Dans un moment de panique, de maladresse, il se blottit contre elle et n'en bougea plus. Elle lui caressa les cheveux comme une mère l'aurait fait. Tout contre elle, il respirait maintenant son odeur de vieille femme à travers ses pauvres vêtements, et cette odeur ne le dérangeait aucunement. Il y avait au-delà une tendresse qu'il percevait, dont il avait tant besoin et qui représentait beaucoup pour lui.

Au bout d'un moment, il lui dit enfin :

– C'était donc toi ?

– Va donc savoir, mon petit Denis ? Assieds-toi à côté de moi, si tu as le temps bien sûr.

Il n'osa pas la questionner davantage tant il était surpris…

Justine connaissait l'histoire de Denis, bien plus que lui, aussi que pouvait-elle faire pour apaiser ses doutes et son rejet, manifestés quelques instants plus tôt ?

Denis avait fourré son chapelet dans sa poche, ce cadeau de Justine.

– Dis-moi ce qui t'a amené à venir crier ta douleur ici ?

– Tu étais là depuis le début, Justine ?

– Oui, mais je ne suis qu'une toute petite tache noire dans cette église et tu ne m'as pas aperçue.

– Je ne voulais pas que l'on m'entende, c'est à eux que je voulais dire ce que j'ai dit. Je leur ai demandé plusieurs fois de l'aide, de ramener ma mère dont je ne me souviens même plus. Je ne sais même pas si je lui ressemble aujourd'hui…

Il jeta vers les statues un regard plus chargé de désespoir que de haine. Puis il baissa les yeux, les mains croisées sur ses genoux. Justine l'observait et comprenait sa souffrance.

Puis Denis ajouta :

– Mes parents sont morts, je le sais maintenant. Je les ai attendus si longtemps… Je n'ai plus qu'à les rejoindre…

Elle l'entoura de son bras et tenta de trouver des mots apaisants, sachant bien qu'ils n'auraient qu'un vague écho en lui.

– Tu as des grands-parents qui s'occupent bien de toi et qui sont fiers de leur petit-fils, tout le village le sait. Tes parents reviendront un jour, il faut garder cet espoir. Tu as cette chance d'espérer car, en ce qui me concerne, je suis une enfant de l'Assistance. J'aurais aimé avoir des gens comme tes grands-parents, oh oui, j'aurais tant aimé et ça m'aurait suffi. J'ai traîné ma pauvre vie à la gagner misérablement par-ci, par-là, sans le moindre regard d'affection des autres car, en plus, j'étais loin d'être belle. Mais voilà qu'un jour on m'a confié un tout-petit, il s'appelait Denis et je m'y suis tant attachée que ce fut le bonheur de ma vie.

Denis ne vit pas les larmes couler de ses yeux.

– C'est pas juste, non, c'est pas juste tout ça, et même eux ne font rien pour moi ! Je ne supporte pas ce qui n'est pas juste, je vais aller me jeter dans la cascades des loups, je te le jure, Justine.

– Tu connais cet endroit ?

– Oui, avec grand-père nous y sommes allés... Si on se jette du haut, on ne peut pas se rater ! Et puis, j'y suis retourné avec Vincent, pour jouer, mais il ne faut pas le répéter. Il m'a fait entendre les hurlements des loups entre deux pierres légèrement creuses... il faut les coller sur les oreilles, comme des coquillages où l'on entend la mer...

– Quand ta mère reviendra, crois-tu qu'elle sera heureuse d'apprendre ça ? Son petit Denis n'a pas eu le courage d'attendre son retour ?

Denis la regarda, interloqué. Et si c'était vrai, si elle revenait un jour et qu'il n'était pas là ?

– Pense aussi un peu à moi, quand je serai bien vieille et malade dans ma chaumière, ce qui ne saurait tarder, qui viendra me voir si ce n'est toi ? J'ai aussi besoin de toi, ce n'est pas en fuyant qu'on efface les problèmes. De plus, tu es beau garçon, tu es jeune et on t'aime, alors réfléchis bien avant d'aller à la cascade des loups, un triste endroit où même moi je n'aimerais pas aller pour mon dernier jour...

Denis avait glissé sa main dans sa poche et triturait son chapelet. Elle avait peut-être raison, la Justine. Il se rappela alors la hauteur de la chute d'eau et rien que le bruit qui lui revenait aux oreilles l'apeura soudainement.

– Je vais attendre un peu pour aller là-bas, tu as raison, Justine. Je me suis emballé bien vite mais à force de réfléchir on peut s'égarer. Merci d'avoir été là au bon moment. Ça ne m'empêchera pas de rester fâché avec ces deux-là, dit-il en jetant un œil vers la croix et la statue.

– Tu connais leur histoire, elle n'a pas été facile pour eux deux non plus... Et maintenant, que vas-tu faire ?

– Je vais rejoindre Tribun et travailler, ils ont sans doute besoin de moi à la maison.

La porte de l'église s'ouvrit sur deux silhouettes hésitant sous la clarté du matin. Justine, la petite femme tout en noir, plutôt rondelette, et Denis, en culottes courtes, les chaussettes tombant sur les chaussures comme toujours, le buste serré dans un tricot étroit et les cheveux en bataille. Il avait toujours la main dans sa poche mais ne parla pas du chapelet à Justine, elle ne méritait pas ça.

Sur le court chemin qui le ramenait à Costesoleil, Vincent le regardait venir. Il voulait l'inviter pour une partie de pêche, à la braconne.

– Ça n'a pas l'air d'aller, Denis ?

– Je rentre, il y a du travail à la maison et j'ai déjà perdu du temps ce matin.

– Ça te dirait, une partie de pêche un de ces jours, bientôt il n'y aura plus de truites dans les ruisseaux.

– Je m'en fiche de tes truites, laisse-moi tranquille, fous-moi la paix !

Vincent, qui n'avait pas l'habitude de se faire renvoyer de la sorte, devina qu'il se passait quelque chose chez son ami. Il le laissa passer sans répondre et s'en retourna chez lui, l'esprit contrit.

Denis n'aidait pas les siens comme auparavant, il n'avait plus le même enthousiasme. Il errait souvent par les chemins, au bord des prés et des champs, le regard ailleurs. Cependant, pour les battages, il se comporta normalement et personne ne lui parla de la rumeur, presque oubliée, sur la mort de ses parents.

Tribun, son compagnon et ami, ne le quittait pas. En fin de journée, tous eurent droit au spectacle.

– Tu es un saltimbanque, lança une voix. Tu devrais te faire embaucher dans un cirque, jamais je n'ai vu ça… Mais à partir d'aujourd'hui, je pourrai dire que je l'ai vu, nom de Dieu !

L'homme n'était sûrement pas à jeun mais tous applaudirent face à ce tour de force : Denis faisait parler un chien !

L'école reprit mais l'enfant s'en désintéressait, contrairement à son habitude. Les devoirs n'étaient pas à jour, les leçons survolées mais pas sues. Le travail à la maison aussi bien qu'à l'école périclitait.

– Denis, lui dit un jour le maître, que se passe-t-il ? Tu es en train de remplacer le cancre de la classe ! Je vais devoir rencontrer tes grands-parents…

Denis baissait la tête.

Le maître d'école se rendit à Costesoleil.

– Nous ne comprenons pas, répondirent les Cabreloche, mais depuis les mauvaises nouvelles concernant ses parents, Denis n'est plus le même. Il se réfugie dans la solitude, la rêverie, il n'est plus là. Notre tendresse pour lui l'agace davantage qu'elle ne le réconforte.

– Il devait être présenté au certificat d'études cette année mais je crains de le supprimer de la liste, informa l'instituteur. Voyez de votre côté ce que vous pouvez faire, il est temps d'agir ; passé Noël, je prendrai ma décision.

Dépités, les Cabreloche regardèrent l'instituteur s'éloigner. Que faire en effet face au comportement de leur petit-fils ?

Soudain, Émile eut une idée… Si pour lui elle n'était pas nouvelle, elle apporterait peut-être à Denis des raisons de se remettre au travail sérieusement. Il attendit le moment propice pour parler à Denis, avec dans sa voix une modération particulière.

– Alors, mon garçon, voilà que le certificat se profile pour la fin de l'année… Comme le temps passe vite.

Le jeune garçon ne sut quoi répondre face à cette discussion qui s'annonçait pour le moins étrange.

– Tu n'es pas en retard mais, quand on y réfléchit, l'été sera vite là.

– Moi, je ne pense pas à ça, d'ailleurs je ne pense plus à l'école, à quoi bon se fatiguer à apprendre ? Je n'ai plus le goût…

– Voilà qui arrive parfois, dit Émile en souriant ; tout à coup on n'a envie de rien, ça m'est arrivé aussi et même à l'âge adulte. Quelque chose se détraque et c'est comme un système d'horlogerie, c'est la panne… mais on ne se débarrasse pas pour autant de la montre ou de la pendule.

Interloqué, Denis l'observait sans mot dire, se demandant bien où son grand-père voulait en venir au bout du compte. Il le savait adroit dans certaines conversations, il avait pu le vérifier lors des ventes de bêtes ou de produits de la ferme. Certains en avaient été pour leurs frais.

– On va s'asseoir un moment, tant qu'il y a encore un rayon de soleil, et puis on ira voir si ta grand-mère a pendu la marmite à la crémaillère.

Il marqua un temps, puis :

– J'ai vu le père de Vincent Reboilleux, ton ami, il ne sait pas ce que va faire son fils après l'été prochain ; mais lui a un an de retard sur sa scolarité. Vous allez de ce fait vous retrouver dans la même situation.

– Oui, mais lui il travaillera à la ferme, que veux-tu qu'il fasse d'autre ? Son avenir est tout tracé !

– Il a cet avantage, c'est bien vrai, mais toi, mon cher Denis, que penses-tu faire après ton certificat ? Veux-tu apprendre un métier ? Le charron m'a déjà parlé et ne serait pas fâché de…

– Non, grand-père, pas charron, je n'aime pas ce métier… Te rends-tu compte ?

– Pour moi, à ton âge, je n'avais pas à me poser de questions, j'ai travaillé avec mes parents et un jour j'ai pris la suite, tout simplement…

– Toi, tu avais des parents ; moi, c'est pas pareil, ils sont morts, je le sais maintenant.

Émile ne releva pas.

– Il nous semble, à ta grand-mère et à moi, que tu ne crains pas le travail de la terre, nous t'avons observé et ton comportement ne varie pas depuis des années.

Denis trouvait une certaine logique dans les propos du grand-père. Pourtant, il dit :

– Des fois, je voudrais apprendre le métier de maçon, d'autres fois celui de charpentier, mais toujours j'en reviens au tien. Tu es le patron ici et tu organises les journées sans obéir à personne et sans te tromper.

– Ça m'arrive quelquefois, le bon Dieu m'aide sans doute…

– Ne me parle plus de celui-là, plus jamais !

Émile comprit ; Justine lui avait raconté sa rencontre à l'église avec Denis.

– J'envisage bien d'embaucher un jeune dans l'avenir, il faut aussi se moderniser pour progresser, tout change aujourd'hui et nous, les paysans, on aura toujours besoin de nous pour nourrir le monde.

Denis dévisageait son aïeul avec étonnement. Il était encore jeune, c'est vrai, mais il n'avait pas imaginé un seul instant que cette perche lui fût tendue.

– Dommage que je sois trop petit, ça m'aurait bien intéressé.

Émile le regardait tendrement, il aurait voulu l'embrasser, mais entre hommes ça ne se fait pas trop. Il venait d'entendre ce qu'il avait souhaité si ardemment, silencieusement. Il ne trouva rien à ajouter pour ne pas rompre tant d'espoir. Soudain, ne voulant pas que se dispersent à tous les vents les belles paroles de Denis, il lui annonça :

– Après avoir obtenu ton certificat d'études, car il n'est pas entendu que tu ne l'aies pas, tu resteras chez nous, tu apprendras le métier de ton grand-père, qu'en penses-tu ?

Le visage de Denis s'illumina soudain. Il se leva et ouvrit ses bras au ciel en criant :

– C'est une idée formidable, grand-père, mais pourquoi tu ne m'en as jamais parlé ?

– J'attendais que tu grandisses, oui, que tu grandisses.

Denis laissa exploser sa joie.

– Grand-père, je l'aurai, mon certificat d'études, et maintenant je sais pourquoi, merci de cette grande nouvelle, allons voir grand-mère ! dit-il en se levant d'un bond.

Qu'avait Émile Cabreloche dans ses yeux ? Une poussière sans doute ?

En voyant ces deux silhouettes s'éloigner, un excellent observateur aurait deviné qu'elles parlaient d'avenir rassurant.

Trop heureuse de la nouvelle attitude de son petit-fils, Marie-Thérèse préféra cependant attendre pour se convaincre des bonnes intentions de celui-ci. L'emballement des jeunes ne se concrétise pas toujours et la déception est à la hauteur de l'espoir contrarié.

Ce soir-là, Denis leur offrit son numéro avec Tribun près du cantou.

– Je n'ai jamais vu ça de toute ma vie, dit-elle, mais comment est-ce possible ?

Marie-Thérèse avait oublié ou sans doute mal compris lors du premier spectacle près des roulottes, un soir.

– J'ai appris avec les Gitans et l'oncle de Jésus et de Marie, Tiago, tu te souviens d'eux ?

– Jésus et Marie, mais comment peut-on oser appeler des enfants ainsi ? Il me semble que ce n'est pas respecter la religion…

– Ces Gitans sont croyants et davantage que moi. Au début, j'avais du mal à les appeler ainsi et, petit à petit, c'est venu tout naturellement et j'ai même trouvé ça beau et original. Ils avaient aussi un langage particulier entre eux et j'aurais aimé l'apprendre aussi mais je n'ai pas eu le temps, j'en avais assez avec Tribun ! Je sais que je ne les verrai jamais plus mais je ne pourrai pas les oublier.

– Tu m'étonneras toujours, mon petit.

– À partir d'aujourd'hui, je vais me remettre au travail à l'école, je me suis laissé aller sans m'en rendre compte mais ce temps est terminé ! Je vous le promets !

– Dieu t'entende, ajouta Marie-Thérèse.

Ce fut une magnifique journée et elle fut suivie de bien d'autres qui réjouirent les Cabreloche.

– Qu'avez-vous fait à Denis, monsieur Cabreloche ? lui demanda un jour l'instituteur. Je ne le reconnais plus, il va finir par devenir le premier de la classe !

– Je n'en demande pas tant. Qu'il réussisse son certificat et tout ira pour le mieux.

Émile et Marie-Thérèse parlaient entre eux et se réjouissaient de voir Denis acharné au travail scolaire et plein d'enthousiasme pour ce qu'il faisait à la maison.

– Je n'aurais pas imaginé qu'on puisse le rattraper tant il paraissait perdu. Tu as réussi là un tour de force, Émile.

– Je lui ai assuré un avenir au moment où il doutait... C'est si simple d'assurer une vie à un enfant se sentant orphelin, mais encore fallait-il y penser et je me demande encore comment j'ai fait. Mais le plus important c'est de se dire que nous le garderons et, vois-tu, je donnerais tout ce que je possède pour que ça continue ainsi, et je sais bien que tu penses comme moi, pas vrai ?

– Tu vas me faire pleurer, Émile...

Denis obtint son certificat d'études, ce qui ne surprit pas son maître d'école ni Vincent. Il devenait le deuxième homme de la maison, selon Marie-Thérèse.

– Dans quelques années, on va s'agrandir, lui avait dit Émile, et acheter du nouveau matériel, une nouvelle charrue, augmenter le cheptel, les terres, si tu es d'accord bien entendu...

– Je m'appelle Cabreloche, je l'ai vu sur l'acte de naissance que m'a montré grand-mère. J'en suis fier, je ne vous décevrai jamais !

Cette année-là, les parents de Vincent Reboilleux emmenèrent leur fils à Paris, une belle récompense pour l'obtention de son examen. On en parla dans le village.

Mais Vincent n'oublia pas son ami et lui ramena une surprise extraordinaire. Il s'agissait d'un petit livre, un manuel de ventriloquie dont même le titre n'avait jamais été prononcé au pays par qui que ce soit.

Denis embrassa maladroitement son ami tant il était heureux. Il ignorait que pareil ouvrage pût exister et il passa la nuit entière à le lire et relire. Un ventriloque est celui qui fait parler son ventre, au sens étymologique. Il découvrait la maîtrise des muscles faciaux, de la langue et des cordes vocales ainsi que du diaphragme absolument nécessaire. Il se jura de se laisser pousser la moustache, une astuce pour dissimuler le mouvement de ses lèvres… Tiago ne lui avait pas tout dit, mais il avait tout de même allumé en lui cette flamme d'amuser les autres. Il allait se perfectionner, dès le lendemain même !

Le dur apprentissage du métier de paysan se dessina alors de manière forte mais Denis ne craignait pas la besogne, étonnant tout son monde. Tribun semblait l'encourager et les années commencèrent à faire de lui un beau jeune homme. Il était demandé avec son précieux compagnon à quatre pattes pour animer des repas de famille, des veillées, et l'on appréciait sa modestie. La pièce qu'on lui donnait devenait son argent de poche, il en tirait une certaine fierté. Du haut de ses dix-sept ans, il en imposait désormais et l'on ne savait s'il pensait encore à ses parents ; il n'en disait mot.

Si presque tous savaient maintenant qu'il était ventriloque, il en demeurait quelques-uns, de pauvres diables sans doute, qui le redoutaient. C'était le cas de la Ranisse et du Toulou. Ils étaient frère et sœur, et vivaient de leur élevage de poules et de canards. Ils cultivaient également un potager dont ils vendaient les légumes au marché tout au long de l'année. De braves gens sans histoires mais, pourrait-on dire, simples d'esprit, vivant à l'écart dans une misérable masure. On ne pouvait leur donner d'âge et leur vie coulait ainsi.

Un jour, au marché, ils annoncèrent tous deux avoir vu le chien de Denis assis face au calvaire des hautes terres qui parlait à Dieu, enfin au Christ. Seul ! Tout seul !

– Vous n'auriez pas vu Denis dans les parages, par hasard ? Lui, il sait faire parler le chien !

– Par le bouc, je vous le jure, le chien parlait au Christ !

C'était sa manière à lui de jurer, et personne ne savait d'où ça lui venait.

– Et le pire, reprit la Ranisse, c'est que le bon Dieu lui répondait, j'ai vu bouger sa tête et ça m'a fait tellement peur que j'ai dit à Toulou : ne restons pas là, c'est de la diablerie.

Il y avait dans le groupe des gens qui ne riaient pas, notamment la vieille Marie, toujours habillée de noir des yeux jusqu'aux pieds, qui ajouta :

– J'ai vu la même chose un soir où l'orage se préparait et je me suis enfuie le plus rapidement possible. C'est pas une bête normale, ce chien. Faites attention, vous autres, surtout avec vos enfants… Ce Denis, on ne sait pas qui est son père, allez savoir, c'est peut-être un mauvais esprit.

Et patati, et patata…

Un jour d'automne, Tribun mourut sous les plombs d'un chasseur. Il avait neuf ans et quelque difficulté pour marcher mais Denis n'y prêtait pas attention ou ne voulait pas voir. Il n'incrimina pas le chasseur qui lui en promit un tout jeune mais Denis s'était trop attaché à celui-là pour qu'il le remplaçât.

Voyant que sa grand-mère Marie-Thérèse s'ennuyait sans chien près d'elle, il accepta enfin. Le jeune animal s'habitua très vite à sa nouvelle vie sans que Denis ne le choyât comme son Tribun, ça ne risquait pas. Il prit le nom de Loulou.

Denis se rendait quelquefois chez la Justine, lui portant quelques parts de gâteau ou autre. Un sentiment affectueux unissait ces deux-là. Lorsqu'il lui apprit la disparition de Tribun, elle vit sa tristesse et son désarroi.

La vieille femme avait son idée sur la disparition de cette bête : un animal qui parle au Christ ne peut pas plaire à tout le monde.

Le curé avait tenté de calmer les esprits, sachant fort bien qu'il en aurait fallu bien davantage pour arrêter les rumeurs. Certains dans le village avaient continué à lancer des regards suspicieux vers Tribun.

Justine n'en dit mot, ménageant au mieux la sensibilité du jeune homme.

– Que veux-tu, c'est la vie ; on dit comme ça car on ne sait pas quoi dire d'autre dans ces moments-là, même si c'est absurde.

Denis restait muet et regardait Justine, bien vieille elle aussi, et savait qu'un jour...

– Je viens d'avoir une idée, lui dit-elle, pour ton chien...

Il leva des yeux étonnés vers elle, essayant de deviner la suite. Elle eut ce petit sourire vainqueur et déclara :

– Maintenant que tu es un vrai ventriloque, tout le monde le sait et tu es apprécié pour ça, tu devrais fabriquer une marionnette ressemblant à Tribun. J'ai déjà vu ce genre d'amuseur avec dans ses bras un animal en peluche. Il le faisait parler en l'animant de ses mains et c'était à se tordre de rire ! Ça ne te donnerait pas envie, par hasard ?

– Vous avez de ces idées ! Et celle-ci me plaît… Oui, je pourrais faire revivre Tribun avec sa marionnette toute noire et ses yeux dorés, avec une grande gueule, je crois que ça me conviendrait tout à fait ! J'ai bien fait de venir vous voir mais qui va me fabriquer la…

– Va voir madame Rouchette, la couturière, elle sait tout faire, et tous les deux vous y arriverez, j'en suis certaine !

– Si j'osais, je vous embrasserais !

– Et qu'est-ce que tu attends ? dit-elle à travers son sourire de vieille femme édentée.

Les Cabreloche s'en amusèrent mais trouvèrent l'idée un peu osée ; ce n'était pas trop le genre de la maison de faire du spectacle mais… pour Denis…

Madame Rouchette éclata de rire mais lui promit de l'aider.

– C'est bien la première fois que je vais fabriquer un vêtement pour un chien, dit-elle, mais je sais que tu es artiste… et pour toi je vais m'y appliquer. Mais pour la tête et son articulation c'est à toi de le réaliser, peut-être en papier mâché ou je ne sais quoi… en bois, en plâtre…

– Je vais la fabriquer en bois, j'ai une idée, je dois progresser dans la ventriloquie, oui, je sais, c'est un mot barbare mais c'est celui qui convient.

Denis s'entraîna pour trouver de possibles conversations avec la marionnette en posant sa voix au bon moment, un entraînement périlleux, et ce ne fut pas facile. Mais, petit à petit, il se prit au jeu. En imitant des gens du village, il en ferait bien rire certains.

Étonnamment, Alice, la jeune ouvrière et fille de madame Rouchette, trouva l'entreprise si intéressante qu'elle lui fut confiée.

– Puisque tu as de l'imagination pour réaliser cette marionnette, c'est toi qui en seras responsable ! Arrange-toi avec Denis et débrouillez-vous tous les deux.

La tête de l'animal dans laquelle se glissait la main de Denis fut difficile à réaliser, mais après maints essais le résultat parut satisfaisant ; lorsque Tribun ouvrait sa gueule, ses crocs blancs et sa langue rose surprenaient.

Alice lui fabriqua des yeux étrangement doux avec de gros boutons dorés récupérés sur un vieux manteau et, avec ses oreilles pendantes, la marionnette exprimait déjà des sentiments étonnants.

Denis l'asseyait sur son genou droit, la jambe relevée sur une chaise, et la manipulait ainsi. Le résultat fut surprenant mais ne ressemblant pas du tout à Tribun, il fallait s'y attendre.

En même temps que naissait la peluche et à force de se rencontrer, Alice et Denis se découvrirent des sentiments naissants l'un pour l'autre. Ils avaient tous deux dix-huit ans.

Ce fut au café qu'il se lança un soir. Il annonça que Tribun lui avait demandé avant de disparaître de le remplacer par une marionnette, ce qu'il avait fait…

Ce fut son premier triomphe et non le dernier ! Malgré leur retenue, Émile et Marie-Thérèse pleurèrent de rire ce soir-là. Tribun lui obéissait merveilleusement, et Denis devint, qu'il le veuille ou non, un artiste de « music-hall ». Voir et entendre chanter Tribun valait le déplacement et on ne s'en privait pas.

Tout cela n'empêchait aucunement le travail à la ferme tandis que la France était sous occupation et que le STO avait appelé quelques hommes du village plus âgés que Denis. Il semblait cependant que les événements n'aient pas encore meurtri la région.

# 7

La foire mensuelle avait lieu le premier samedi du mois à Braillac et rassemblait bon nombre d'agriculteurs du canton. Le calendrier indiquait samedi 6 novembre 1943. Le foirail, bruyant des négociations des vendeurs et des acheteurs, sans compter les meuglements des animaux, apportait au village une vie particulière. On parlait fort, sauf de politique, craignant des oreilles à l'affût.

Aux premières heures, l'haleine et les vapeurs chaudes des bêtes montaient dans le matin froid tandis que plus tard d'autres odeurs s'élèveraient du sol décoré de tant de déjections.

Chacun y allait de ses arguments, et les hommes de la terre, aux visages rouges sous leurs bérets ou chapeaux et à demi cachés par des moustaches avantageuses, jouaient à « dire sans dire », acceptant momentanément ou faisant semblant, arrêtant parfois à la dernière seconde le ciseau qui marquait les bêtes comme vendues, devenant pour ce jour des comédiens remarquables.

On se tapait sur les mains, on trichait, on jouait au jeu « à qui perd gagne » et on acceptait enfin les propositions des acheteurs, qu'ils fussent chevillards[1] ou maquignons[2] ; il fallait bien rentrer avec quelques sous dans la poche.

Dans la rue principale, des forains proposaient leurs marchandises qui intéressaient autant les femmes que les hommes. Outre la quincaillerie et les divers ustensiles de cuisine du quincaillier, le sabotier voisin déballait aussi sa marchandise ; il y avait un marchand de vêtements de travail en moleskine, vestes et pantalons de toile, des robes tabliers pour les femmes, des toiles cirées, de la laine brute pour réaliser aux aiguilles ces fameux tricots ou chaussettes en laine du pays, label incontournable.

Il se trouvait toujours ce fameux pâtissier venant d'Aurillac, attirant les enfants et les gourmands avec ses sucreries, ses jésuites de forme triangulaire si délicats et croustillants, ses millefeuilles, ses éclairs au café ou au chocolat, en si grosses quantités qu'on se disait qu'il devait croire qu'il était le seul à pouvoir régaler les visiteurs. Pourtant, malgré la concurrence, il s'en retournait toujours sans marchandise et le portefeuille bien garni.

Ce jour-là, Émile, ayant vendu son veau et se trouvant alors devant le pâtissier pour ramener comme à son habitude quelques surprises à sa femme et à Denis, fut accosté par un individu qu'il ne reconnut pas sur l'instant. Celui-ci ne tarda pas à lui rappeler son identité.

---

1. Chevillards : grossistes en viande pour les abattoirs ou les bouchers, souvent bouchers eux-mêmes.

2. Maquignons : négociants (principalement en chevaux) faisant commerce d'animaux vivants.

– Vous ne vous souvenez pas de Rolland ? J'étais domestique chez des paysans de Braillac, mais il y a maintenant plus de quinze ans…

Émile le fixa. Après quelques secondes, lui revinrent en effet des images de cet énergumène et ces souvenirs n'étaient pas de ceux qui réjouissent.

– On dirait que tu n'es pas à jeun… Tu n'as guère changé en effet… Et que fais-tu par ici ? Il me semble que tu n'étais pas de chez nous ?

– Je cherche du travail. Vous pourriez m'embaucher peut-être ?

Émile le prit par la manche et le tira à l'écart.

– Je n'ai pas les moyens de prendre du personnel, les temps sont durs et c'est la guerre…

– J'ai rencontré votre fille à Paris… Il n'y a pas longtemps.

Émile tenta de se maîtriser, son interlocuteur se montrait trop à l'aise dans l'instant.

– Raconte un peu comment tu l'as rencontrée.

– Emma fait un étrange métier à Paris… dit-il avec une extrême arrogance.

– Ma fille est en Amérique, tu n'as pas pu la rencontrer…

– Bien sûr… en Amérique… reprit Rolland en pouffant.

N'étant pas né de la dernière pluie, Émile triturait ses méninges.

– T'as dans l'idée de travailler chez moi, n'est-ce pas, hein ? As-tu cherché ailleurs, par hasard ?

– Je sais que vous m'embaucherez, pourquoi chercher ailleurs ?

Le ton ne laissait place à aucun doute.

– Je n'ai pas trop le temps tout de suite mais, si tu veux repasser vers 18 heures, on en discutera, il n'y a pas de raisons qu'on ne s'entende pas, annonça Émile Cabreloche. Tu te rappelles du pont penché ?

Rolland fit oui de la tête, agacé de ne pas obtenir sur-le-champ l'embauche souhaitée.

– Je te dis à ce soir, ne sois pas en retard, j'aurai la solution…

Tous deux se séparèrent et Émile s'en retourna vers le pâtissier pour ses achats. Il vit l'homme rejoindre le bistrot tout en sifflotant avec une allure de triomphe.

Cette rencontre chagrinait Émile et son retour à Costesoleil s'en trouva si perturbé qu'on aurait pu l'entendre marmonner dans sa barbe. Il n'en parla pas aux siens et travailla l'après-midi comme d'habitude.

– Je dois me rendre à Braillac vers 18 heures…

– Je t'accompagne, grand-père, proposa Denis.

– Ce n'est pas nécessaire, une affaire de bétail à régler mais je serai rentré vers 20 heures, sûrement bien avant d'ailleurs…

– Il fera nuit lorsque tu vas rentrer, prends garde… Rien de grave ? demanda Marie-Thérèse. Loulou peut t'accompagner ?

– Je préfère m'y rendre sans chien, rien de bien important mais c'est convenu depuis ce matin à la foire. Ne vous inquiétez pas. Gardez-moi un peu de soupe chaude, ajouta-t-il en riant.

La nuit tombait lorsqu'il quitta Costesoleil, armé du bâton qui ne le quittait pas lorsqu'il se déplaçait assez loin. Tout en cheminant, il réfléchissait à sa rencontre avec ce fou de Rolland. Un mauvais pressentiment l'étreignait. « Un traquenard se prépare et je dois être sur mes gardes ! »

Il devina l'homme appuyé contre la rambarde du pont. Il était à l'heure et sûr de lui.

– Tu as des choses à me dire sur ma fille ? À la bonne heure, raconte-moi... Je manquais de nouvelles ces temps-ci...

La pendule sonnait 21 heures lorsque Émile rentra.

– Nous t'avons gardé la soupe, Émile, elle est toute chaude et tu dois en avoir besoin par cette fraîcheur soudaine, l'hiver ne sera pas en retard cette année...

– On a assez de bois pour tenir, n'est-ce pas, Denis ? Et s'il en manquait par hasard, nous en couperions d'autre, il n'y a rien de plus facile.

– Tu me sembles assez satisfait, tout s'est passé comme tu le voulais ?

– J'ai une faim de loup, dit-il, tandis que Loulou n'arrêtait pas de le renifler.

– C'est bon signe et il n'y en a pas de meilleur, ajouta Marie-Thérèse. Bon appétit et bon sommeil, voilà qui requinque les hommes !

– Tu ne peux si bien dire...

Avant de s'endormir, Émile se remémora sa fille Emma courant vers lui sur le chemin ; elle avait une douzaine d'années, elle riait, cheveux au vent. Dieu qu'elle était belle !

Personne ne revit ce Rolland au village ni dans les alentours. Le temps reprit sa course et seul

Émile rassemblait ses souvenirs qui le martyrisaient. Où était donc sa fille Emma ? Mais au final, l'espoir de la revoir prédominait toujours. Un petit sourire discret et il reprenait son travail ou son chemin, sa vie. Marie-Thérèse tentait de parler de sa fille avec son mari bien souvent lorsqu'ils étaient seuls ; elle ne comprenait pas cette si longue absence et pour elle Emma était morte, elle ne l'attendait plus.

Alice et Denis se fréquentaient ouvertement. Ils n'avaient rien à cacher, ces deux-là, et Marie-Thérèse voyait que son petit-fils paraissait heureux. Alice avait été reçue chez les Cabreloche, et bientôt Denis se rendrait chez ses futurs beaux-parents, les Rouchette. La mère était la couturière du village et le père travaillait dans la grande quincaillerie de Braillac, à la vente et manutention de ces ferrailles lourdes dont il assurait également les grosses livraisons. Des gens honnêtes et travailleurs.

Denis eut vingt ans. Émile ouvrit une bonne bouteille de vin vieux et Marie-Thérèse fit un excellent gâteau :

– Je ne peux pas m'imaginer que tu as déjà vingt ans, mon petit Denis… C'est vrai que nous sommes en 1945.

– Moi je trouve qu'il n'est pas si petit, comme tu dis ! reprit Émile, avec un grand sourire et l'œil pétillant. C'est un fort gaillard.

– La guerre va nous le prendre, c'est ce dont j'ai le plus peur, ajouta Marie-Thérèse, je prie pour que ça n'arrive pas…

– Tu apprendras à Alice à faire de bons gâteaux comme tu sais si bien les faire, coupa Denis.

– Sans doute les fait-elle mieux que moi ; nous avons nos secrets, nous les femmes !

Denis avait aussi rendu visite à la vieille Justine.

## 8

Par un beau matin de mars 1946, Loulou devina avant tout le monde l'approche du facteur et ne l'accueillit pas avec les convenances souhaitées. Les Cabreloche ne recevant guère de courrier, le préposé demeurait pour la bête gardienne du domaine un intrus, à moins que ce ne fût la casquette du bonhomme qui ne lui revenait pas. Marie-Thérèse calma l'animal et le fonctionnaire demanda à voir Denis car le courrier lui était destiné ; un pli recommandé !

– Mon Dieu, cria Marie-Thérèse, c'est peut-être une nouvelle mobilisation, pardi ! Pauvre Denis !

Le facteur la rassura sans qu'elle l'entendît. Ce n'était pas un ordre de mobilisation. Mais déjà elle se dépêchait de rejoindre son petit-fils.

– Denis ? Denis ?

– Que se passe-t-il, grand-mère ?

– Le facteur te réclame, c'est sûrement la mobilisation, mon Dieu !

– Aurais-tu oublié que l'armistice a été signé le 8 mai de l'année dernière, grand-mère ?

– Tu sais, je ne suis pas tout à fait tranquille, on ne sait pas tout ici…

Le facteur se contenta de sourire gentiment.

– Faudrait signer ici, dit l'homme qui se méfiait toujours du chien.

– Grand-mère, rentre donc cette bête ! Je crois qu'elle ne vous estime guère, se permit de dire Denis.

– Ce n'est pas la première et ce ne sera pas la dernière, c'est une chose bien connue, bien des chiens ne nous aiment pas et celui-ci en fait partie.

– Entrez donc un moment, vous prendrez bien quelque chose, facteur ?

– Ce n'est pas de refus.

Puis il ajouta, comme tout bon facteur familier aime le faire :

– Ça vient d'un bureau de la Caisse d'Épargne de Paris… C'est daté de février 1946, on ne voit pas très bien le jour…

– Une erreur sans doute, je n'ai rien à voir avec la Caisse d'Épargne… ni de Paris, ni d'ailleurs.

– En tout cas, c'est un recommandé !

– Ce ne peut plus être la mobilisation, merci mon Dieu ! intervint Marie-Thérèse.

Après ces mots satisfaisants, le facteur termina son verre de rouge et repartit, sa mission accomplie.

– Avec le maire, nous avions fait le nécessaire et je crois que ça a marché… glissa Émile à l'oreille de son petit-fils.

Denis ne tarda pas à prendre connaissance de son courrier tant la curiosité le taraudait.

Marie-Thérèse tentait de lire par-dessus son épaule.

– Qu'est-ce qui se passe donc ?

– C'est tout de même surprenant, ils veulent savoir si mon adresse est bien la bonne. Après confirmation, disent-ils, un courrier important me sera envoyé dans quelques mois…

– Fais attention que ce ne soit pas un attrape-sous. Moi, je me méfierais, à ta place.

– Je vais demander à grand-père et s'il est d'accord je renverrai ce papier. Que peut-il m'arriver ?

Marie-Thérèse n'étant pas rassurée, tous deux attendirent le verdict d'Émile. Celui-ci fut sans ambiguïté, il fallait répondre dans la mesure où rien ne lui était réclamé !

La réponse partit et l'attente commença, même si chacun faisait mine de ne pas y penser.

Le 17 juin 1946, un nouveau pli recommandé arriva.

Quelle ne fut pas sa surprise de découvrir un livret de Caisse d'Épargne à son nom. Il l'ouvrit délicatement et découvrit un montant qui le fit frémir… Était-ce possible ? Les Cabreloche réunis en demeuraient muets d'étonnement et de stupeur.

Les informations chiffrées du livret se trouvaient confirmées par un courrier de l'inspecteur principal du bureau détenteur et dépositaire du présent livret.

En outre, un courrier joint l'informait qu'Emma Cabreloche avait ouvert ce livret en 1934 pour son fils Denis Cabreloche et avait impérativement demandé à la banque de le lui faire parvenir, dès sa majorité, à cette adresse précise.

Le premier courrier lui avait été envoyé à titre préventif au cas où il n'habiterait plus ici. Précautionneux, les banquiers !

Capital et intérêts réunis, la famille n'en revenait pas ! Emma Cabreloche indiquait d'autre part la source de ce dépôt. Il provenait d'un gain important à la Loterie nationale dont elle donnait la date et le montant.

Ceci créa un mouvement de bonne humeur sans égal.

– Je me souviens du nom du premier gagnant à la création de ce jeu, il s'appelait Gaston Bonhour, c'était un coiffeur de Tarascon et il avait gagné pas loin de 5 millions de francs, nom de Dieu !

– Tu te rappelles ça, Émile ?

– Oui, et il avait été dit que les bénéfices de la Loterie nationale seraient reversés à la Caisse des anciens combattants et aux agriculteurs sinistrés ! Je ne l'oublierai jamais !

– Ma mère ne semble pas avoir gagné autant mais elle a pensé à moi, dit Denis en éclatant en sanglots. Que vais-je faire de tout cet argent ? Je le lui garde…

Et le précieux document rejoignit l'armoire de Marie-Thérèse à la demande de Denis.

– Tu en seras la gardienne, j'ai confiance en toi, grand-mère… N'en parlons à personne !

Marie-Thérèse acquiesça avec un immense plaisir.

Ce qui arriva une ou deux semaines plus tard déstabilisa totalement le jeune Denis. Abruptement, Alice lui annonça qu'elle rompait. Ses parents refusaient subitement cette liaison sans donner de raisons, et comme Alice était mineure, elle devait se plier à leurs exigences.

Une explication non convaincante mais faisant force de loi… Que s'était-il passé quant à ce revirement ?

La mère d'Alice s'était adressée à sa fille en ces termes :

– Vous vous êtes rencontrés sur un concours de circonstances qui vous a rapprochés mais tu avais un autre prétendant et depuis pas mal de temps déjà, Alice. Vous étiez fous l'un de l'autre et je ne suis pas sûre qu'avec Denis… Enfin, nous ne sommes pas convaincus, ton père et moi, que ce soit un garçon pour toi… On dit des choses dans le pays… D'autre part, il se montre en public, ce n'est pas sérieux…

Alice tenta d'expliquer à Denis le refus de ses parents tout en lui demandant de rester un ami sincère. Formule bien simpliste que celle-ci mais dont Denis dut se contenter. Ses grands-parents le réconfortèrent de leur mieux mais, dans ce domaine, il n'y a pas de remède miracle.

Denis devint l'amuseur des soirées avec sa marionnette Tribun et, sans doute pour oublier ce chagrin, se mit à boire plus que de raison. Sa jeunesse solitaire lui permettait des escapades et parfois aussi des soûleries.

Une jeune fille pourtant l'observait en ce début novembre, elle s'appelait Juliette Madrage. Lors d'une soirée bien arrosée, Denis fut poussé dehors par le bistrotier peu délicat, prétextant une gêne pour les danseurs.

Ainsi, Denis fut livré à la fraîcheur de la nuit, avec sa marionnette sous le bras. Comme il titubait, il trouva à proximité un banc de bois et s'y assit comme il put. Ses amis l'avaient oublié, et il eut soudain un moment de tristesse infinie, cette tristesse qui vous prend sans prévenir et vous emmène dans ses tentacules puissants. Où était le jeune garçon plein de vie, de bonne humeur, de joie et de sourires ? À travers des vapeurs de vinasse aigre, on eût pu distinguer ce mot plusieurs fois répété : « Maman ! Maman ! » Mal en point, Denis, très mal en point.

Il ne pouvait distinguer la silhouette qui s'approchait et s'assit près de lui, silencieusement. Elle se serra tout contre lui en entourant ses épaules d'un bras secourable.

Lorsqu'il s'en aperçut, il tourna enfin son visage vers elle et essaya de la fixer, de la dévisager sans pour autant y parvenir.

– Tu es dans un fichu état, lui dit-elle.

– J'ai besoin de personne, fiche-moi le camp…

Elle ne bougea pas, continua à le soutenir sans rien lui dire. Il se laissa aller contre elle tandis que le sommeil l'envahissait.

– Tu ne vas pas dormir ici, tu vas prendre la crève…

– M'en fous, j'ai sommeil, laisse-moi tranquille…

– Il n'en est pas question. Viens, je vais t'aider, il faut que tu rentres chez toi, tu es saoul comme une barrique ! Ne bouge pas, je reviens dans une minute.

Juliette Madrage fit appel à son frère qui possédait une voiture, une petite fourgonnette, et lui demanda de transporter Denis chez lui.

Il maugréa pour la forme mais fit ce que lui demandait sa chère sœur. Et tous deux portèrent ou plutôt traînèrent Denis vers la voiture. Le voyage ne fut pas long, un bon kilomètre sans plus.

Lorsqu'ils arrivèrent chez les Cabreloche, une lumière s'alluma derrière une fenêtre. Marie-Thérèse descendit et devant son petit-fils s'exclama : « Mon Dieu ! Mon Dieu ! »

Ils déposèrent le bonhomme sur son lit et s'en retournèrent discrètement.

– Vous ne nous connaissez peut-être pas, nous sommes les enfants de monsieur et madame Madrage de La Retourne.

– Bien sûr que je vous connais, pardonnez-moi mais j'ai tellement honte ce soir…

– L'important est qu'il soit dans son lit, qu'en pensez-vous, madame Cabreloche ?

Elle n'eut pas le temps de réfléchir à la réponse que déjà le véhicule s'éloignait dans le chemin. Émile n'avait rien entendu mais quand il eut appris la chose, le lendemain matin, il devint furieux envers Denis.

– Que se passe-t-il, Denis ? Tu te mets à boire maintenant ?

Denis ne répondit pas, réfugié dans un mutisme alarmant. Émile perdit son sang-froid et le bouscula par des remarques cinglantes.

– Nous devons travailler pour vivre dans des conditions peu attrayantes pour un jeune mais, tout de même, on n'attend pas les œufs au cul des poules ici, chacun doit y mettre du sien. Ta grand-mère se démène comme elle peut, ce n'est pas le chien qui fait la vaisselle…

Denis observait son grand-père avec étonnement. Jamais il ne s'était comporté ainsi avec lui.

– Que veux-tu au juste, Denis ? Tu as été épargné par la mobilisation, tu as aidé le maquis !

– Si peu…

– Tu l'as fait, c'est l'essentiel. Voilà que maintenant tu te laisses aller comme un gamin… Il n'y a pas de place pour un ivrogne dans notre maison. Ressaisis-toi ! Est-ce ton histoire avec Alice qui te met dans tous ces états ?

– Non, grand-père, c'est bien autre chose, dit enfin Denis tout calmement. Celle qui me manque ne reviendra jamais, et parfois j'y repense tellement que ça me fait très mal. Je vous demande pardon à tous les deux. J'ai perdu pied ces temps-ci mais tout va rentrer dans l'ordre…

– Nous comptons sur toi, ta grand-mère et moi, ajouta Émile avec un geste d'apaisement sur l'épaule de son petit-fils.

Denis se contenta d'opiner du chef.

Dans l'après-midi, Juliette arriva perchée sur sa bicyclette avec un paquet sous le bras.

Marie-Thérèse étant seule dans la maison l'accueillit avec étonnement.

– Je comprends votre surprise de me voir par deux fois en si peu de temps mais Denis a laissé sa marionnette dans la voiture et je la lui rapporte…

– C'est très gentil, Juliette. Hier soir, il n'était pas dans son état normal, c'est bien vrai, mais ce matin tout semble rentrer dans l'ordre. Il est dans la grange à réparer je ne sais quoi, tu peux y aller, en attendant je te prépare un café.

– Merci, madame Cabreloche, ce sera avec plaisir.

Juliette Madrage se dirigea vers la grange et lorsque sa silhouette se dessina dans la clarté de la grande porte à l'arc en plein cintre, Denis ne la reconnut pas au premier coup d'œil et attendit qu'elle s'approchât davantage.

– Bonjour Denis, dit-elle, comment vas-tu aujourd'hui ?

– Comme tu vois, je tiens debout. Pardonne-moi pour hier soir et merci de m'avoir ramené.

Il n'était pas fier, l'homme !

– Tu as oublié Tribun, il s'ennuyait sans toi… Je te le rapporte.

– Sans lui, que deviendrais-je ?

– Tu exagères, il n'y a pas que des marionnettes dans la vie… ajouta-t-elle en le regardant, la tête penchée.

– Tu repars tout de suite ?

– Ta grand-mère me prépare un café, il y a bien longtemps que je ne suis pas venue chez toi, nous avions quatorze ans, je crois…

– Tu as bonne mémoire, Juliette.

– J'étais amoureuse de toi mais tu n'as rien vu et le temps a passé.

Denis la vit soudain avec d'autres yeux. Il posa la marionnette qu'il tenait encore et avoua :

– Pourquoi ne t'ai-je pas regardée avant ? Tu es belle comme un soleil !

– Tu avais Alice…

– Oui, c'est vrai, mais n'en parlons plus, ce n'est qu'une amie maintenant.

Denis devenait maladroit tant le trouble l'envahissait. Il osa lui demander :

– Tu as bien un ami, Juliette ? Enfin je veux dire…

– Je n'ai personne, libre comme l'air. Personne ne veut de moi, comme dit ma mère qui pense que je vais rester vieille fille ! dit-elle en éclatant de rire, avec un magnifique sourire découvrant ses dents blanches comme la neige.

Ses cheveux châtains relevés dans un semblant de chignon libéraient un visage allongé et fin aux yeux vert clair.

Denis se décida :

– Si je t'invitais au bal, pour dimanche, viendrais-tu ?

– Ta grand-mère m'attend pour le café, viens…

Judicieux détournement de la conversation de la part de celle qui connaissait parfaitement Denis sans pourtant jamais s'être fait remarquer de lui.

Marie-Thérèse avait donc préparé le café.

– Ton grand-père n'est pas là ?

– Il refait les rigoles au pré d'en bas où je dois le rejoindre dans un moment.

– Nous prendrons le café sans lui…

Marie-Thérèse demanda des nouvelles des parents de Juliette, agriculteurs comme eux au hameau de La Retourne, au nord du village et assez éloigné, où travaillait également Roger, le frère de Juliette, une exploitation en pleine expansion.

– Mes parents travaillent comme des fous sans se donner un peu de repos. Il n'y a que le travail qui compte pour eux…

– La terre n'est pas un métier facile, elle retient ses gens comme la glaise retient les pieds des travailleurs dans les champs mauvais.

– Ce n'est pas le travail de la terre qui me gêne, bien au contraire, la liberté qu'elle procure en même temps est appréciable, pas de patrons sur le dos, que demander de plus ? Denis semble l'aimer lui aussi, dit-elle en le caressant des yeux.

– La terre ne suffit pas, dit Marie-Thérèse en observant Denis de manière un peu triste.

– Votre café est excellent, mais je dois y aller, je me suis échappée… pour Denis.

Dans ces trois regards qui se cherchaient et se trouvaient tour à tour, y avait-il un signe avant-coureur ?

Denis accompagna de quelques pas Juliette qui osa l'embrasser rapidement avant de s'éloigner. Elle lui dit aussi :

– C'est entendu pour dimanche, si tu ne changes pas d'avis…

Une petite inclinaison de la tête scella la promesse.

Marie-Thérèse sortit de sa maison et, s'adressant à son petit-fils :

– Elle me plaît bien, cette petite…

Denis eut envie de lui confier qu'il était du même avis mais un sentiment curieux l'en empêchait encore.

# 9

Denis ne parla guère dans la semaine qui suivit l'incident au bistrot. Émile et Marie-Thérèse le remarquaient et se demandaient s'ils n'avaient pas été excessifs dans leurs remontrances.

À la fin du repas de midi du vendredi, Denis s'agaçait à vouloir parler. Ses mains montraient son embarras sinon sa maladresse. Il se décida enfin :

– Je voudrais vous parler de quelque chose qui m'ennuie terriblement. Je ne me suis pas bien conduit ces temps-ci, je le reconnais. Vous ne méritez pas ma conduite idiote dans les bistrots. Je vous demande de me pardonner…

– Tu n'as tué personne, le reste n'est pas grave, mon petit…

– Si, c'est grave. Il me semble que j'ai du mal à trouver ma place parmi les autres et je me réfugie alors dans mon enfance, et vous savez bien de quoi il s'agit.

Les Cabreloche demeuraient silencieux. Ils savaient ce qui parfois resurgissait dans ses pensées et causait ce désordre. Rien ne s'oublie dans le cœur des hommes et pas moins ni davantage chez Denis que chez les autres. Il y avait aussi cette rupture avec Alice ; l'homme en demeurait blessé au cœur. Marie-Thérèse se risqua à lui parler peut-être maladroitement :

– Cette fâcherie avec Alice t'a sans doute fait du mal aussi. Tu t'étais déjà bien…

– N'en parlons plus, j'irai voir ailleurs, dit-il d'un air qui se voulait plus détaché qu'il ne l'était en réalité. Alice et moi essaierons de rester amis, comme on dit, tout au moins comme elle le souhaite.

Puis le silence reprit, pesant, gênant.

– Vous n'aurez plus à vous soucier de moi lorsque je sortirai, je vous le promets, j'ai honte de m'être comporté ainsi.

Émile sortit de table en lui touchant l'épaule de la main ; un remerciement sans doute ou, plus encore, un signe de confiance. Marie-Thérèse lui jeta un sourire complice et Denis se sentit libéré et prêt à reconquérir la confiance mise à mal de ses grands-parents.

Le jour du rendez-vous arriva bien vite et Denis dit à Marie-Thérèse en la prenant dans ses bras :

– Je vais danser, j'ai rendez-vous avec Juliette, tu te souviens d'elle ?

– Je suis heureuse pour toi, passez une bonne soirée…

Denis lui offrit alors son beau sourire de jeune homme, celui d'un Cabreloche, et elle en fut tout émue.

Denis et Juliette se retrouvèrent au bal du village voisin : une petite salle de café vidée de ses tables avec une estrade sur des tréteaux où deux musiciens avaient été conviés pour animer la soirée.

Il y avait là quelques couples et des anciens venus pour tourner une valse ou danser une bourrée. La guerre avait enlevé quelques hommes mais la vie devait se poursuivre tout de même pour les présents.

La chaleur humaine avait déjà envahi la pièce et les murs commençaient à transpirer. Denis et Juliette ne se quittaient plus. Mais bientôt Denis se vit conspuer par certains qui avaient déjà consommé pas mal d'alcool. On lui reprochait sa non-mobilisation. En réalité des chercheurs de bagarres.

– Il y en a qui ont de la chance, ce n'est pas comme certains qui y sont encore… Il y a quelques jours tu te contentais de ta marionnette, et aujourd'hui tu la serres de bien près, la Juliette… T'es pas à Braillac, ici…

Il y eut bien pire et plus cruel encore.

– C'est un traquenard, dit-il à Juliette, je ne vais pas rester ici, je crains de ne plus me contrôler dans un moment…

– Je les connais, ils ne viennent pas pour danser, ceux-là. Éloignons-nous discrètement, le temps qu'on les jette dehors.

Leur sortie ne passa pas inaperçue malgré la protection du patron du café qui tint à s'excuser de l'attitude de ces énergumènes qui étaient néanmoins des habitués et de bons consommateurs au zinc.

– Ça ne commence pas très bien pour nous deux, lâcha soudain Denis. Tu viens souvent danser ici ? C'est un coupe-gorge !

– Ce soir, ça y ressemblait. Je suis venue quelquefois ici où je connais presque tout le monde et on ne m'ennuie pas. On me reproche simplement de ne vouloir sortir avec personne, c'est tout !

– Que viens-tu y faire alors ?

– Je ne sais pas au juste, peut-être y rencontrer le prince charmant, un jour… Je ne sais pas s'il existe !

– Tu es une drôle de fille, comment ne t'ai-je encore jamais remarquée ?

– Vous les hommes, vous regardez toujours trop loin, et puis on se connaît depuis l'école et le temps passe…

– Viens, lui dit-il en la prenant par la main et sans autres manières. J'aurais préféré te serrer dans mes bras dans un slow mais…

– Moi aussi…

– Tu as bien dit « moi aussi » ?

Ils s'arrêtèrent sous un pauvre lampadaire dont la protection de ferraille grinçait. Puis il lui dit :

– Il y a trop de lumière ici…

Dans un accord parfait, ils disparurent dans l'obscurité de la nuit et les flonflons du bal ne les concernèrent plus…

Le lendemain, Denis voguait sur un petit nuage et Marie-Thérèse ne se posait pas de questions inutiles. Les jeunes hommes amoureux n'arrivent pas à cacher leurs états d'âme, peut-être un instant mais guère plus. Elle attendrait...

Denis ne pensait qu'à Juliette, à leur conversation, à leurs baisers si fougueusement échangés. Comment n'avait-il pas remarqué Juliette avant ? « Elle devait savoir et m'attendre », pensait-il en riant.

Le rendez-vous pris pour le milieu de la semaine fut bien long à venir. Mais le jeudi soir Denis s'accorda une toilette inhabituelle pour un milieu de semaine, endossa une chemise et un pantalon propres.

– J'ai un rendez-vous, grand-mère !

Puis, s'approchant d'elle, il lui glissa à l'oreille :

– Juliette m'attend. (Il lui fit claquer un baiser sur la joue.) Tu le diras à grand-père...

Elle fit oui de la tête, fière du secret confié. « Faudra bien qu'un jour il soit heureux, ce petit, c'est pas trop tôt ! »

Ce rendez-vous fut le premier d'une longue série car les jeunes amoureux bâtissaient déjà des projets d'avenir.

Juliette aimait le travail de la ferme et avait toujours imaginé qu'elle quitterait celle de ses parents.

Six mois plus loin, alors que l'été avançait, on parla mariage pour le printemps suivant ! Denis avait rangé sa marionnette dans un tiroir. Le passé s'oubliait et Tribun qui avait en son temps amusé, émerveillé tant de gens, y compris Juliette, dormait silencieusement dans une armoire.

Les grands-parents Cabreloche espéraient désormais que rien ne pourrait contrarier les projets de Denis et Marie-Thérèse s'entendait à merveille avec Juliette. « Cette fille possède une énergie à toute épreuve », pensait-elle. Madame Madrage, sa mère, disait qu'elle avait un caractère plus fort que celui de ses deux fils réunis ! Ce n'était pas peu dire.

Ce qu'elle apportait à Denis lui convenait parfaitement même si Marie-Thérèse craignait qu'elle ne puisse compenser le manque de tendresse maternelle dont il avait tant souffert. Tout était cependant possible car Juliette connaissait maintenant la vie de son cher Denis.

Chez les Cabreloche, on parlait d'avenir : de celui de Denis et de sa future femme. Denis désirait par-dessus tout poursuivre l'exploitation familiale.

– Il faut agrandir la maison ou en construire une, annonça Émile, les jeunes avec les jeunes…

– J'aimerais bien qu'on agrandisse ; ainsi, nous ne serions pas divisés. Nous n'avons pas besoin de grande place pour nous deux…

– Il faut penser aux petits à venir ; prolonger la maison, augmenter la surface des terres… Nous avons du pain sur la planche même si nous n'avons plus vingt ans, dirent les grands-parents. Qu'en pensez-vous, Juliette ?

– Je pense que je serai heureuse avec vous et Denis à mes côtés. Il y a si longtemps que je l'attends…

Chez les Madrage, il fallut bien accepter cette décision pour le moins rapide mais néanmoins satisfaisante.

– Cher Émile, lui dit Henri Madrage, le père de Juliette, Juliette nous a toujours surpris mais aujourd'hui davantage que d'habitude et nous sommes heureux, ma femme et moi, de ce mariage. De plus, elle ne sera pas loin de sa mère et de ses frères avec lesquels elle se chamaille bien souvent, ce qui ne les empêche pas de s'adorer. Nous parlerons de nos terres et vous donnerons la main pour bien des travaux. Denis sera notre troisième fils... Et dans quelques temps...

– Trinquons à l'avenir des jeunes, qu'ils nous donnent de beaux enfants !

Le destin semblait enfin s'occuper de Denis. Il en avait grand besoin car à force de douter, on ne voit pas toujours le bleu du ciel, fût-il à portée des yeux.

Denis avait été reçu chez les Madrage, sa future deuxième famille.

Il y avait là un homme qui lui sembla fort bien l'accueillir, le grand-père de Juliette, Justin Baratou, assez âgé, maigre et sec comme un échalas, barbu et l'œil pétillant.

– On m'a dit du bien de toi, Denis, j'espère que tout était vrai. Il faut un homme solide pour ma petite-fille, il est encore temps de choisir avant de te fixer définitivement !

– Grand-père, tu es insupportable ! lui lança Juliette.

Puis s'adressant à Denis :

– N'aie crainte, c'est l'homme le plus adorable de la terre mais il faut toujours qu'il plaisante...

Le frère de Juliette, Roger, celui qui travaillait à la ferme avec eux, dit alors à son futur beau-frère :

– Sais-tu pourquoi notre grand-père se tient si droit, malgré son âge ?

– Ma foi, non…

– Ça vient de la manière dont il se couche… Entre son matelas et le sommier, il y a tant de billets de banque et de pièces d'or que ça l'empêche de se voûter…

Rire général tandis que Baratou menaçait son petit-fils de sa canne inoffensive. Denis s'adapta à cette famille plutôt sympathique. Il fit aussi la connaissance de Marcel, l'autre frère de Juliette, maçon à son compte ayant femme et deux enfants.

Par comparaison, cette famille lui paraissait importante et aussi rassurante. Les Cabreloche et les Madrage se connaissaient sans pour autant se fréquenter. Ce qui allait sans doute changer dans les temps à venir.

Cet été-là, Juliette donna la main pour les travaux de fenaison et de moisson chez les Cabreloche tandis que Denis rendit ce qu'il put aux Madrage.

Puis les amoureux décidèrent du jour de leur mariage. Ce serait le 4 mai suivant.

Alors qu'ils s'accordaient un moment de pause, Émile et Marie-Thérèse parlèrent tout à coup d'Emma. Si elle ne quittait que très peu leur esprit, ils évitaient d'en parler.

– Lorsque Emma reviendra, elle ne reconnaîtra plus la maison si nous l'agrandissons, disait Émile en laissant traîner son regard sur sa modeste habitation.

– Tu crois toujours qu'elle va revenir, mon pauvre Émile. J'aimerais penser comme toi mais elle serait revenue, nous aurait donné des nouvelles, on n'abandonne pas ses parents et surtout son fils de cette manière. Faut te faire une raison une bonne fois pour toutes. J'ai prié des années durant, tous les jours, aujourd'hui je suis lasse et je crois qu'elle est…

– Quant à moi, je l'attendrai jusqu'à mon dernier souffle, ça ne s'explique pas. Il me semble qu'un matin elle sera là, au bout du chemin…

Marie-Thérèse pensait à son pauvre mari toujours enchaîné à cette pensée du retour de leur enfant. « Comme il doit souffrir dans cette attente infernale », pensait-elle.

Marie-Thérèse ignorait tout de la vie d'Emma à Paris tandis qu'Émile…

Marie-Thérèse l'avait tant souhaité, ce retour, mais en vain ; aujourd'hui, elle avait lâché prise.

Son mari fit mine de ne l'avoir point entendue.

– On pourrait agrandir la maison de ce côté, ça la prolongerait et si ça plaît aux jeunes et aussi à toi, ma chère Marie-Thérèse, ça modifierait pas mal la petite propriété.

– Dès que Denis rentrera, nous lui demanderons ce qu'il en pense, ça commence à te trotter dans la tête sérieusement.

– On n'accueille pas une bru, enfin une petite-fille, sans rien, c'est bien vrai, il faut qu'ils aient une bonne vie tous les deux, comme nous, un toit sur la tête et de la terre pour vivre. Ça aide à être heureux, qu'en penses-tu, Marie-Thérèse ?

– À force de l'imaginer, je la vois déjà, cette maison, épaulée à la nôtre, avec des fenêtres vers les champs et vers le jardin que nous déplacerons bien entendu… La grande maison des Cabreloche ! Je la vois déjà…

– Nous préparerons ainsi la place pour Emma, celle que laissera Denis…

– Tu ne parles jamais du père de Denis ?

– Celui-là ne reviendra jamais chez nous, il est mort depuis longtemps pour moi, il vaudrait mieux que tu ne m'en parles plus jamais.

Et le silence retomba comme une pierre tombale sur le sujet.

Lorsque Denis survint, les Cabreloche discutaient encore du projet et Émile déployait de grands gestes délimitant l'emplacement de la future habitation. Ses bras semblaient brasser les mesures, les distances…

– Nous t'attendions, Denis. Nous pensions, ta grand-mère et moi, que nous pourrions bâtir ta maison ici, en prolongement de la nôtre. Les fenêtres tournées du bon côté, à l'abri du nord.

– Vous allez vite en besogne, me semble-t-il. Mais l'idée me convient et je suis sûr que Juliette sera de mon avis.

– On va rentrer et boire un coup à cette première idée, il y a longtemps que je n'ai pas été si heureux, dit Émile, béat.

Le projet prit tellement d'ampleur ce soir-là qu'il fallut aller à l'essentiel, le financement. Puis, dans une déclaration majestueuse, Émile déclara :

– Cette maison, je vais la construire moi-même ! J'accepterai un peu d'aide si vous le souhaitez mais ce sera mon dernier gros travail, après, je m'occuperai de mes bêtes comme avant ! Je sais bâtir une maison presque entièrement, je parle des murs et du toit bien entendu.

– Nous aussi nous serons là, grand-père !

– Ton grand-père est fou, mais quand il a une idée dans le ciboulot, bien malin celui qui lui en ferait changer, dit Marie-Thérèse, tout de même heureuse de ce qui arrivait dans sa famille. Denis, dit-elle, tu devrais aller chercher Juliette, il faut marquer cette décision, je prépare un petit frichti sans manières, qu'en penses-tu ?

– Je vais la chercher, elle ne refusera pas…

L'euphorie retomba quelque peu dans la maison mais le calme n'était qu'apparent.

– Crois-tu que nous y arriverons, Émile ? Tu n'as plus vingt ans…

– Je pense aux quatre grands chênes, ceux du bois du fond, je vais les négocier pour la charpente et aussi pour le plancher. J'espère que ce sera suffisant. Ça nous fera le bois et le charpentier les coupera quand bon lui semblera, nous ne pourrions pas les employer, il faut du bois ayant du temps de séchage…

– Crois-tu que tu pourras dormir ce soir dans l'état où tu es ? Calme-toi, mon cher mari, ou tu ne tiendras pas le coup !

– Tu as certainement raison, Marie-Thérèse, mais pour Denis et Juliette, je me sens pousser des ailes. Te rends-tu compte ? Bientôt ils seront là, tout à côté…

– Je crois qu'ils arrivent… Je les entends, oui, ce sont nos chers petits…

– Je ne les trouve pas si petits, contrairement à ce que tu dis toujours, toi non plus tu ne vois pas le temps passer, ma très chère Marie-Thérèse.

Il lui adressa un sourire plein de tendresse et sûrement d'amour. Comme elle lui avait répondu avec le même sourire, il osa lui demander :

– Pour les petits, aurais-tu le temps de préparer une truffade, à ta façon, c'est-à-dire la meilleure du pays ?

– Apprenez que tout flatteur vit aux dépens de celui qui l'écoute ! Tu es un petit malin mais je vais la préparer de ce pas, puisque monsieur me le demande…

Il y avait dans ses yeux un amour infini pour son homme et Dieu que c'était merveilleux.

Marie-Thérèse savait que l'engagement d'Émile serait dur à tenir, aussi elle l'encouragerait de son mieux.

Lorsque Juliette vit Marie-Thérèse préparer ce plat, elle lui demanda de lui apprendre la recette.

– Je n'ai jamais eu la patience d'apprendre, dit-elle, et pourtant j'adore la truffade !

– Tu as bien fait de l'inviter, grand-mère, dit égoïstement Denis, ce sera au moins ça d'appris !

Juliette fit semblant de l'étrangler mais ce ne fut que pour lui donner un petit baiser. Elle ajouta vers Marie-Thérèse :

– Je serais ravie d'apprendre quelques recettes de cuisine, je sais que Denis ne jure que par vous en la matière…

– Pourtant, je ne sais pas grand-chose. Ce que je sais faire, c'est de ma pauvre mère que je le tiens mais je t'apprendrai pour que vous ne mouriez pas de faim tous les deux !

Déjà les pommes de terre doraient dans la poêle et la tomme attendait, coupée en dés, tout à côté. Il y avait enfin du bonheur, plus que dans l'espérance de la truffade, dans cette maison.

## 10

Dans les jours qui suivirent, une agitation inhabituelle se manifesta à Costesoleil. Émile voulait décider du plan de la maison mais Denis avait aussi son mot à dire. Il fallut arrêter une esquisse que Denis soumit à un architecte pour une mise en conformité. Le maire ne serait pas belliqueux mais il fallait tout de même qu'un permis fût obtenu dans les règles administratives.

Quant à Juliette, ses préoccupations se situaient désormais du côté vestimentaire et la robe de mariée était une question des plus délicates pour les futurs mariés. De plus, son amie Alice lui avait toujours promis de réaliser sa robe pour son mariage !

Juliette lui rendit visite et l'informa de ses projets, elle devait lui en parler quoi qu'il lui en coûtât !

– Je m'attendais à ta visite et je ne reviendrai pas sur ma promesse dont je me souviens très bien. Nous étions des confidentes et le hasard nous a joué un drôle de tour…

– Je ne voudrais pas que nous nous fâchions, Alice, tu as été et tu resteras mon amie. Toi aussi, tu es heureuse, tout le monde le sait. Peut-être vas-tu te marier aussi prochainement ?

– Nous en parlons mais, après l'histoire avec Denis, je préfère attendre encore un moment…

Elle voulait dire autre chose mais son amitié pour Juliette l'en interdit. Elle reprit :

– As-tu une idée pour ta robe ? J'ai de beaux catalogues et ma mère sera très contente de m'aider aussi, tu seras « ma première cliente », en quelque sorte !

Un bon pas avait été franchi et Juliette rayonnait de joie. Madame Madrage vint vérifier que tout allait pour le mieux et donna son avis et son accord sur la robe de Juliette.

– Tu seras une belle mariée, ma fille, dit-elle en l'embrassant affectueusement.

À Costesoleil, on attendait le permis de construire de l'agrandissement de la maison pour le début de l'année. Les jeunes mariés en prendraient possession bien plus tard mais l'essentiel pour les Cabreloche était qu'elle fût commencée avant la date du mariage. Le frère de Juliette avait proposé son aide pour la maçonnerie et un de ses amis, couvreur, lui avait assuré une aide particulièrement intéressante financièrement. Le charpentier avait accepté la proposition d'Émile avec une certaine réticence car il avait mal joué son affaire. Émile avait été plus malin que lui mais une affaire entendue était une affaire entendue, il n'y reviendrait pas !

Les premières froidures s'installaient sur le pays, les premières gelées, les matins grelottants dans une épaisse couche de brume glaciale parfois.

Au cours des après-midi, un soleil faisait semblant de réchauffer un tantinet le fond de l'air. Il voulait certainement implorer le pardon pour le froid dont il n'arrivait plus à protéger les gens.

Il n'y avait pas grand-chose à faire ce jour-là et Denis en profita pour proposer à Juliette d'aller se promener, tant qu'il y avait du soleil.

– Je voudrais t'emmener à la cascade des loups, tu m'as toujours dit que tu ne la connaissais pas…

– Crois-tu que ce soit le moment ? Il fait froid à pierre fendre…

Ils partirent tous deux, chaussés de bottes et chaudement vêtus, le visage entouré de grosses écharpes, ne laissant que les yeux au-dehors qui larmoyaient de temps en temps, résistant mal aux piqûres du froid.

– Quelle idée bizarre de m'emmener à cette cascade, ronchonnait Juliette.

Et Denis, têtu comme le sont parfois les hommes pour épater leurs amies, ne voulait pas entendre ces jérémiades.

– Si tu ne marches pas plus vite, nous serons encore sur les chemins à la nuit, qui tombe bien vite en ce moment…

– Mais qu'est-ce qu'elle a, cette cascade, de si particulier pour que sa visite soit décidée aujourd'hui ? Ne pouvais-tu pas…

– Nous y arrivons, prends garde aux eaux gelées des rases, une glissade est vite arrivée…

Mais je te promets de ne point revenir dans ces lieux, tu avais raison !

– Tout de même...

– C'est un endroit où l'on ne va qu'une fois dans sa vie et pour toi, c'est aujourd'hui. Regarde bien tous les détails environnants, les formes du sol, les feuillages des houx et, si tu vois des petites étincelles, ce sont des yeux de loups. Ouvre bien tes oreilles, n'entends-tu pas comme des hurlements au loin ?

– Tu me fais peur, Denis...

– Serais-tu encore une gamine pour croire encore à ces histoires ? Ne perdons pas de temps, la nuit a changé ses horaires... Nous arrivons au ruisseau et, un peu plus haut, tu entendras déjà le bruit de la cascade.

Denis n'était venu que quelquefois dans ce lieu étrange mais il se souvenait des frissons ressentis lors de sa visite en compagnie de son grand-père.

Juliette observa ces arbres qui devaient dissimuler la chute d'eau que l'on entendait maintenant et de plus en plus distinctement.

– C'est donc ici ? s'exclama-t-elle, le regard porté sur cette vapeur d'eau bouillonnant aux rebonds de l'eau. La chute me paraît impressionnante et le bruit aussi.

– Elle ressemble beaucoup à la cascade du Sartre à quelques kilomètres d'ici. Veux-tu entendre les loups ?

Elle le regarda, stupéfaite par sa question. Il se moquait d'elle, pensa Juliette.

Tous deux étaient maintenant au pied de la chute, près de l'agitation froide dont les embruns lui mouillaient le visage. Elle lui donna la main…

– Impressionnant, dit-elle ! Où sont donc les loups ?

Il chercha deux pierres d'une forme particulière et les lui colla sur les oreilles.

– Concentre-toi et écoute, tu vas entendre au lointain les hurlements de ces carnassiers aux molaires pointues et aux griffes puissantes…

À voir son visage, on devinait qu'elle entendait des sons étranges, au loin…

– Je crois que je les ai entendus, dit-elle en se débarrassant brutalement des deux pierres que l'on pourrait dire magiques. Tu es un sorcier !

– Tribun parlait bien, alors les loups peuvent se manifester aussi… dit Denis.

Montrant du doigt le haut de la cascade, il mesurait les rebonds sur les rochers qui brisaient la nacre de l'eau, créant ainsi de petits nuages.

– Ici, c'est mal exposé, m'a dit mon grand-père. Personne n'a jamais vu d'arc-en-ciel jaillir de cette écume. Tu auras vu la cascade des loups où, il y a fort longtemps, ils se rassemblaient pendant les nuits d'hiver pour préparer leurs expéditions tueuses…

– L'endroit est lugubre. J'ai froid et je ne resterai pas là une minute de plus.

– Alors rentrons…

Elle se serra davantage contre lui, ce qui ne le gêna pas le moins du monde. Perturbée sans doute par cette promenade inopinée, elle marchait avec précaution, broyant les petites herbes gelées sous ses semelles, évitant les petits obstacles des mottes de terre, des bouts de glace dans ce qui avait été des flaques d'eau.

La nuit serait bientôt là et ils pressèrent le pas. Juliette se souvint tout à coup du mot qu'il avait prononcé : *Tribun*.

– Tu ne nous parles pas souvent de ta marionnette, l'aurais-tu rangée définitivement au placard ?

– Depuis que je t'ai rencontrée, je n'ai plus le temps de penser à autre chose, c'est vrai ! Tribun m'a permis de ne pas être seul pendant très longtemps et d'avoir enfin une raison de rencontrer des gens. Tu t'en souviens, n'est-ce pas ?

– Pour Noël, tu pourrais nous faire une petite animation, ça me ferait plaisir, Denis.

– Que ne ferais-je pas pour toi ? C'est entendu !

Juliette saisit l'occasion pour l'embrasser une fois de plus.

Denis raccompagna Juliette chez elle et s'en revint à Costesoleil. « Tribun, pensait-il, je t'avais presque oublié mais tu seras de la fête pour Noël, pauvre bestiole… Et pourtant tu m'as aidé à vivre ; sans toi, sans les Gitans, qu'aurais-je fait ? Où sont-ils ceux-là, Jésus et Marie ? Par les routes sans doute ? Et toi, maman, et toi… Reviendras-tu un jour m'apporter cette chaleur, ces bras dont je n'ai aucun souvenir, ton souffle que de mémoire je n'ai jamais perçu… »

La nuit couvrait de son silence tout le pays et parfois le meuglement des bêtes à l'étable le rompait. L'hiver est silencieux, la dernière saison vit à l'économie, même des bruits. La froidure est inaudible, l'installation du givre imperceptible à l'oreille. Bientôt, bêtes et hommes n'auront que des murs et un toit pour trouver un peu de chaleur.

En attendant, il y aurait Noël et du temps pour les projets pour les futurs mariés.

Les Cabreloche appréciaient que Denis eût enfin trouvé la paix, du moins en apparence. La photo d'Emma demeurait toujours à la même place, sur la petite table de nuit, alors que l'intensité du noir et blanc semblait s'estomper sur une partie.

Le permis de construire arriva début décembre à Costesoleil.

Déplié sur la table, bien à plat, il se faisait admirer et tous s'en approchaient avidement.

– Je n'avais jamais vu de permis de construire, dit Émile, voilà donc le premier et c'est le nôtre ! Je devrais dire c'est le tien, Denis, mais l'administration a signalé qu'il devait porter le nom du propriétaire… Nous savons tous que ce sera votre maison mais il faut respecter la loi, les règlements.

Il n'ajouta pas d'autres commentaires mais pensa à Emma, sa fille disparue mais future héritière de plein droit. « Disparue ne veut pas dire morte. »

– Les deux maisons accolées n'en feront qu'une, voilà qui va changer l'allure de notre hameau ! Et les jardins devront se modifier, mais on ne déplacera pas le puits !

– Nous réfléchirons pour amener l'eau jusque dans les cuisines et aussi on pourrait imaginer un endroit pour un cabinet de toilette, un dans chaque maison…

– Faut penser aux enfants à venir, chaque génération mérite son progrès, tu n'imagines pas nos petits aller dans la cabane au fond du jardin ?

Excellent propos pour rire de bon cœur.

– Dès que le temps nous le permettra, nous commencerons à creuser les fondations, annonça Émile. Souhaitons que ça ressemble à quelque chose pour ce mois de mai !

– J'espère que nous pourrons boucler le budget, dit Marie-Thérèse qui, plus terre à terre, pensait aux détails importants.

– Je dispose d'un livret de Caisse d'Épargne, il me semble, dit Denis. Voilà bien le moment de s'en servir modérément.

– Si nous pouvions faire sans y toucher, ce serait préférable, dit la grand-mère.

– Avec Juliette nous nous occuperons des détails pour l'aménagement intérieur. Puisque nous allons vivre ici, autant qu'elle y participe et nous inspire de ses idées et de ses souhaits.

– Voilà une sage résolution, Denis, dit Émile qui s'était retenu jusque-là. Pour l'intérieur, rien ne remplace l'œil d'une jeune femme…

Une préoccupation qui devait entretenir les conversations bien des jours et de longues soirées. Noël approchait et Denis, ayant promis de ressortir Tribun de son tiroir, dut reprendre quelques répétitions.

Le poil de la marionnette avait perdu de son luisant et Denis eut du mal à lui redonner sa belle allure. Ses articulations aussi avaient rouillé et Denis dut s'y reprendre maintes fois pour la faire vivre comme avant, du temps où il était la vedette dans des soirées presque oubliées.

Juliette riait de ces tentatives maladroites tant et si bien qu'elle fut exclue de ces entraînements pour le moins hésitants.

Dans les préparatifs de cérémonie, les futurs époux avaient oublié de rendre visite au curé ! Un comble !

Denis ne fréquentait plus l'église depuis cette fameuse journée où il y avait rencontré Justine. Il regrettait aujourd'hui ce comportement impulsif mais n'avait guère changé d'avis quant au fond de sa pensée. Aujourd'hui, il n'agirait pas ainsi. Si la forme avait manqué d'allure, s'il s'était montré immature, il avait fait preuve de bravoure. Et ce qui avait été dit alors lui paraissait toujours juste !

« Quel culot avais-je, ou quelle inconscience ! »

Bref, il fallut rencontrer ce brave curé Soulane et ils s'y rendirent tous deux.

Celui-ci les reçut de la meilleure manière, avec bonté et générosité. Mais il ne manqua tout de même pas de leur adresser quelques menus reproches sur leur désertion de cette église où tous deux avaient été baptisés et avaient fait leur première communion.

– Vous m'avez oublié quelque peu et ce n'est pas parce que je vous voyais à Pâques, il est vrai, que c'était suffisant. Oublions le passé et pensons à ce beau sacrement du mariage que vous allez vous donner mutuellement.

Les deux jeunes se regardèrent, surpris par les derniers mots du curé. Comme il devinait leur surprise, il ajouta :

– Oui, le sacrement du mariage est une promesse que vous échangez, c'est une union que vous vous promettez mutuellement et je ne suis là que pour la bénir au nom de Dieu, notre Père. Ce sera donc le 4 du prochain mois de mai, le mois de Marie. Je suis sincèrement heureux pour vous deux. La guerre est maintenant bien terminée et cela vous ouvre un horizon magnifique pour créer votre famille et avoir des enfants qui vivront dans la paix. Depuis le 1er novembre, les autorités ont supprimé la carte de pain, n'est-ce pas là un signe de temps nouveaux, enfin ?

Les jeunes gens acquiescèrent d'un mouvement de tête puis ils se retirèrent bras dessus bras dessous, la joie au cœur.

– Bientôt Noël, comme le temps passe vite, dit Denis.

– Le plus beau Noël de ma vie, rétorqua-t-elle en l'embrassant lestement. Mes parents souhaiteraient que vous veniez tous chez nous pour prendre le café le 25 décembre, il y aura mes frères et nous devrions passer un bon moment, qu'en penses-tu ? Ils m'ont promis de te donner un sérieux coup de main pour la construction…

Denis réfléchit.

– Je vais emmener Tribun, comme tu me l'avais demandé un jour, histoire de rire un peu…

– Les enfants de mon frère Marcel seront ravis. Ils n'ont jamais vu ta marionnette mais ils savent qu'elle existe.

Dans l'après-midi du 25 décembre, les trois Cabreloche se rendirent à La Retourne, le hameau des Madrage où toute la famille les attendait. Ce fut le vieux Justin Baratou qui ne put s'empêcher de les accueillir en premier lieu.

Les deux familles se connaissaient de longue date mais n'avaient jamais imaginé qu'un jour…

– Quel plaisir de vous accueillir ! dit alors Justin. Entrez dans notre maison, il fait si froid dehors.

S'ils n'étaient que trois, la famille Madrage comptait neuf membres rassemblés dans cette grande pièce où la chaleur de la cheminée surprenait en entrant.

Ils furent reçus chaleureusement par Henri Madrage et Jeanne, son épouse, ainsi que par les deux frères et Louise, la mère des deux jeunes garçons André et Jacques, qui se tenaient timidement dans le cantou.

Ils s'installèrent autour de la table et les grandes discussions concernant les travaux de leur ferme prirent vite le dessus quant aux hommes. Puis Louise, Jeanne et Juliette préparèrent les couverts, et les gâteaux de Noël apparurent sur la table.

– C'est bien dommage que tout ça ne soit pas bon, lança Justin… histoire de se faire remarquer selon son habitude.

Rires, sauf les enfants qui ne partageaient pas son avis, car ils attendaient depuis la fin du repas…

Ils étaient aussi intrigués par le sac de Denis qui dissimulait certainement Tribun et que l'on avait déposé dans un coin. Puis Roger dit à Denis :

– Cette maison, quand la commences-tu ?

– C'est mon grand-père qui est pressé de commencer mais faut attendre des jours meilleurs, la terre est gelée et, pour les fondations, ça n'arrange pas les choses…

– Nous vous donnerons un coup de main et, croyez-nous, nous savons ce que c'est. La maison de Marcel, mon frère, a été bâtie comme ça et, entre nous, elle ne s'est pas encore écroulée… ajouta-t-il en riant.

– Ce ne sera pas de trop et vous avez mieux l'habitude que nous, je vous en remercie par avance.

– Quant à moi, lança Justin, je ne serai pas en reste mais je vous réserve la surprise…

– Vous êtes tous très aimables mais, tout de même, ça nous gêne un peu, dit Marie-Thérèse.

– Je vous remercie de votre aide, la maison sera plus vite prête…

La pâtisserie maison de madame Madrage eut un grand succès, ce qui ne surprit personne.

Les femmes se mirent à parler chiffons, les hommes construction, mais les enfants regardaient le fameux sac… et Denis s'en aperçut.

– Peut-être voudriez-vous voir et entendre Tribun qui doit s'ennuyer dans sa cachette ?

– Oui, oui, on voudrait bien le voir car nous on ne le connaît pas encore mais il y a des copains qui l'ont déjà vu…

Il n'en fallut pas moins pour que Denis s'acquittât de sa promesse à la joie de tous. Marie-Thérèse paraissait inquiète, cette chose la tracassait toujours.

On s'écarta sensiblement et Denis présenta son ami Tribun. Étonnement chez les enfants, stupeur chez Justin ouvrant de grands yeux. Tribun, maintenant en place, observait chacun des visages tour à tour, puis il dit :

– *Je ne vous connais pas tous mais vous me paraissez sympathiques…*

Il tourna sa tête vers Denis :

– *Tu ne vas pas t'ennuyer avec cette famille, dommage que je n'aie pas eu ma part de gâteau, mais c'est vrai qu'on oublie souvent les chiens comme moi…*

– Tu ne vas pas commencer à réclamer !

– *C'est dommage que je n'aie pas eu ma part de…* ajouta l'animal en regardant les quelques restes sur la table.

Rires.

– Raconte-nous plutôt quelque chose de drôle, Tribun. Tu connais des secrets, il me semble.

– *Oui, c'est vrai mais je ne sais pas si je dois les répéter…*

– Essaie toujours, si tu exagères, je t'arrêterai.

– *Faut vous dire que Denis ne me laisse pas toujours parler, surtout quand je dis que l'autre jour j'ai aperçu le curé Soulane qui…*

– Monsieur le curé fait ce qu'il veut et ça ne nous regarde pas, Tribun !

– *Pourtant, lorsqu'il a glissé sur une plaque de verglas et qu'il s'est foutu en l'air, j'avais bien envie de rire surtout lorsque sa soutane s'est remontée jusqu'à...*

– Ça suffit, ce n'est pas à raconter...

L'assistance se régalait de cette révélation et les garçons mimaient la chute. Tribun baissa la tête comme pris en faute. Puis il regarda Justin comme s'il le découvrait.

– *Vous, je vous reconnais, je vous ai vu l'autre jour au bistrot en train de lever le coude et vous avez même poussé la chansonnette, ça disait comme ça : « La Marichou l'avait de beaux... » Je ne me souviens plus maintenant.*

C'est alors que Jeanne Madrage s'adressa à son père :

– Tu ne m'avais pas dit ça, gros « oublieux » des choses !

Et tous pouffaient de rire. Ils connaissaient Justin qui parfois se rendait au café, surtout les jours de foire ou de marché.

Puis Tribun s'adressa aux enfants dont les yeux brillaient de crainte ou de surprise.

– *Toi qui es le plus grand, tu as une petite amoureuse à l'école, je crois que je la connais, une petite brune aux yeux verts, n'est-ce pas ?*

Le petit Jacques devint tout rouge de honte et s'écria :

– Ça fait bien du temps que c'est fini, cette histoire, vous n'y connaissez rien ! hurla-t-il de colère.

– *J'ai dû oublier mais tu as eu une excellente note en devoir de français, juste avant les vacances de Noël, le maître t'a même félicité.*

Jacques retrouva son calme mais ne s'approchait pas de Tribun. Denis intervint en s'adressant à la marionnette :

– Tribun, lui dit-il avec sévérité, il faut se comporter différemment lorsque l'on est invité, et ne pas raconter ces choses-là. Tu pourrais blesser ceux qui te reçoivent avec leur cœur et leur gentillesse.

Tribun se colla dans le creux de l'épaule de son créateur, l'air triste, l'allure confuse, n'osant plus regarder les autres. Son pelage noir et ses longues oreilles pendantes ajoutaient à sa tristesse. Tous le regardaient car le comportement de cette bestiole les impressionnait par ses mouvements, son regard aux yeux dorés et brillants. Denis consola celui qui pour un instant était devenu un invité presque comme les autres. Il le caressait tendrement de sa main libre et lui demanda :

– Tu vas prendre congé de ces amis et leur promettre de revenir un autre jour, s'ils te le demandent bien entendu.

– *Oui, je vais leur dire au revoir mais avant tout, je voudrais entendre de la part de tes futurs beaux-frères qu'ils tiendront leur promesse de t'aider pour la future maison, car moi je ne te serais pas de grande aide…*

– Tu n'es pas raisonnable, Tribun !

– Tribun a raison, dit Marcel, nous tiendrons notre promesse, n'est-ce pas, Roger ? ajouta-t-il en regardant son frère.

– Nous le jurons, dit Roger.

– Moi aussi, dit Justin, ne désirant pas qu'on l'oubliât une seule seconde.

– Toi, tu es un sacré chien, annonça Denis en s'adressant à Tribun, un peu bavard mais je t'aime bien… et il l'embrassa sur la truffe.

Applaudissements de tous, même des enfants remis de leurs émotions qui voulurent le toucher, le caresser un peu. Puis la chose reprit sa place dans son sac et le petit André n'eut que ce mot avec une tristesse dans le regard :

– Mais il ne va pas pouvoir respirer là-dedans.

Denis le rassura.

Les deux familles discutèrent encore et comme la nuit s'avançait maintenant, les Cabreloche prirent congé de leurs hôtes, chaleureusement.

Chez les Madrage, on entendit quelqu'un dire :

– Ce jeune garçon mérite bien un peu de bonheur, sa vie n'a pas toujours été sans tourments…

## 11

Le lendemain, lors du repas, chez les Calebroche :

– Fin 1946, ils ont rétabli la carte de rationnement du pain, je m'en souviens. Et voilà que cette année, un an plus tard, nous envisageons de construire une maison pour notre Denis, dit Marie-Thérèse.

– Tout s'arrange avec du temps et de la patience, sans aucun doute. Ne parlons plus de cette putain de guerre, d'autres ont souffert aussi... reprit Émile.

Puis il marqua un silence avant de reprendre.

– Quant à nous autres, nous allons commencer dès que possible ta maison, dit-il à Denis.

– Dans quelques temps, vous nous donnerez des petits, il faut penser à l'avenir maintenant, le passé c'est le passé. Allons, mon gars, je veux te voir heureux, tu n'es pas seul !

– Tu as raison, grand-père, dans quelques mois nous serons deux à loger dans ma chambre du haut, je ne veux pas séjourner chez mes beaux-parents, nous habiterons ici, peut-être à l'étroit au début mais nous saurons attendre...

– Vous pourriez occuper la chambre de ta mère en attendant que…

– Je ne pourrais pas, elle aurait l'impression que nous ne l'attendions pas.

Après un temps de silence, Émile reprit :

– Faudra bien l'année pour terminer les travaux, on devra se supporter à l'étroit.

– Juliette sera d'un grand secours pour grand-mère, j'en suis persuadé, elle me l'a confié. En attendant, je l'ai invitée ce soir au restaurant pour fêter la nouvelle année, il y aura pas mal de monde je crois.

– Je suis heureux pour vous, amusez-vous et nous nous reverrons l'année prochaine ! dit Émile avec un grand sourire.

– J'emmène Tribun, on ne sait jamais…

Émile opina du chef.

Au *Café Bleu*, on se bousculait autour du comptoir. Jeunes et moins jeunes fêtaient déjà le nouvel an et lorsqu'ils virent arriver le jeune couple, certains applaudirent surtout en remarquant le sac de Denis.

Il y aurait du spectacle ce soir. Bises par-ci, poignées de mains par-là, tous se connaissaient et bien des plaisanteries fusaient sans que nul ne songeât à les empêcher.

– Tu as donc amené ton phénomène ? lui dit Roger, son futur beau-frère.

– On me l'a réclamé car depuis bien du temps il était en grève, je ne le paie pas assez sans doute.

– Tu ne peux pas consacrer du temps à ma sœur et à ton chien, pardi…

Il y eut bien des sourires.

Juliette avait retrouvé quelques amies et papotait. Sa tenue de mariage suscitait la curiosité des autres filles. Alice était là aussi avec son fiancé, ce qui ne gêna pas Denis le moins du monde. Il avait choisi Juliette et ne changerait pas d'avis.

Tous rejoignirent la table où les couverts brillaient sur une nappe presque blanche garnie de feuilles de houx. Chaque couple s'installa au gré des affinités ou d'un hasard de circonstances.

La tradition voulait que l'on commençât par une soupe et elle fut respectée.

– Rien de tel pour bien finir l'année, dit la patronne, et le « chabrot » n'est pas interdit, même un soir de réveillon !

Certains s'y essayèrent en versant du vin sur la cuillère renversée dans l'assiette. Denis et Juliette ne se firent pas prier et furent applaudis chaleureusement.

– Voilà de bons Auvergnats ! entendit-on.

L'on ne tarda pas à servir les bonnes choses et à boire un bon vin.

– Voilà un excellent vin, faudra nous donner l'adresse du fournisseur, demandaient certains.

– Pour le moment, ça doit rester secret, dit le patron en posant l'index sur ses lèvres.

Ici comme ailleurs, le marché noir fonctionnait mais tous auraient juré de ne point en avoir entendu parler… Comme c'est bizarre…

Au cours du repas qui maintenant donnait de bonnes joues aux convives, on réclama Tribun :

– Tribun ! Tribun !

Denis s'exécuta, tout heureux sans doute d'amuser ses compères dont certains ouvraient de grands yeux ronds, ceux qui ne l'avaient pas encore aperçu.

Denis s'équipa de la marionnette, que certains appelaient un pantin, l'installa précautionneusement contre lui. Le silence se fit peu à peu autour de la peluche qui tout doucement prenait vie. Comme toujours, Tribun regarda un à un les invités et son regard semblait aller jusqu'au profond de certains plus sensibles que d'autres. Puis, il dit enfin :

– *Bonjour, tout le monde, je m'appelle Tribun et je suis venu avec mon maître Denis que vous connaissez tous.*

– Bonsoir, Tribun, reprit Denis, j'espère que tu vas bien et que tu connais tout le monde ici ?

Tribun baissa la tête et fit non d'un mouvement.

– Tu ne connais pas toutes les personnes qui sont ici ?

– *Non, mais c'est de ta faute, tu me laisses des jours et des jours dans ce foutu sac…*

– Regarde-moi, tu sais que je t'aime et, vous tous ici, l'aimez-vous, ce chien Tribun ?

La foule cria des oui répétés et des applaudissements.

– *Je suis content que l'on m'aime, ça fait chaud au cœur. Touche-le, Denis, vois comme il bat !*

Il montra son poitrail à Denis.

– Il bat très fort en effet, mais n'aurais-tu pas une histoire à nous raconter ?

L'animal baissa la tête puis :

– *Je ne sais pas si je peux la raconter…*

– Dis-moi d'abord à l'oreille…

Tribun lui dit quelques mots à l'oreille qui firent sursauter Denis.

– Ha ! Non, pas celle-là, n'as-tu pas honte ?

Un mouvement négatif de la tête.

– *T'es pas drôle,* dit-il à Denis ; puis, s'adressant aux gens : *Une histoire de curé, ça vous plairait ?*

– Oui ! Oui ! Oui !

– Tribun, sois sage ou tu rentres dans le sac !

– *Ce n'est pas celle que tu connais, lalalère…*

– Tu me le jures ? Réponds-moi ! Pourquoi tu fais la tête ?

– *C'est particulier… et je me demande si je ne vais pas attendre la fin du repas, disons jusqu'à minuit moins le quart !*

– Pouvez-vous attendre ? demanda Denis au public.

– Non, nous voulons savoir ce que ce cabot a à nous dire… reprirent maintes personnes à l'affût de paroles croustillantes.

– Alors c'est à toi, raconte…

Silence total dans la salle qui, tout imprégnée de stupéfaction face à Tribun, attendait ces révélations.

– *C'est un fait divers qui s'est produit cette semaine dans notre église de Braillac…*

Tribun regarda son maître qui lui fit signe de continuer tout en manifestant sa surprise.

– *Il y a une statuette de la Vierge Marie qui a disparu, celle qui était sur la droite du chœur.*

Dans la salle des *ho !* et des *ha !* fusèrent. Puis l'une des personnes lança :

– C'est tout ce que tu as à nous raconter ? Je m'attendais à autre chose…

– Et tu ne sais rien d'autre ? demanda Denis à sa peluche.

Elle répondit par un oui de la tête sans équivoque. Puis, elle révéla :

– *Je connais l'identité de la personne qui a emprunté l'objet !*

Inquiétude parmi les spectateurs. Certains osèrent la question : « Qui ? Qui ? »

– *Je ne la confierai qu'à Denis !*

– C'est pas juste, soupirèrent certains.

– *Je ne suis pas un délateur mais simplement un chien…*

– C'est qui ? C'est qui ? insista-t-on.

Denis et Tribun se regardèrent intensément, créant ainsi un étrange silence.

– Tu veux bien me dire le secret ? demanda Denis.

La bête noire opina et s'approcha de Denis, tout contre son oreille. Des têtes se penchèrent, s'étirèrent, tentant de deviner…

Denis posa son index sur sa bouche tandis que Tribun baissant la tête se blottit contre la poitrine de son maître.

Les gens demeurèrent sur leur faim malgré leur insistance et la soirée se poursuivit, laissant un goût d'inachevé quant à cette histoire.

Par un hasard surprenant, quelques jours plus loin, la statuette retrouva sa place dans le chœur de l'église… Étrange, n'est-il pas vrai ?

Vers le mois de mars, on implanta la maison et bientôt les pioches et les pelles entrèrent en action, avec une impatience que partageaient aussi bien Émile que Denis et sa future belle-famille.

Le sable et la chaux attendaient aussi et au bout de quelques jours les fondations furent coulées. Marie-Thérèse s'occupait des animaux dans les étables en attendant que des températures meilleures arrivassent. Il ne restait plus de temps pour autre chose que de travailler. Émile semblait retrouver une seconde jeunesse tant il besognait.

La maison sortit de terre et la maçonnerie apparut en attendant le premier plancher surélevé d'un bon mètre au-dessus du niveau du sol. On creuserait plus tard une cave et on avait déjà prévu l'emplacement d'une petite porte pour y accéder. Le beau granit venu d'une carrière proche montrait sa belle allure d'un gris bleuté, et Pierre Madrage, l'oncle de Juliette, le vrai maçon, disait que ce serait une belle construction.

La date du mariage arrivait à grands pas, et les tenues vestimentaires dominaient les conversations des femmes plus que la maison. Le repas de noces serait préparé par les Madrage comme le voulait la coutume. Denis avait souhaité qu'il n'y eût que peu d'invités, au regard de sa famille composée de quatre personnes seulement en se comptant lui-même. Juliette le comprit et l'admit aisément. Vincent serait là avec sa fiancée car il serait son témoin. Peut-être y aurait-il la vieille Justine, Denis l'avait demandé.

– Puis-je savoir comment est ta robe ? questionna-t-il.

– Tu ne la verras que le 4 mai et tu n'attendras que peu de temps ; sais-tu quel jour nous sommes ?

Denis, quelque peu gêné, répondit :

– Nous ne pensons tous qu'à notre future maison, c'est vrai. Voir ses murs monter est ce qui nous préoccupe le plus, mais je sais que tu t'occupes de tout, n'est-ce pas ? Tu m'as aidé à choisir mon costume, c'est le plus important !

– Les murs ont besoin de repos, bâtir à la chaux demande un séchage plus long et nous aurons tout le temps après notre mariage. Nous la regarderons tous les jours et moi je t'aiderai ! Il y aura aussi les pommes de terre à planter, les fenaisons à venir puis les moissons… L'avenir nous appartient tout entier, un peu de patience, mon futur mari…

– Tu as sans doute raison, dit Denis dans une attitude d'acceptation raisonnable. Nous arriverons à la deuxième travée vers la fin juillet, nous la couvrirons en septembre ou octobre. J'avais imaginé qu'on la terminerait plus tôt. Grand-père avait l'esprit clair quand il disait que nous y rentrerions peut-être pour Noël. Il jugeait bien la situation et j'avais oublié que les exigences des travaux de la ferme prennent du temps, surtout l'été.

– Et puis, tu devras t'occuper de moi, ajouta Juliette avec un sourire coquin.

– J'avais presque oublié, dit-il en riant.

La fin avril s'affichait au calendrier de la poste et la hauteur des murs n'atteignait pas encore la deuxième travée.

– Il faut que les murs se reposent quand ils sont bâtis comme nous le faisons. Il est nécessaire qu'ils dorment comme nous, ils en seront d'autant plus solides dans l'avenir, rassurait Pierre Madrage.

Justin, venant de temps à autre, disait la même chose et même que, de son temps, il laissait « s'asseoir » les murs bien davantage...

Puis la date de la noce fut imminente ; dans un jour, les cloches de l'église la raconteraient à tous et bien plus loin encore. Le chantier arrêté depuis huit jours dressait ses quatre murs et leur jeunesse vieillissait l'ancienne maison comme si celle-ci cherchait de l'assistance près de la nouvelle. Personne ne peut rien contre ces images, aussi dures soient-elles.

Denis avait rejoint la chambre de sa mère, sans idée préconçue, simplement comme on fait certaines choses sans but précis. Il s'assit sur le grand lit, ce lit qui ne servait à rien depuis tant d'années. Il tâta la réaction du matelas, laissa aller sa main sur le couvre-lit et l'édredon dans un geste machinal.

Tout à côté, le petit lit de Denis que l'on avait placé là par manque de place ailleurs et parce qu'il attendait sans doute un destin...

« Si au moins je pouvais entendre un murmure de toi, maman... Où es-tu ? Comment vis-tu ? Et ton regard, comment est-il ? Quant à ton sourire, je n'arrive pas à l'imaginer différent de celui de ta photo que je regarde si souvent... J'ai peur de ne pas te reconnaître. Si tu venais, je t'emmènerais vers la cascade des loups où j'ai conduit Juliette. Je sais que tu connais les lieux, grand-père me l'a raconté. Ils n'ont guère changé… Je penserai si fort à toi ce samedi, tu seras présente dans mon cœur, rassure-toi ! »

Puis il redescendit et rejoignit sa grand-mère.

– Comment va notre futur marié ? Es-tu tout à fait prêt ? C'est un grand jour, le jour de son mariage…

– Si ma mère apparaissait à cet instant, je serais vraiment heureux, grand-mère… mais je dois me faire une raison, sans doute est-ce cette journée qui me fait penser à elle plus que d'habitude.

– Il paraît que Juliette portera une belle robe, il me tarde de la voir moi aussi, dit-elle pour changer de sujet.

– Et toi, grand-mère, tu as fait toilette ? Et grand-père aussi ?

– Nous autres nous avons ce qu'il faut, nous n'usons pas nos affaires, c'est dans notre tempérament, mais toi, avec ce beau costume bleu foncé à rayures craie, tu seras le plus beau marié que la commune ait jamais eu !

Elle l'embrassa de toutes ses forces comme peut le faire une grand-mère et ajouta :

– Faut que j'en profite un peu…

– Mais où est grand-père ?

– Faut pas demander, à l'étable ou sur le chantier. Il doit en rêver la nuit.

– Je trouve qu'il ne s'économise guère. Dis-lui de se reposer un peu, il n'a plus vingt ans.

– Pour le retenir, celui-là ! Je crains qu'il n'y laisse sa santé…

Le 4 mai, à La Retourne, par une magnifique journée de soleil printanier, les invités se réunirent à la maison de la future mariée.

Le cortège se rendrait à la mairie puis à l'église comme le veut la tradition et, pour les précéder, deux musiciens : un « cabrétaîre » et un accordéoniste.

Tous se préparaient, parfois avec une maladresse qui n'avait de justification que leur émotion. Denis aux côtés de sa grand-mère attendait fébrilement de voir apparaître Juliette. Ses futurs beaux-frères le chahutaient parfois avec dans l'œil cette étincelle d'amitié.

Puis Henri Madrage sortit de la maison avec à son bras sa fille Juliette tout de blanc vêtue. Cris de surprise et applaudissements saluèrent cette apparition tandis que Denis demeurait immobile dans son costume rayé, ne sachant que dire ni que faire.

Sa grand-mère lui dit alors :

– Juliette est magnifique, n'est-ce pas ?

Madrage prit l'avant du cortège juste derrière les musiciens, fier de conduire sa chère fille à l'autel. On s'organisa tant bien que mal à l'arrière, cavaliers et cavalières bras dessus, bras dessous. Marie-Thérèse s'accrochait au bras de son petit-fils, en fin du défilé. Son cœur battait mais il fallait demeurer digne ; elle remplaçait Emma en ce jour. Lorsqu'ils arrivèrent sur la place de Braillac, des gens les applaudirent généreusement. Puis ils entrèrent dans la mairie dont on laissa la porte ouverte.

Le maire ne put recevoir ces deux-là sans émotion.

– Je suis très heureux de pouvoir vous accueillir aujourd'hui dans la maison du peuple. En premier lieu parce que vous êtes des nôtres et aussi parce que vous avez décidé de rester dans notre commune pour y vivre et certainement la peupler…

Ceux qui avaient pu entrer acquiescèrent chaleureusement. Jacques et André s'étaient faufilés comme ils avaient pu, curieux eux aussi du mariage de leur tante.

Puis vinrent les mots qui engageaient les époux, les phrases rituelles que l'on écoute avec respect, les promesses que l'on tiendra toute la vie. Les signatures des mariés et des témoins qu'étaient Vincent et sa fiancée Louisette.

La distance séparant l'église de la mairie se franchissait en peu de temps et déjà les cloches informaient le monde qu'un cortège se présentait. Les musiciens n'y allaient pas de main morte eux aussi. Juliette était maintenant au bras de Denis qui s'obstinait à la dévorer du regard. Marie-Thérèse donnait le bras à Henri Madrage et Émile, de son côté, conduisait Jeanne, la mère de Juliette.

Plus loin à l'arrière, Justin bavardait avec Justine qui avait bien du mal à suivre.

Le curé les reçut comme l'avait fait un moment plus tôt le maire. Deux enfants de chœur en tunique rouge et surplis blanc se maintenaient à ses côtés. Le couple prit place près de l'autel, à l'emplacement réservé et solennel.

Les mariés se jurèrent fidélité pour l'éternité et se passèrent les alliances puis ils s'embrassèrent. Denis eut un moment de tristesse qu'il tenta d'effacer mais Juliette avait compris.

Lorsque les mariés sortirent de l'église, ce fut une pluie de fleurs qui les submergea aux cris de « Vive les mariés ! Vive les mariés ! ». Les cloches se mirent à carillonner à toute volée et les embrassades partagèrent le couple nouvellement uni. On se disputait la mariée qui ne savait où donner de la tête, voulant se rapprocher de son mari. Les Cabreloche avaient désormais un membre de plus dans la famille et n'en étaient pas peu fiers. Les témoins jetèrent des dragées aux enfants du village qui étaient à l'affût lors de tous les mariages.

– Il n'y a pas moyen de vous approcher ! s'exclama Justine qui avait bien du mal à se faufiler entre les personnes. Je vous souhaite tout le bonheur du monde !

Puis s'adressant particulièrement à Juliette :

– Tu as choisi le meilleur homme du pays, je sais que vous serez heureux tous les deux…

Elle embrassa la mariée de tout son cœur. Quant à Denis il n'échappa pas à l'étreinte qu'elle lui fit subir. Juliette souriait, elle savait qu'elle avait consacré beaucoup de temps à Denis dans son enfance.

– Maintenant, je suis tranquille, j'ai pu attendre ce moment et j'ai prié pour ça. Soyez heureux, mes petits. Je dois rentrer, mes jambes me font tellement souffrir…

Pierre Madrage ayant entendu la conversation la ramena chez elle dans sa 4 CV et promit de lui porter de quoi se restaurer comme si elle était au repas des mariés…

Elle en pleurait de reconnaissance et en même temps de désespoir. Les années avaient usé la pauvre femme et elle en était fort consciente.

La noce visita les bistrots de Braillac comme il se devait, sans en oublier pour ne pas causer de fâcheries. Au *Café Bleu*, certains avaient tenté une partie de baby-foot…

À l'*Auberge des Buis* certains lui demandèrent des nouvelles de Tribun mais Denis sut répondre. Tribun, jaloux de son mariage, n'avait pas voulu l'accompagner !

À La Retourne, tout était prêt et la grange s'était parée de verdure et de fleurs autour de la grande table. Lorsque tous furent assis, ce fut Justin qui demanda la parole, il était le patriarche de la famille et le faisait savoir.

Sa verve en surprit quelques-uns mais son cœur faillit s'arrêter quand il s'adressa à sa petite-fille et à son nouveau petit-fils tant l'émotion le submergeait. On l'applaudit si fort qu'il dit péniblement :

– Vous aller me tuer si vous continuez ainsi…

Le repas commença alors, les mariés ayant l'avantage d'être servis en premier.

– Profitez de ce moment, leur lancèrent des amis, jamais vous ne serez si bien servis qu'aujourd'hui…

La musique se mêla au repas, les plats étaient de premier choix, la bonne humeur et les rires aussi. Il y avait tant de bonheur dans cette vieille bâtisse qu'elle s'offrait elle aussi un moment de rajeunissement.

Des chanteurs se manifestèrent, excellents ou pas, mais tous avaient envie de dire des mots de bonheur aux mariés. Justin se démarqua par une interprétation de *La Chanson des blés d'or*.

*Mignonne, quand le soir descendra sur la terre*
*Et que le rossignol viendra chanter encor,*
*Quand le vent soufflera sur la verte bruyère,*
*Nous irons écouter la chanson des blés d'or,*
*Nous irons écouter la chanson des blés d'or...*

Sa voix, quelque peu chevrotante, fit naître quelques larmes dans les cœurs sensibles.

Puis ils parièrent sur la jarretière de la mariée qui rapporta quelque argent.

La musique invitait à danser et les jeunes mariés ouvrirent le bal. Puis d'autres rejoignirent l'espace central agrandi pour ce moment de joie.

On put voir la mariée rejoindre le plancher, invitée par son père. Celui-ci était alors l'homme le plus heureux de tous. Denis prit Marie-Thérèse par la main qui, toute surprise, accompagna son petit-fils dans une valse. Comme elle dansait bien, cette grand-mère ! Denis ne la quittait pas des yeux. Du bonheur !

Malgré les restrictions récentes subies lors de la guerre, tous avaient à cœur de penser à l'avenir et ils avaient été généreux pour que la noce fût réussie, et elle le fut.

Les invités offrirent les cadeaux aux jeunes mariés, linge de maison, ustensiles de cuisine et bien d'autres choses, tout ce qu'un jeune ménage pouvait souhaiter.

Le grand-père Justin glissa discrètement une pièce d'or Napoléon III dans la main de chacun des mariés.

– C'est peut-être original mais ça ne sert à rien, leur dit-il. Je les ai reçues de mes parents et vous les transmets aujourd'hui ! Soyez heureux tous les deux.

Il les embrassa tendrement et s'éloigna discrètement. Sacré Justin !

Une âme généreuse fit le déplacement chez Justine, qui ne pouvait tenir debout après 21 heures.

La fin de la nuit appartint au jeune couple et personne ne sut ou voulut savoir où ils cachèrent leur bonheur pour cette nuit.

## 12

Ce mois de mai avait bien commencé, et personne ne s'attendait à ce qui allait arriver au début de la semaine suivant le mariage.

Alors que Denis et Juliette rendaient visite à Justine, tout en s'approchant de la petite maison, ils ne virent aucune fumée s'échapper de la cheminée contrairement à l'habitude.

La porte étant fermée de l'intérieur, ils s'inquiétèrent et demandèrent au maire de venir constater. La petite fenêtre avait son rideau tiré, ce qui empêchait tout regard de pénétrer. L'inquiétude gagna les jeunes Cabreloche.

Leurs craintes furent justifiées lorsqu'ils découvrirent Justine morte dans son lit depuis au moins deux jours. Sur la table, le repas porté le lendemain du jour de la noce était presque intact, à peine y avait-elle goûté. Le maire venu ouvrir la porte prévint les gendarmes et le médecin qui constata le décès. « Elle est morte de fatigue et d'épuisement, peut-être en dormant… » Denis se souvint des mots de Justine le jour du mariage : « Je suis épuisée, mon pauvre petit… »

On ne lui connaissait pas de famille. On trouva, sur la petite table près du lit, une enveloppe qui semblait attendre. Devant les autorités, le maire l'ouvrit et, à sa grande surprise, il découvrit un bout de papier bien mal écrit mais sur lequel on pouvait approximativement lire :

*Pour mon enterrement, je n'ai pas autre bien…*

Jules Verdale, toujours maire, annonça qu'il organiserait les obsèques et que la commune assumerait les frais dépassant la somme que contenait l'enveloppe.

Connaissant les liens qui rapprochaient Denis et Justine, Juliette serra le bras de son homme ayant bien du mal à maîtriser sa peine.

Le vendredi, les cloches sonnèrent le glas. Dans l'église, plus de place libre, un cercueil couvert de fleurs…

Dans son homélie, le curé Soulane, bien vieux lui aussi, parla de la vie simple et courageuse de Justine, celle qui modestement avait aidé bien des gens au village lors de peines survenues. Il ajouta, les lèvres tremblantes :

– Notre sœur Justine doit se demander pourquoi l'église est remplie aujourd'hui ! Mais nous tous ici, nous le savons et nous la remercions pour le bien qu'elle a distribué autour d'elle et Dieu le sait aussi. Qu'elle repose en paix pour l'éternité…

Un silence singulier suivit l'intervention du prêtre, comme si chacun voulait se souvenir de

Justine et lui donner encore de l'affection comme elle en avait tant distribué aux autres.

Puis ce fut un moment bien difficile pour Denis que cette mise en terre dans le petit cimetière de Braillac. Il n'avait que vingt-deux ans depuis quelques jours et n'avait jamais été touché de près par la perte d'un être cher. Une déchirure nouvelle qui faisait resurgir en lui l'absence de sa mère. Et si elle était morte, elle aussi ? Si elle reposait en un lieu comme celui-là ?

Point de réponse à cette énigme. Après le recueillement habituel devant la fosse, chacun s'en retourna chez lui, laissant aux hommes le soin de terminer l'ensevelissement. Les Cabreloche ne parlèrent qu'à mi-voix lors de ce retour.

À Costesoleil, le travail de maçonnerie avait repris et le temps de mai se réchauffait. Denis et Juliette habitaient ici désormais et partageaient les repas avec les grands-parents. Marie-Thérèse affichait une bonne humeur et un plaisir certains de voir sa nouvelle petite-fille l'aider dans les travaux de tous les jours. Un sourire neuf et parfois aussi des airs chantonnés par-ci par-là.

Il fallut planter les pommes de terre. Juliette ne craignait pas les travaux de la ferme, ce qui libérait Émile pour la construction car il voulait toujours en faire plus que les autres. Pourtant, il faudrait bien tous les bras disponibles pour les foins et les moissons, ce qui libérerait tout de même Marie-Thérèse pour la préparation des repas.

Elle souriait parfois en voyant Juliette se démener dans tous les coins de la maison pour l'aider.

– Laissez-moi donc faire, grand-mère, reposez-vous un moment, vous en faites assez comme ça…

– L'heure de la retraite ne sonne jamais pour une femme à la campagne, tu ne devrais jamais l'oublier, ma petite… répondait-elle en souriant.

Toutes deux s'entendaient à merveille et Émile le savait sans questionner sa femme. « Cette petite est bien celle qu'il fallait à notre Denis, dans notre maison. »

Il y eut aussi des bouquets de fleurs partout dans la maison et même dans la chambre d'Emma à la floraison des lilas. Puis vinrent les aubépines, les roses sauvages des haies et d'autres fleurs encore et des feuillages agréables.

– Ces fleurs embaument la maison, on se croirait en permanence dans les jardins… disait Marie-Thérèse.

Il semblait qu'un bonheur particulier se fût emparé de Costesoleil. Denis avait remisé Tribun dans un tiroir, enveloppé dans une toile. D'autres pensées lui occupaient l'esprit tant il avait à faire. L'été passa et, en septembre, Juliette annonça la nouvelle.

Un enfant Cabreloche viendrait au monde en mars prochain, le médecin ayant confirmé. Marie-Thérèse ne put s'empêcher de remercier le Ciel et Denis fou de joie lui dit que le Ciel n'avait rien à faire dans cette affaire…

– Tes parents savent-ils ? demanda Marie-Thérèse.

– Vous êtes les premiers à connaître la nouvelle mais je m'y rendrai demain pour partager cette joie.

Puis Denis et Juliette s'éloignèrent un peu, se tenant par la taille.

– Tu vas être papa, Denis, papa !

– Et toi, maman ! dit-il avec ce quelque chose dans la gorge qui l'empêchait de continuer.

Puis, après un long moment de silence, il lui dit :

– Pourquoi ma mère m'a-t-elle abandonné ? Pourquoi ? Est-ce que nous pourrions abandonner notre enfant ? Comment est-ce possible ?

– Un jour nous le saurons, Denis, j'en suis persuadée, mais aujourd'hui pense à notre pitiou qui va naître au printemps 49, ne pense qu'à cela…

– Tu as raison, pardonne-moi, je suis égoïste.

Dès qu'Émile apprit la nouvelle, il dit simplement :

– Il n'y a plus qu'à se dépêcher pour la maison, il faut qu'elle puisse l'accueillir dès sa naissance, nom de Dieu !

Il ne jurait pas souvent, mais en ce jour il jura encore plusieurs fois, sa manière à lui d'exprimer son bonheur.

– Grand-père, nous avons tout le temps de terminer…

– Vous autres, les jeunes, vous ne vous rendez pas compte, il reste tant à faire…

Voyant que les jeunes souriaient, il se rendit compte qu'il exagérait un tantinet et se mit à rire avec eux.

– Alors, c'est pour février ou mars, c'est une bonne date pour naître, n'est-ce pas, Denis ?

Puis il embrassa sa petite-fille tendrement.

Il monta de la cave une bonne bouteille de vin et dit à Marie-Thérèse :

– Il faut fêter l'événement ! Te rends-tu compte ? Un pitiou chez nous...

Puis il essuya quelque chose qui le gênait aux paupières tout en se retournant. Marie-Thérèse aussi semblait toute retournée par la nouvelle.

– Quand la vie nous joue des tours pareils, on ne peut qu'être heureux et, quand on est trop heureux, on est souvent maladroit, comme moi, pardi... Je ne sais plus ce que je voulais faire, aide-moi, ta grand-mère perd les pédales...

– Je vais préparer le repas, reposez-vous un moment.

– Je ne suis pas fatiguée, simplement heureuse, ce n'est pas pareil !

– Tu vois ce que ça fait quand arrive un petit dans une maison, dit Émile à Denis.

– Un jour, je l'emmènerai à la cascade des loups, je lui apprendrai à les entendre entre deux pierres comme me l'a appris grand-père, il me tarde déjà.

– Tu vois, Juliette, les hommes c'est comme ça, ils sont toujours pressés, rien ne va pour eux assez vite, il faudra t'y faire, dit Marie-Thérèse.

Juliette souriait tandis qu'Émile ne savait que dire, mais au fond il n'en pensait pas moins.

– Mettons les bouchées doubles pour terminer les travaux et couvrir le plus tôt possible. Quant à moi je vais m'y employer. Faudrait que tes frères accélèrent eux aussi, maintenant que les travaux d'automne sont terminés. Il me tarde de voir fonctionner la cheminée, ça me tracasse.

– Demain, nous irons chez mes parents et je sais que mes frères nous aideront du mieux qu'ils pourront, ne vous faites aucun souci.

– Avons-nous commandé les ardoises pour la couverture ? Ce n'est pas au dernier moment que…

– Émile, arrête un peu, tu nous saoules avec tes recommandations…

Émile Cabreloche s'assit, comme enfin vaincu par l'autorité de Marie-Thérèse qu'il observait du coin de l'œil. Tout en relevant son chapeau, il se gratta la tête et se mit à sourire.

– Je crois que je ne me rends pas compte de ce que je dis, c'est vrai que je suis toujours inquiet. Sers-moi donc un verre, Denis, j'ai soif…

Le lendemain, les jeunes Cabreloche dînèrent à La Retourne et la joie fut grande chez les Madrage.

– J'espère que j'aurai une petite-fille, dit Jeanne Madrage. Après avoir eu deux petits-fils ce serait magnifique…

– Tu prendras ce qui arrivera ! s'exclama Henri, ces choses-là arrivent tout naturellement et moi je suis si heureux que ma fille me donne un petit, garçon ou fille. Il n'y a pas si longtemps, nous ne pensions pas à ce qui nous arrive aujourd'hui !

– Nom de Dieu non ! ajouta Justin. J'espère que je tiendrai le coup jusque-là, je veux le voir, ce Cabreloche…

Puis, s'adressant à Roger, il ajouta :

– Dépêche-toi d'en trouver une, tu ne vas pas rester célibataire ? Et toi, tu me donneras un Madrage comme ton frère, la famille s'agrandit, n'est-ce pas merveilleux ?

– Madrage ou Cabreloche, pour moi c'est du pareil au même, dit Jeanne.

– Certainement mais il n'y a que moi pour assurer la descendance des Cabreloche, dit fièrement Juliette en regardant Denis.

– Va donc chercher Marcel et ramène-les tous, nous allons célébrer la bonne nouvelle ! annonça Henri.

La nouvelle fut fêtée plus que raisonnablement et il était bien tard lorsque les jeunes s'en retournèrent à Costesoleil.

– Je passerai voir les tiens, certainement demain, affirma Jeanne.

– Vous ne pourrez leur faire plus de plaisir, ajouta fièrement Denis.

Juliette et Denis s'en retournèrent à pied et tout en marchant dans la nuit sur le chemin qu'ils connaissaient fort bien, jusque dans ses imperfections mêmes, Juliette dit doucement à son cher mari :

– La venue prochaine d'un enfant change toute une vie. Tu as vu mes parents comme ils semblaient heureux, et grand-père Justin qui débordait de joie, lui aussi impatient de voir un maillon de plus à la famille…

– Il n'y a que ma mère qui ne sait rien, coupa brutalement Denis, sans se rendre compte de la gêne qu'il provoquait chez Juliette. Quant à mon père, n'en parlons pas…

Elle lui serra davantage le bras et se tut, n'ayant hélas ! pas de mots pour lui répondre ou le réconforter. La nuit se fit alors complice de ce moment difficile, un de ces moments où Denis s'en allait vers un lieu impossible, incompréhensible, inaccessible.

– Tu ne voudrais pas aller à la cascade des loups ? demanda-t-il soudainement à sa femme.

– Tu n'y penses pas, rentrons vite, nous serons bien mieux à la maison.

On ne parla plus de l'expédition proposée mais Juliette savait qu'un vide ne se comblerait jamais et qu'il fallait s'attendre à ce que, de temps à autre, Denis l'entraîne vers cette pensée, convaincue qu'il n'en guérirait jamais.

Qu'aurait-elle fait à sa place ? Alors, elle l'aima davantage et les jours passèrent ainsi, inexorablement.

Sur le chantier, tout s'accélérait sur les ordres d'Émile voyant s'approcher les froidures.

La charpente attendait dans la grange et les ardoises aussi depuis longtemps. Le charpentier avait dû prévoir un cubage supplémentaire de bois et Émile avait déjà bataillé dur pour négocier, comme à son habitude.

– Une partie de la volige n'était pas prévue et ça mange du volume, surtout que vous les voulez solides !

– Vous ne voudriez pas qu'elles soient à changer dans dix ans ? Ne lésinez pas sur le bois, nous nous arrangerons l'affaire.

– Les bois de volige ne sont pas donnés cette année… surtout avec cette idée de les vouloir en chêne.

– Arrêtez de vous plaindre et ne perdons pas de temps, je vais vous chercher une bonne bouteille…

La bouteille fut bue et les promesses enregistrées.

Une charpente en chêne fut installée, solidement arrimée, fixée, chevillée. Un drapeau flotta quelques jours au vent de Costesoleil. Émile ne pouvait se retenir de penser : « Il n'y a rien de plus beau qu'une charpente en bois de chêne, solide, indestructible et prometteuse de lendemains heureux. Sans doute suis-je fait du même bois ? »

Début novembre, on posa la volige, ce qui laissait supposer que la pose des ardoises ne tarderait pas ; la cheminée avait sorti sa tête du toit, un bon signe. Le premier décembre, les ardoises s'étaient couchées sur la volige et ce toit tout neuf montrait la réussite des Cabreloche aidés en cela par la famille Madrage.

Émile vendit deux vaches et du bois supplémentaire, si bien que plus un grand arbre n'occupait ses terres désormais. Cela était le prix à payer pour terminer la construction et pourvoir à son équipement intérieur afin de la rendre habitable aux beaux jours de 1949.

Juliette mesurait le sacrifice de sa belle-famille. Comment apporter une évolution à la ferme de Costesoleil ?

Juliette ne dissimulait plus son tour de taille et pour la messe de Noël, on lui en fit compliment. Jusqu'à Alice Rouchette qui semblait l'envier.

– C'est pour quand ? lui demanda-t-elle en évitant toutefois de croiser le regard de Denis.

– Fin février ou début mars, pas plus tard en tout cas. Je le protège du froid en attendant, ajouta-t-elle en riant.

– Je crois que je vais me marier vers la fin de l'année, moi aussi, tu seras invitée à la noce bien entendu.

Sourires partagés…

Denis et Juliette marquèrent un temps d'arrêt devant la crèche.

Les Cabreloche invitèrent les Madrage pour le vin chaud habituel mais on ne se contenta pas d'une boisson chaude, fût-elle alcoolisée ; un bon casse-croûte les attendait et dans la cheminée veillait une douce chaleur pour les accueillir.

Lorsque les jeunes époux et futurs parents furent près de la porte de leur chambre, ils entrouvrirent celle d'Emma, et Juliette dit :

– Ce serait bien que notre petit dorme dans ce petit lit, qu'en penses-tu, Denis ?

– Il y a longtemps que j'y pensais, mais je n'osais pas te le demander ; tu ne peux pas savoir ce que je ressens après ce que tu viens de me dire, savoir que notre enfant dormira dans mon petit lit… celui que m'avait préparé mes grands-parents un jour, mais nous le déplacerons dans notre chambre.

– Bien entendu mais, en attendant, je vais le préparer… à mon idée. Dans un premier temps, le petit dormira dans le landau que nous ont offert mes parents.

Les jours passèrent et un beau matin, le samedi 5 mars 1949, un petit garçon prénommé Paul naquit à Costesoleil.

Les Madrage ne tardèrent pas à venir contempler le chef-d'œuvre. Les femmes parlèrent beaucoup, quant aux hommes ils trinquèrent et même Justin amena une bouteille de champagne en cachette… Que du bonheur ! Puis ils admirèrent la future habitation des jeunes, le verre à la main.

Chacun y allait de ses remarques et de ses compliments.

– Vous avez fait quelque chose de bien, disait Justin qui posait l'œil partout. Les linteaux de bois sont superbes et se marient fort bien au granit…

– Les portes ne devraient pas tarder ainsi que les fenêtres, ce sera autre chose alors…

– Nous creuserons la cave mais elle attendra encore quelques années, je pense. Le vin restera dans la nôtre en attendant…

– Nous viendrons vous installer le plancher et pour le cloisonnement des pièces, nous vous donnerons aussi un coup de main. J'ai des amis qui me doivent quelque aide, à charge de revanche… annonça Pierre Madrage.

– Avec tous ces bras et cette bonne volonté, nous finirons bien par la terminer un jour, cette sacrée maison…

– Que Dieu nous donne la santé…

– À la santé des Cabreloche et des Madrage !

Ils cognèrent les verres une fois de plus, attirant l'attention des femmes qui vinrent se plaindre qu'on les avait oubliées.

De vieilles habitudes, hélas…

# 13

– Il faut du temps pour que sèchent les murs mais j'espère qu'à l'automne Paul pourra dormir dans sa maison. Je vais m'y employer, rabâchait Émile.

– Calme-toi un moment ; tes reins souffrent depuis quelques temps... Si tu voyais ta démarche, ces derniers temps !

– Dis-moi aussi que je deviens tordu ?

– Ce n'est pas loin de la vérité. Avec cette construction et la ferme, tu n'es pas raisonnable. Émile, tu n'as plus vingt ans et tu n'es pas le seul, hélas !

Dans ces moments-là, Émile tournait le dos et s'éloignait. S'il n'avait plus vingt ans, il portait fièrement ses soixante-trois ans.

– J'ai bien le temps de travailler encore, nom de Dieu ! jurait-il, avec de temps à autre ses mains calées sur les reins.

Il ne pensait qu'à son arrière-petit-fils Paul qui dans son cœur garnissait un certain vide qui ne se comblerait pourtant jamais.

Le temps des fenaisons arriva ; celui des moissons suivit inexorablement. Juliette ne laissait pas sa place quant à l'ouvrage et Marie-Thérèse s'occupait davantage de Paul tout en préparant les repas en compagnie de Loulou, le chien qui ne la lâchait pas d'une semelle.

– Va donc vers les hommes, lui disait Marie-Thérèse, ce n'est pas ta place dans mes jambes !

L'originalité de cette bête, c'était qu'elle n'aimait guère le dehors, les terres et même les animaux. « Je me demande d'où tu viens mais tu ne conviens pas pour rester ici, tu es un chien de riches, à te faire dorloter du matin au soir… Va falloir que je te trouve un maître, tu ne peux demeurer ici, tu ne sers à rien et chez nous, chacun doit gagner sa croûte ! »

Le facteur fut chargé de l'affaire et, un jour de juillet, des vacanciers venus on ne sait d'où furent très heureux d'emmener Loulou chez eux.

– Nous nous occuperons bien de lui, rassurez-vous, madame…

– Il ne demande que ça…

Il ne se passa pas deux mois avant qu'une nouvelle bête prît pension à Costesoleil, un bon chien de berger qui sut rapidement gagner la confiance de tous et sa place parmi les Cabreloche. Celui-là n'aimait pas l'intérieur de la maison, préférant dormir dans la grange ou sous quelque hangar.

– À la bonne heure ! Voilà un bon chien, dit Émile qui avait pourtant manifesté sa mauvaise humeur lorsque Marie-Thérèse avait voulu se séparer de Loulou.

Celui-ci portait déjà le nom de Boubar. Quant à sa race, elle était bien difficile à déterminer, mais ici ces détails n'avaient aucune importance ; ce qui comptait le plus manifestement était son comportement avec les animaux et en second lieu envers ses maîtres. Boubar, fier de sa bâtardise sans doute, avait dans les yeux ce quelque chose d'amusant, d'affectueux et ce brin d'intelligence instinctive qu'ont certains animaux. Ses oreilles se dressaient au moindre bruit, ses yeux curieux ne se satisfaisaient pas d'à-peu-près quant aux mouvements qu'ils percevaient à proximité.

– Je crois que Tribun serait jaloux de toi, lui disait Denis.

Dans ce début d'août 1949, on put voir arriver deux roulottes de Gitans traversant Braillac et se diriger vers Costesoleil. À les observer, les visiteurs semblaient connaître l'endroit. Ils s'arrêtèrent et un homme, celui qui conduisait le premier véhicule, en descendit et se rendit chez Vincent Reboilleux.

Après quelques instants, il en ressortit tout heureux et le petit convoi retrouva la parcelle où, autrefois, la famille de l'oncle Tiago stationnait lors de ses passages dans le pays.

Avant que la nuit ne tombe, Vincent se rendit chez Denis et lui dit que Jésus et Marie étaient là, revenus au même endroit.

La surprise passée et n'y pouvant résister, les deux amis rejoignirent les visiteurs. En chemin, ils comptèrent sur leurs doigts les années passées depuis leur dernière venue. Treize ans déjà !

Ils approchaient des roulottes et déjà des odeurs connues de chevaux et de campement leur parvinrent. Les chiens aboyèrent ; un homme jeune les observait, torse nu, la peau cuivrée… Il avait toujours le même sourire et son visage des traits infiniment reconnaissables : Jésus.

Il calma les chiens et vint vers ceux du pays. Il ouvrit ses bras dans un geste d'accueil chaleureux où il n'y avait plus qu'à s'engouffrer.

– Je suis si heureux de te revoir, Denis, et toi aussi, Vincent ! Malgré le temps vous n'avez guère changé, même si l'un de vous porte maintenant de belles moustaches, ajouta-t-il en regardant Denis.

– Tu ne sauras jamais le plaisir que tu nous fais de venir ici, chez nous, comme avant. As-tu Marie avec toi ?

– Oui, elle est là mais n'ose avancer…

C'est alors que Vincent ouvrit les bras à Marie, comme l'avait fait Jésus pour son ami. Marie, splendide de son bel âge de femme, avait ce charme des Gitanes qui trouble parfois, pour ne pas dire toujours, les hommes.

Après les émotions des retrouvailles, des enfants s'étaient rapprochés et d'autres personnes aussi.

– Nous ne resterons que deux jours ici, le reste des nôtres nous attend plus loin. Nous sommes passés pour avoir de vos nouvelles et vous dire que vous nous avez manqué depuis notre dernier passage, dit Marie.

– Asseyez-vous un moment, nous allons boire quelque chose, dit Jésus en posant sa main sur l'épaule de Denis. Tu vas me raconter ta vie, ce que tu as fait. Et Tribun ? Est-il toujours avec toi ?

– Je te raconterai, mais toi et Marie, toujours sur les routes ?

– Comme tu vois, nous ne nous sommes pas séparés, pas encore, un jour peut-être on me la prendra… Les autres personnes que tu vois sont des amis qui nous ont rejoints depuis que Tiago nous a quittés. Nous faisons toujours le même métier, travaillons l'osier, le cuivre et mangeons toujours des hérissons, tu te souviens, Denis ?

– J'ai assez passé de temps avec vous pour m'en souvenir, c'était terrible pour moi !

– Et comment vont tes grands-parents, les as-tu encore ?

– Oui, je les ai tous les deux. J'ai même une femme et, depuis mars, un petit garçon, Paul. Je vous les présenterai.

– Et toi, Vincent ? Tu es marié aussi ?

– Pas encore, mais rassure-toi, je ne finirai pas vieux garçon… répondit-il en observant Marie.

Un feu crépitait tout à côté et les bons souvenirs affluaient à leur mémoire. Ils trinquèrent tous et, le temps pressant, se promirent de se revoir le lendemain pour bavarder encore. Des chiens s'étaient rapprochés d'eux comme l'avait fait Tribun, un certain jour…

Le lendemain Vincent, Denis et Juliette avec leur petit Paul se rendirent près des roulottes en fin d'après-midi. Leurs bras étaient chargés de cadeaux pour ces amis revenus pour simplement les revoir un moment.

Tous s'agglutinèrent autour de Paul sans que sa mère n'y pût rien. Les enfants chez les Gitans bénéficient d'une attention toute particulière, et tous voulaient voir de près ce poupon à la peau si claire. Sa première heure de gloire ! On s'installa et chacun raconta son périple de treize années.

Vincent regardait Marie étrangement, avidement. Belle, telle une créature de rêve, elle devinait la pensée de Vincent mais ne laissa aucune chance à ses regards insistants. Jésus qui n'était pas dupe dit discrètement à son ami que Marie était déjà promise.

Deux guitares s'emballèrent et Marie dansa d'une manière magique tandis que deux autres femmes l'accompagnaient. Vincent, quoique fiancé, avait le cœur qui chavirait. À la lueur du feu les gestes des danseuses prenaient des reliefs de douleurs et de passion. Juliette adorait cette liberté emprisonnée dans le corps des danseuses, cette volupté dans ces exaltations explosives. Magnifique !

Puis Denis sortit une surprise d'un sac caché jusque-là. Toutes les têtes se tournèrent vers lui et ce qui venait d'apparaître : la marionnette de Tribun. Denis expliqua alors à son ami Jésus l'histoire de la disparition du chien désormais réincarné en pantin. Comme Tribun, la marionnette parlait ! Stupéfaction et admiration ! Ils renouaient avec le souvenir de Tiago. Marie et Jésus en demeuraient plus qu'émus.

Ils goûtèrent au vin frais, dansèrent encore et l'approche de la nuit rappela tout son monde. Qu'il fut triste de se séparer encore une fois ! Vincent ne quittait pas des yeux Marie et, dans l'au revoir, quelques mots échangés entre eux demeurèrent leur secret…

Le lendemain, les Gitans avaient disparu, seules quelques traces dans l'herbe marquaient le passage des roulottes et des chevaux. Le silence retomba sur ces gens du voyage, mystérieux et cependant si attachants.

– J'aurais aimé les fréquenter davantage, dit Juliette...

– Ils t'auraient fait manger des hérissons, dit Denis en éclatant de rire.

– Je n'oublierai pas Marie, avoua Vincent. Jamais encore je n'avais reçu un tel coup au cœur, jamais... Mais je sais aussi qu'elle est promise à un autre homme...

Avait-il oublié qu'il était lui-même fiancé ? Oui, sans doute. Face à une telle beauté, Vincent avait été aveuglé. Il se ressaisirait, tout au moins il essaierait...

La fête de Braillac se préparait sur la place du village. À la fin d'un repas de semaine, Émile lança :

– La fête se prépare, il y a du remue-ménage par là-bas... Ta mère aimait bien ces fêtes, ce monde, cette musique...

Un silence s'installa et Émile se rendit compte de sa maladresse :

– Excusez-moi, je suis parfois maladroit, les enfants...

– Nous y amènerons Paul, il faut qu'il voie les lampions lui aussi, coupa Juliette.

– Tu as raison, poursuivit Denis, il n'y a pas beaucoup d'animation ici, ça nous changera les idées.

– Nous garderons les lieux, dit Marie-Thérèse en riant. Avec Émile, nous discuterons devant la nouvelle maison. Il y aura bien des choses à parler et ça nous fera plaisir de vous attendre. Le petit ne pourra pas rester dehors bien longtemps, il faut se méfier de la fraîcheur de la nuit à son âge...

– Prenez soin de vous deux, dit Juliette.

Du hameau de Costesoleil, ils entendaient quelques bribes de la musique crachée par les haut-parleurs installés dans la rue principale de Braillac.

La chaleur avait plombé la journée, et comme prévu les vieux Cabreloche se tenaient assis sur un banc, prenant la fraîche comme ils disaient.

Boubar se tenait à leur côté. La main d'Émile lui caressait parfois la tête, ce qui semblait lui convenir. Un bon chien !

Ils étaient face à leur maison prolongée de la nouvelle qui s'accrochait comme un enfant près de sa mère. Ils ne parlaient guère, les silences parfois parlent davantage que de longues litanies.

– Denis et Juliette sont heureux avec le petit Paul, lâcha enfin Marie-Thérèse. Il n'a pas encore six mois mais il est éveillé comme un bébé d'au moins quatre mois de plus... Oh oui, bien quatre mois !

Émile réfléchissait à autre chose, tourmenté par la finition des travaux.

– Faudrait peut-être emprunter pour bien terminer l'intérieur... dit-il en se grattant la tête.

Marie-Thérèse mit un bout de temps à répondre puis acquiesça par des mouvements de la tête.

– Si tu penses que c'est mieux, décide-toi...

– Il faudrait des cloisons en brique et plâtre, puis une salle de toilette. Comme l'adduction d'eau de la commune n'est prévue que dans deux ou trois ans, il faudrait prévoir l'eau dans la maison avec pompage dans le puits. Nous en profiterions nous aussi. Nous n'aurions plus ce travail d'aller sans cesse au puits avec les seaux.

Marie-Thérèse acquiesçait continûment. Émile avait raison mais « tout ça allait coûter cher » et elle avait toujours assuré les comptes, tout passait obligatoirement par son consentement.

– Elles sont tout de même belles, ces pierres de granit toutes neuves, dit Émile.

– Tu devrais te présenter à la Caisse agricole pour demander ce qu'ils peuvent faire pour nous, avança Marie-Thérèse.

Émile acquiesça de la tête. Ils observèrent l'ouvrage en silence et chacun pensait sûrement à Emma.

– Dommage qu'elle ne voie pas ça, dit Marie-Thérèse un peu rudement.

– Je sais qu'elle le verra un jour, mais un jour, ça veut dire aussi dans combien de temps ?

Marie-Thérèse modifia sa position sur ce banc bien dur et osa dire :

– Ça veut dire sûrement jamais, ne sois pas stupide, Émile.

Il n'ajouta pas le moindre mot. Quelques moustiques ou moucherons tourbillonnaient autour d'eux tandis que le soleil descendait lentement.

– Ces sales bestioles nous mangeraient les bras si l'on ne s'en protégeait pas, ronchonna Émile en les chassant d'un mouvement de bras presque inutile.

Crépuscule à Costesoleil, les jeunes à la fête et les vieux là, à attendre la fin du jour, de leur jour. La maison à contre-lumière offrait ce nouveau découpage du ciel, ses nouvelles dimensions qui, petit à petit, s'étaient installées doucement dans le hameau. Soudain, Émile déclara :

– Les Gitans n'auront pas fait de vieux os cette année, à croire qu'ils nous ont oubliés…

– De simples voyageurs, ils nous ont tout de même transmis leur bonjour, c'est déjà pas si mal… Pour des Bohémiens, ajouta étrangement Marie-Thérèse.

– Ils avaient consacré bien du temps à Denis, souviens-toi, et offert ce fameux chien noir. Denis avait été si heureux avec, tant et si bien qu'il en a fait une marionnette qui amuse tout le monde…

– Bien sûr, bien sûr.

La nuit tombait maintenant et ils rejoignirent l'intérieur de leur habitation.

– Faudrait pas que le petit s'ennuie, s'inquiéta Marie-Thérèse.

– Ce ne sont plus des gamins…

Elle semblait agacée et son homme en était conscient. Une heure plus tard environ, les jeunes arrivèrent tandis que, de loin, des musiques, des refrains de chansons leur parvenaient encore.

Début septembre, Émile obtint des aides de l'Agricole et la maison put espérer accueillir ses habitants pour décembre. La cheminée fonctionnerait, voilà bien là le principal pour une maison !

Plâtrier, électricien et plombier mettaient les bouchées doubles. Émile, dans une frénésie inhabituelle, se dépensait sans compter. Craignait-il des incidents ? Avait-il des prémonitions ?

Denis et Juliette voulaient fêter leur entrée dans leur nouvelle maison et quoi de plus merveilleux que d'envisager le baptême de Paul en décembre ? Ce qui fut fait. Ce serait le dimanche 21 décembre 1949 et le repas aurait lieu à Costesoleil.

Il y aurait la famille Madrage, Vincent et Louisette, les hôtes Cabreloche. Vincent avait tergiversé avant d'accepter, non pas qu'il refusât, mais la compagnie de Louisette semblait le gêner depuis un moment. Denis, le seul à en connaître la raison, lui avait demandé d'être patient, sans doute tout s'arrangerait avec le temps…

Les cloisons, n'ayant encore reçu aucune peinture ni papiers, arboraient une blancheur malade. L'eau du puits n'arrivait pas encore dans ces murs mais ne tarderait pas.

Paul Cabreloche reçut son premier sacrement le dimanche 21 décembre, premier jour de l'hiver, quelques matins avant Noël, ce que le curé fit remarquer en souriant. C'était une journée fraîche mais non glaciale, visitée par un fier soleil. Paul fit savoir qu'il aurait préféré l'eau du baptême moins froide… Nul ne put se retenir de rire dans une affectueuse participation.

Costesoleil s'emplit de la grande famille. Tous se serraient dans la grande pièce et la cheminée dut être mise en veille tant la chaleur humaine les réchauffait. Un délicieux parfum de cuisine chatouillait les papilles, Marie-Thérèse et Juliette avaient fait de leur mieux pour rôtir les volailles à la peau rissolée et fumante servies en compagnie de cèpes du bois voisin.

Justin voulut chanter une fois de plus *La Chanson des blés d'or* pour son arrière-petit-fils. André et Jacques firent un peu les pitres dans quelque refrain mal interprété mais l'important était ailleurs, dans le cœur de la désormais grande famille. Émile avait proposé du vin de Bordeaux déniché on ne sait où qui fit le bonheur de tous.

Le repas fut réussi et dura tout l'après-midi. Puis il fallut se quitter. Tous se retrouveraient pour la messe de minuit le 24 décembre. Dans la chambre de Juliette et de Denis, près du landau, un petit sapin décoré attendait, lui aussi, les festivités prochaines. Paul n'en avait cure, à peine s'il regardait les brillants scintillants accrochés aux vertes branches.

Cela était un peu Noël avant la date et tous se promettaient de recommencer prochainement.

Un magnifique premier jour d'hiver ! On tint Denis éloigné de ces pensées qui devaient l'effleurer de temps à autre, et il fit certainement semblant de ne pas comprendre…

# 14

*1950.*

Il fallut un prêt de la Caisse agricole pour terminer l'aménagement intérieur de la maison car Émile ne voulait pas entamer et alléger le livret de Caisse d'Épargne de son petit-fils.

S'adressant à son épouse, il ronchonna :

– Il ne manquerait plus que ça… Désormais, nos enfants ont un toit, et ceci grâce aussi à toi, Marie-Thérèse. Tu as tant économisé, sou à sou, jour après jour, je suis fier de toi, ma chère femme !

Elle le regarda, surprise qu'il pût dire ces choses-là. Chez les paysans, on n'a guère le temps de féliciter l'autre, surtout lorsque c'est l'homme qui parle.

– Il était grand temps de terminer les travaux. Je crois savoir que Paul ne restera pas fils unique. Nous sommes maintenant une belle famille…

L'homme, « dur comme un chêne », détourna son visage pour ne pas montrer son émotion… Il enchaîna :

– La mairie a décidé de nous installer l'eau plus tôt que prévu, te rends-tu compte ? Ça va nous engager des dépenses, pardi, mais au moins nous serons modernes avec l'eau sur l'évier, dans la souillarde. C'est le progrès ! Ça ne nous empêchera pas d'aller au puits de temps à autre…

– Tu ne changeras donc jamais !

– Si Emma voyait ça…

Ce fut Denis qui lui tourna le dos.

La vie continuait à dérouler son programme à Costesoleil et le ventre de Juliette s'arrondissait de nouveau. Denis assurait un travail phénoménal à la ferme, et chacun ici pouvait constater les résultats en regardant les terres, les champs agrandis, les prés rigoureusement entretenus donnant plus de foin et de regain car, avec Émile, ils avaient détourné et créé des rases supplémentaires les approvisionnant en eau nouvelle.

Juliette avait un projet, celui de créer un grand poulailler pour la production d'œufs très demandés. Elle voulait apporter sa pierre à l'édifice, ne manquant pas de courage !

Émile, voulant trop en faire, devait se tenir tranquille parfois plusieurs jours d'affilée, ses reins lui donnant l'astreinte.

– Ce n'est rien, disait-il en vitupérant, j'en ai vu d'autres…

Certes, ce n'étaient pas là ses premières douleurs, mais les ans qui passaient et l'aide sans retenue apportée à la construction de la maison commençait à provoquer leurs effets néfastes et sournois. Être raisonnable dans la charge de travail ? Il ne connaissait pas et, comme tout homme fier de sa propriété, il n'avait jamais mesuré sa peine au travail, comme son père et son grand-père bien avant lui. « Nous nous devons à notre terre… » était sa réplique favorite, au risque d'en faire sourire certains, ceux qui avaient les moyens d'embaucher du personnel.

Le 13 juillet 1950, naquit Olivier, un joli bébé dont on avait souhaité qu'il fût une fille.

– Tu aurais pu attendre un jour de plus pour naître un 14 juillet ! C'eût été magnifique, mais moi, ton grand-père Émile, je dirai partout que tu es né le 14 juillet ! À moins que le secrétaire de mairie…

– Le médecin a signé son acte de naissance. Voyons, Émile, ce serait une fausse déclaration !

Il leva les bras et, comme d'habitude, ronchonna. Puis le sourire arriva enfin jusque dans ses yeux.

– Il n'y aura donc que des garçons Cabreloche ! Le nom des Cabreloche ? Pas près de se perdre, nom de Dieu ! Nous allons fêter l'événement !

Il descendit à la cave avec de bonnes intentions.

Comme il ne remontait pas, Denis dit avec un grand sourire :

– Il ne faudrait pas qu'il boive tout seul, je vais le chercher.

À sa grande surprise, Émile geignait près d'une étagère où attendaient quelques bouteilles recouvertes de poussière.

– Que s'est-il passé, grand-père ?

Il répondit par des gestes négatifs de la tête, comme s'il ne pouvait plus parler. Il montra son côté droit d'un geste de la main et arriva à articuler :

– Comme un tour de reins, une méchante douleur, là… Et puis là aussi… dans le dos…

– Ne bouge pas, étends-toi un instant, ça va passer. Je vais prévenir grand-mère.

Lorsque Marie-Thérèse le vit, elle envoya Denis chercher le médecin malgré les récriminations d'Émile.

Ils le hissèrent tant bien que mal jusque sur son lit. Émile subit là un choc nouveau, terrible. Il ne pouvait se mouvoir que difficilement. Le médecin lui signifia qu'un long repos s'imposait, en position allongée. Sa colonne vertébrale aurait mérité une radio mais il refusa cet examen, arguant que son père avait eu les mêmes maux et son grand-père aussi sans qu'ils fissent d'examen à Aurillac.

– Une bonne ceinture de flanelle comme autrefois et on n'en parlera plus, dit l'homme frustré allongé sur son lit, ou alors un corset, j'ai déjà vu ça chez des gens…

Le médecin s'entretint avec Marie-Thérèse un moment, sur le pas de la porte.

La naissance d'Olivier resta marquée quelque temps par cet incident qui, malgré tout, s'estompa au fil des mois. L'homme, bien que diminué, tenta de reprendre ses activités mais tous savaient qu'il n'était plus le même.

Il voulait en sourire parfois mais seul devant le miroir de son armoire, il se regardait à demi vêtu, cherchant quelques traces visibles de son mal qui, hélas pour lui, demeurait mystérieux.

Il fallut se résigner à calmer son ardeur au travail, ce qui le mettait dans une méchante humeur que Marie-Thérèse subissait par moments…

Le curé Soulane ayant eu vent des problèmes de santé d'Émile lui rendit une petite visite, ce qui permit également à la famille de penser au baptême d'Olivier. Émile s'arrangea pour être seul avec l'homme d'Église. Que se dirent-ils ? Dieu seul en fut témoin et lui ne propageait pas d'histoires dans le pays.

Olivier, le petit Olivier, se portait comme un charme, aussi vigoureux et en avance que l'avait été son frère Paul. Il fut baptisé en décembre, entouré de toute la famille Cabreloche et Madrage qui se plaignait de n'avoir pas de petite-fille…

– Rien n'est encore perdu, leur disait Émile en s'appuyant sur une canne car le mal ne l'avait pas tout à fait quitté, hélas !

L'homme fort de Costesoleil finit par se remettre de l'incident mais dut se résoudre à travailler avec modération. Denis et Juliette assuraient la besogne tandis que grand-mère Marie-Thérèse s'occupait de Paul et d'Olivier, et préparait la pitance pour la famille, interminable labeur.

Les Madrage aidaient de leur mieux sans que cela ne supprimât la venue d'un saisonnier malgré l'acquisition de nouveau matériel. Les terres fertilisées donnaient et le poulailler assurait un revenu non négligeable au jeune ménage.

Le nom d'Emma avait totalement disparu des conversations et la belle maison respirait le bonheur !

Une treille grimpait au mur près de la porte d'entrée. Un jour, elle envahirait la façade et de lourdes grappes de raisins auraient raison de la gourmandise des enfants et des grands.

L'eau de la commune, enfin arrivée dans la maison, procurait un confort nouveau, surtout aux femmes. Les enfants ne pouvaient apprécier la différence. Ils grandissaient, voilà ce qu'on leur demandait. Puis l'école les accapara, l'heure d'apprendre arriva.

Costesoleil rayonnait maintenant d'une grande maison, genre « longère[1] », entourée d'un grand jardin produisant tous les légumes pour la famille.

Vincent, l'ami de Denis et de Juliette, passait de temps en temps leur dire un petit bonjour et parfois dînait avec les Cabreloche. Les deux anciens camarades d'enfance parlaient de leur passé, et le souvenir de Marie revenait sans que Vincent ne pût l'effacer de son cœur car il s'agissait de ça en réalité.

Un jour, il dit à Denis :

– Le plus surprenant, c'est que je ne connais pas son nom…

– Et moi non plus, c'est bizarre.

Vincent Reboilleux avait rompu depuis longtemps avec Louisette et le célibat semblait ne lui poser aucun problème. Denis le taquinait :

– Faudrait penser à te marier, tu ne vas pas attendre Marie toute ta vie ?

---

1. Bâtiment rural de forme basse et allongée que l'on remarque surtout en Bretagne et dans le Berry.

– Marie est quelque part et si je te disais que je n'y pense pas chaque jour, ce serait mentir... mais tout ça ne regarde que moi...

Vincent jouait souvent avec Paul et Olivier avec une sorte d'insouciance juvénile. Denis aurait préféré qu'il pensât plus sérieusement à son avenir mais chacun a le droit de vivre un rêve à sa manière, fût-il insensé !

Un soir, dès son retour de l'école, Paul dit à sa mère que le maître d'école avait parlé de ce qui constituait la famille, des parents, des grands-parents, etc.

– Dis, maman, le plus grand de la classe m'a dit que je n'avais pas de grands-parents... Il est fou, celui-là ? Il m'a même dit de te demander si c'était vrai ou faux !

– De quoi se mêle-t-il, celui-là ?

– Avec d'autres, ils ont rigolé et j'avais envie de leur passer une raclée mais ils sont trop forts.

– Dès que papa rentrera nous en reparlerons, en attendant, mange donc une bonne tartine de beurre et de confiture de grand-mère Marie-Thérèse.

– J'ai bien une grand-mère puisque c'est elle qui fait les confitures !

Il parut rassuré mais Juliette savait que rien n'était clair. Cette crainte, qui n'avait jamais quitté son esprit, venait de surgir dans les mots de son aîné Paul.

Elle avait détourné la conversation mais, dans sa tête, un tourment la saisit. Son mari tardait à venir. N'y tenant plus, elle le rejoignit à l'étable. La traite se poursuivait ; elle glissa quelques mots à

Denis qui se tourna vers elle, le regard chargé d'étonnement.

Tous deux en avaient discuté bien avant aujourd'hui et chaque fois avaient laissé agir le destin, le hasard. Au fond de leur pensée, ils s'attendaient à pareille situation.

– Nous en parlerons ce soir, inutile de reporter toujours la discussion…

Juliette rejoignit la maison où les enfants jouaient maintenant. Paul avait déjà oublié. Denis passa chez ses grands-parents avant de rejoindre les siens.

– Je dois parler aux enfants ce soir. À l'école, le maître leur a donné un cours sur la famille, et certains ont sous-entendu des choses, ce sera l'occasion de les informer sur mes parents disparus… Il fallait bien qu'un jour cela arrive.

Émile et Marie-Thérèse ne surent que répondre mis à part ces quelques mots :

– Pardi, c'est peut-être le moment…

Rentré chez lui, Denis décida de parler immédiatement à ses deux enfants malgré le jeune âge d'Olivier. Ce serait mieux ainsi, tout au moins il en prenait le risque.

Ils étaient réunis tous les quatre autour de la table plus tôt que d'habitude, ce qui inquiétait Paul. Juliette attendait en regardant son mari avec cet air tendre de bonne épouse, un soutien moral.

– On ne mange pas ce soir ? demanda Paul, ne voyant aucun couvert disposé sur la table.

Denis s'adressa alors à lui.

– Le maître d'école vous a parlé de la famille, as-tu raconté à maman.

– Oui et même que des grands...

– Oui, je sais, maman me l'a rapporté, l'interrompit son père. Comme vous êtes des grands enfants maintenant, il est temps que maman et moi vous transmettions des secrets, des secrets de famille.

– Des vrais secrets ? questionna Paul.

– C'est quoi un secret de famille ? ajouta Olivier.

Ce qui provoqua quelques sourires de la part des parents devant cette innocence toute belle.

– Dans une famille normale, il y a les enfants, c'est-à-dire vous deux, puis les parents, nous, puis les grands-parents et les arrière-grands-parents que sont Émile et Marie-Thérèse pour vous.

– Il me semble qu'il manque quelque chose, dit Paul en comptant sur ses doigts, mais pourquoi Émile et Marie-Thérèse sont nos arrière-grands-parents, ne sont-ils pas nos grands-parents ?

– Maintenant que vous êtes grands, je vais vous expliquer pourquoi il en est ainsi. Mes parents – qui sont effectivement vos grands-parents – ont quitté Costesoleil lorsque je n'étais pas encore né. Ma maman m'a ramené de Paris lorsque j'avais à peine deux ans et depuis ils ne sont jamais revenus... C'est donc Émile et Marie-Thérèse qui m'ont élevé.

– Pourquoi ne sont-ils jamais revenus ? Ils ne t'aimaient pas ? osa Paul, interloqué.

Il fixait son père avec insistance, espérant l'explication qui aurait convenu à sa compréhension. Celui-ci jeta un coup d'œil vers Juliette et dit à ses enfants :

– Mon père est parti en Amérique et ma mère l'a rejoint quelque temps après.

– Où c'est l'Amérique ? Peut-être que c'est trop loin pour revenir…

– Malgré les recherches, nous n'avons plus eu de nouvelles, ils ont disparu !

– Comment ça, disparu ? Ils sont bien quelque part, lança Paul, le visage maintenant inquiet, les yeux grands ouverts cherchant l'issue de l'affaire.

– Voilà vingt-sept ans que je les attends mais personne n'est revenu, pour moi, ils ont disparu…

Paul se serra contre son père et Olivier fit de même vers sa mère, sans comprendre ce qu'ils venaient d'entendre. Ce n'était pas une histoire possible pour eux.

Après un long silence, Denis leur dit qu'à partir de ce jour ils en savaient autant que lui, autant qu'Émile et que Marie-Thérèse.

– Comment s'appelait ta maman ? dit le jeune Olivier.

– Elle s'appelle Emma, et mon père Ludovic, mais ils n'ont pas eu le temps de se marier, voilà pourquoi mon nom est Cabreloche et le vôtre aussi… Mais Émile et Marie-Thérèse demeureront pour toujours vos grands-parents et les miens aussi…

Il y eut des soupirs et Paul ajouta :

- Tout ça est bien difficile à comprendre mais je commence à avoir faim.

Denis, s'adressant à Juliette, déclara :

– Prépare-leur un bon repas, ce sont des hommes maintenant !

– Oui, ce sont mes deux jeunes hommes que j'aime tant !

Ces deux enfants avaient besoin d'amour et de tendresse. Avaient-ils bien tout compris ? Dans leur petite tête, ils avaient accepté cette vérité, sans trop l'appréhender, sûrement heureux qu'on les considérât comme des adultes.

Ils dînèrent et ne parlèrent plus de leurs préoccupations.

À l'heure de s'endormir, les parents ne trouvèrent pas facilement le sommeil.

– Je ne sais pas si je leur ai bien expliqué la situation, j'ai fait ce que j'ai cru être le plus accessible pour eux.

– Ils ne seront pas pris au dépourvu par d'autres enfants maintenant. Dans certaines familles du village, on doit être en train de parler, ce soir, c'est inévitable. Paul pourra se défendre le cas échéant. Quant à Olivier, il saura lui aussi trouver la parade, ne t'inquiète pas. Je suis heureuse que tu leur aies parlé ainsi. Le mystère n'en sera plus un, du moins pour un long moment. Mais un jour, lorsque viendra l'âge de l'adolescence, d'autres questions surviendront.

– Peut-être que mes parents seront alors revenus ? Qui sait ?

– Voilà une bonne réponse, et si nous dormions maintenant ?

Juliette embrassa tendrement son homme, le rassurant, sachant qu'il venait de vivre une épreuve pas ordinaire.

Et la nuit pesa plus que le jour.

Les deux enfants de Costesoleil mirent les choses au point vis-à-vis de leurs camarades le lendemain même. Forts de pouvoir affirmer la vérité sur leurs grands-parents éloignés de France, ils firent de l'Amérique un pays extraordinaire (ce qu'il était peut-être en vérité) pour les courageux conquérants d'alors. La grande carte du monde fut examinée. Elle était si grande, cette Amérique, qu'ils n'y comprirent goutte. Amérique du Nord ? Amérique du Sud ? Le Canada peut-être ? À force de manquer de points de repère géographiques, le sujet n'intéressa plus personne et l'histoire retomba dans l'oubli.

## 15

Denis voulut organiser une petite sortie avec ses deux fils, une sortie entre hommes. L'automne donnait aussi du temps et le père de famille imaginait une grande balade avec Paul et Olivier dans cette fin du mois de septembre.

– Une grande virée vous ferait-elle plaisir, mes gaillards ?

– Où veux-tu nous emmener ? À Braillac ? À Aurillac peut-être ?

– Nous irons sur nos deux jambes, vous ne voudriez pas que l'on vous transporte, par hasard ?

– Alors, ça ne doit pas être bien loin, dit Paul, dubitatif.

– J'aimerais aller dans la campagne, il doit y avoir des coins que l'on ne connaît pas, annonça Olivier.

– Tu chauffes, dit Denis, nous emporterons le casse-croûte si maman veut bien le préparer.

– Ça veut dire que l'on rentrera tard !

Juliette sourit de cette proposition nouvelle. Elle savait qu'il fallait parfois s'évader de la maison. Voir ses trois hommes heureux de cette sortie la rendait aussi heureuse.

Marie-Thérèse qui avait entendu ne disait mot mais n'en pensait pas moins car c'étaient aussi ses hommes. Elle souriait mais on savait qu'elle aurait préféré qu'il y eût une personne de plus…

– Les bottes sont indispensables ou les brodequins, et prenez un panier chacun…

– Nous allons aux champignons ! s'écria Olivier, j'ai des copains qui en ont trouvé pas mal mais ils gardent leurs coins secrets, comme toujours.

– Ne vous inquiétez pas, j'ai aussi les miens, dit leur père avec un sourire dans l'œil.

Juliette remis une musette à Denis.

– Je te la confie. Attention, ce sont des affamés !

La minuscule troupe s'éloigna et disparut dans cet après-midi maigre de douceurs climatiques.

– Je connais un châtaignier dont la production hâtive attire bien des curieux et des voleurs comme ceux que nous sommes aujourd'hui !

– Nous allons donc voler ? s'insurgea Paul.

– Chaparder quelques châtaignes tout au plus. Je connais le propriétaire et il m'a donné la permission d'en ramasser quelques-unes…

Paul parut soulagé. Olivier avait regardé son père sans le croire tout à fait.

– Ce que j'apprécie, c'est que nous sommes tous les trois, mais grand-père Émile me manque.

– C'est lui qui m'a indiqué où se trouve ce fameux arbre et nous penserons à lui, ne t'en fais pas.

Ils s'armèrent de bâtons. Un simple bout de branche sèche suffisait.

– Nous allons passer par ces chênes là-bas voisinant avec les quelques jeunes châtaigniers. Il serait surprenant que nous n'y trouvions pas de quoi faire une omelette…

Olivier allongea le pas et courut dans ce sous-bois pour arriver le premier. Les arbres avaient déjà perdu une grande partie de leur parure et les feuilles restantes, couleur de rouille ou jaune clair, se lamentaient misérablement en tremblant – de peur sans doute – au bout des branches.

Au sol, l'épais tapis havane ne facilitait pas la recherche. Denis et Paul arrivèrent plus lentement dans cette douce obscurité. Olivier tenait à bout de bras un magnifique cèpe et le brandissait joyeusement.

La cueillette commençait fort bien et, plus loin, les têtes brunes se devinaient au-dessus des feuilles tassées par des pluies.

– Nous allons remplir les paniers, papa, il y en a partout…

Partout était un terme excessif mais les jeunes manifestaient tant de joie et leurs cris chassaient les oiseaux ayant trouvé refuge dans les grands arbres ou dans quelques houx toujours verts aux grains rouges.

Denis regretta à ce moment que ces balades à trois ne fussent pas organisées plus souvent. Il suffisait d'y penser, simple comme bonjour ! Le bonheur de ses fils devenait subitement plus important que la récolte elle-même.

– Il y a trop de mauvais par ici, annonça Paul.

– Combien connais-tu de variétés de champignons avec leurs noms ?

– Je ne suis pas à l'école ; pourquoi me poses-tu la question aujourd'hui, papa ?

– Dis-moi combien tu peux en ramener sans prendre de risques ?

Tandis que Paul hésitait, Olivier prit la décision de répondre.

– Moi, je connais les cèpes de Bordeaux, les têtes noires, les cèpes d'été, et les cèpes de montagne que l'on ne trouve pas ici ou si peu, et surtout je connais l'amanite.

– Il y a les girolles, les coulemelles, les rosés des prés, les trompettes de la mort, les pieds de mouton, les muscats, les oronges à ne pas confondre quand ils sont tout jeunes avec l'amanite phalloïde mortelle, d'un jaune verdâtre, d'environ 15 cm de haut, dont le pied sort d'une volve, et j'en oublie certainement, s'exclama Paul.

– C'est très bien. Quand j'avais votre âge, mon grand-père m'a appris à les reconnaître. Je vous les ai enseignées à mon tour et je craignais que vous ne vous en souveniez pas, car nous nous retrouvons rarement ensemble comme aujourd'hui.

– Lorsque c'est rentré dans la tête, ces choses-là n'en ressortent pas, c'est comme savoir faire du vélo…

Éclat de rire des trois.

– Savez-vous quelle est la durée de vie d'un cèpe, en moyenne ?

– Tu nous compliques la vie, papa, nous n'en savons rien du tout !

– Encore une vérité rapportée par mon grand-père qui en son temps était tellement curieux de la chose qu'il parvint à mesurer le temps de vie d'un cèpe découvert près de chez lui et qu'il surveilla de très près. Après sa sortie de terre, il compta sept jours de croissance, puis cinq jours de latence et environ douze jours de déchéance, ce qui donne environ vingt-quatre jours de vie. Il me disait que rien ne vaut l'observation personnelle pour satisfaire sa curiosité.

– Grand-père Émile, un sacré bonhomme tout de même !

– Il faut aussi penser aux châtaignes, c'est encore loin ? Je commence à avoir faim, dit Paul.

– Encore un petit kilomètre et nous y serons, mais si vous ne pouvez pas tenir nous allons ouvrir la musette…

Trouver une souche d'arbre ne fut pas difficile pour s'offrir un moment de repos.

– Nous aurons les fesses mouillées mais il faut prendre quelques risques par ces temps.

– Il y a bien une cabane un peu plus loin mais ce qui lui servait de couverture s'est effondré depuis belle lurette, leur indiqua le père.

Le panier bien garni de cèpes posé tout à côté, ils découvrirent le casse-croûte. Trois grosses tranches de pain mi-seigle, mi-froment, trois parts de saucisson, également du fromage et trois poires conservées à point.

– J'ai une faim de loup, lança Olivier.

– Tu es le plus jeune et c'est toi qui meurs de faim ?

Denis sourit de voir ses enfants se chamailler gentiment.

Il sortit également une bouteille à bouchon mécanique avec sa rondelle de caoutchouc rouge, emplie d'un mélange de café et d'eau sucrée. Rien de tel pour apaiser sa soif sans risque !

– Ça ne vaut pas un café chaud mais ça fait du bien, dit Olivier, les lèvres parsemées d'infimes miettes de pain.

Comme par bizarrerie, la bouteille parut bien petite aux trois lascars…

L'humidité du bois semblait pouvoir pénétrer jusqu'à leurs os, aussi ne restèrent-ils pas longtemps sur ce tronc d'arbre. Ils finirent leur pain et leur fromage tout en cheminant.

Leurs pas se posaient mollement sur un lit de feuilles mouillées, sans aucun bruit.

– Si nous nous dépêchons, nous passerons par la cascade des loups, annonça Denis.

Il pensait que cette proposition les intéresserait peut-être.

– Je ne la connais pas, dit Olivier, mais on dit que ce n'est rien de particulier.

– Je m'en suis approché, répondit Paul, une fois avec des copains, nous sommes passés pas très loin. On nous avait alors recommandé de ne pas nous en approcher, surtout du haut, d'où l'eau pressée se lance…

– Je préfère qu'on ramène des châtaignes, avec cette humidité et ce froid, elles devraient être parfaites pour la grillade…

– Tu ne penses qu'à manger, pas étonnant que le métier de boulanger te convienne, mais tu peux devenir aussi boucher, tu ne manquerais pas de bonne viande…

Paul eut juste le temps de s'écarter pour ne pas recevoir un coup de branche sur les fesses.

– Le fameux châtaignier est tout proche, dépêchez-vous et ne faites pas de bruit…

Il fallait le connaître, cet arbre dont la variété porte le joli nom de « Précoce des Vans », qu'elle doit au fait qu'elle produit plus hâtivement que les autres. Les bogues ouvertes, le végétal avait répandu ses belles châtaignes lisses et brillantes sur le sol. Une joie, ou plus encre une jouissance juvénile s'empara des ramasseurs, on pourrait dire des « voleurs ». Malgré les piquants des bogues parsemées çà et là, un demi-panier fut récolté en quelques minutes et les trois compères partirent vers d'autres lieux où il n'y avait rien à glaner sinon quelques frissons.

– Une grillade de marrons, une omelette aux cèpes, quoi de plus merveilleux ? annonça Olivier. Grand-mère adorera, et nous aussi ! Merci, papa, pour cette riche idée de sortie… même si la « brouillasse » nous accompagne maintenant.

L'humidité du soir qui tombait vite les enveloppait de son manteau impassible et silencieux. Où étaient les crépuscules d'été quand la brise vous caresse entièrement et vous cajole de ses doigts cotonneux et tièdes ?

À mesure que les trois hommes se rapprochaient de la cascade, le bruit de la chute devenait aussi froid que la température. Ils s'avancèrent mais le suintement des alentours les frigorifiait ; cette dégoulinante et imperceptible impression d'eau qui se cachait et vous enveloppait d'un bruissement gouttelant effaçait tous les détails des autres sons. Là, on respirait l'eau.

– Je préférerais revenir un jour d'été et de plein soleil, dit enfin Olivier.

– La nuit va nous gagner sur le chemin du retour, se permit Paul, lui aussi peu attiré par l'endroit.

– Ce n'était pas le bon jour, je le reconnais, dit Denis, il y en aura tant d'autres et nous viendrons ici tous ensemble avec votre mère, quand les chaleurs nous feront apprécier cet endroit particulier…

– On est d'accord avec toi, papa, rentrons avant que la meute de loups dont tu nous as parlé nous prenne en chasse…

– Nous reparlerons de tout ça une autre fois, peut-être au coin du feu. Allez, en route, mauvaise troupe !

Denis ne pouvait s'empêcher de penser à son grand-père et se remémorer sa première visite à la cascade ; les années avaient fui mais aujourd'hui il sentait cette présence toute proche.

La nuit ne tarderait pas et peut-être ces trois Cabreloche arriveraient-ils en même temps qu'elle à Costesoleil. Les paniers contenant leurs trésors précautionneusement tenus faisaient la fierté des garçons, et chacun y allait de ses commentaires. Attention aux faux pas dans les creux ou contre les bosses humides et parfois glissantes ! On se faisait vite piéger par les feuilles ou quelques brindilles mortes sur le champ de bataille de l'automne.

Un calme soudain s'abattit sur le groupe. Le crépuscule arrivait à sa fin et assister à cet étiolement du jour avait quelque chose de particulier. La douce chaleur d'un feu de bois exerçait une incontestable attraction et les pas s'accélérèrent tout à coup. Ils voyaient maintenant la fumée des cheminées. Rassurant !

Ils n'eurent pas besoin de pousser la porte, celle-ci s'ouvrit toute seule car deux femmes les attendaient, déjà impatientes à voir l'heure tourner et la nuit venir.

Les enfants présentèrent leurs paniers en premier, avant même que Denis ne puisse entrer. Des gamins transportés de bonheur.

– C'est magnifique, dit alors grand-mère, une belle récolte !

– Mais vous êtes tout « trempe », allez vous mettre quelque chose de sec sur le dos, ne put s'empêcher d'ordonner Juliette. Vous allez prendre mal !

– Ce ne sont plus des petits, s'esclaffa Denis en entrant. Il faut les élever à la dure, sinon…

Marie-Thérèse ne put s'empêcher de plonger ses mains dans ces luisantes châtaignes, fermes et lourdes.

– Je crois savoir d'où elles viennent. C'est la Précoce des Vans, n'est-ce pas ? dit-elle en jetant un œil pétillant et triomphal à son petit-fils.

Il acquiesça d'un oui de la tête. Elle connaissait tant de choses et presque tout, pouvait-on dire, de cette campagne où elle avait passé toute sa vie.

– Les champignons sont magnifiques, de beaux cèpes comme ça, c'est même dommage de les manger… ajouta-t-elle malicieusement en regardant le gourmand Olivier.

– Papa nous a emmenés jusqu'à la cascade des loups mais la nuit tombe bien vite par ces jours et nous avons dû rentrer plus tôt que prévu…

– Il vaut mieux ne pas traîner la nuit dans ces parages car, dans l'obscurité, certains y ont aperçu des points lumineux qui vont par deux… si vous voyez ce que je veux dire…

Ils rirent mais Olivier n'était pas rassuré.

– Il est un peu tard pour faire un plat de champignons mais, si vous le voulez, je peux préparer une poêlée de marrons, ce sera vite fait et nous veillerons un peu plus tard ce soir.

Les garçons prirent chacun un couteau et fendirent les châtaignes, une par une, afin qu'elles n'éclatent pas. La vieille poêle fut placée sur le feu, posée sur le bon niveau de la crémaillère.

Olivier, le petit malin, avait laissé deux ou trois châtaignes sans les fendre et ce qui devait arriver arriva… elles éclatèrent. Le chat et le chien s'écartèrent et la bonne humeur régna dans la maison.

La famille Cabreloche réunie près du feu, qu'y avait-il de plus merveilleux pour oublier un instant les peines passées ?

Dehors, la nuit, le brouillard, et le silence.

# 16

Paul portait fièrement ses onze ans en cette année 1960. La propriété des Cabreloche avait pris de la valeur avec des terres nouvelles et les engins du progrès.

Émile ne guérissait pas de ses maux de reins, de son dos malmené par le travail manuel effectué depuis longtemps et sans précautions. Alors que l'hiver 1956 avait sévi dans le pays jusqu'à atteindre des températures de - 36 °C, celui-ci paraissait bien supportable.

Au milieu du mois de janvier, Émile apprit qu'une énorme coupe de bois avait été entreprise aux alentours de la cascade des loups.

Bien mal lui en prit de se rendre vers ce chantier, seul, malgré le froid piquant. Sans qu'il l'admette, il ne marchait plus du bon pas qu'on lui connaissait autrefois. Il mit d'autant plus de temps à s'approcher du chantier où s'affairaient les bûcherons. L'équipe de tâcherons, pour la plupart des Italiens, s'inquiéta de son imprudente venue, surtout avec le vent glacial qui s'était soudainement invité.

– Faut pas rester par ici, grand-père, vous allez geler sur place, lui dit celui qui devait être le chef d'équipe.

– Je connais ce bois comme ma poche et je voulais voir ce qui se passait ici sans vous déranger.

– Vous ne nous dérangez pas mais je vous conseille de rentrer chez vous, vous allez y laisser votre santé !

– J'en ai vu d'autres, vous savez, et ce n'est pas vous qui allez m'apprendre le pays, nom de Dieu !

– Comme vous voudrez, mais le plus sage est que vous rentriez chez vous ; le vent glacial qui se lève vous gèlera les os.

Émile leva les bras au ciel, manifestant son mécontentement. Il prit tout de même le chemin du retour non sans regarder encore une fois le triste chantier d'arbres qu'on abattait. Un vrai champ de bataille !

– Ils vont tout saccager, ronchonnait-il, il faudra un siècle pour retrouver de tels arbres.

Il serrait maintenant sa veste contre lui, fermant le moindre passage de l'air sur lui en relevant le col. « Bien vrai qu'il fait sacrément froid ici… » Il commença à tousser et accéléra le pas selon ses possibilités, se rendant peut-être compte de son erreur quant à cette expédition.

Le chemin du retour devenait long, ses jambes lui manquaient par moments. Il s'inquiétait de voir sa maison se rapprocher, imaginant un cantou accueillant, Marie-Thérèse lui servant un café bien chaud… Ses vêtements devenaient froids… Son corps tout entier avait froid…

Ses derniers pas devant sa maison. On le soutint pour entrer. On le coucha, on le frictionna et on installa des bouillottes de chaque côté de sa poitrine. Une vilaine toux s'était emparée de lui. Denis courut chercher le médecin. Il ne respirait pas comme d'habitude et, conscient de sa bêtise quant à cette périlleuse sortie, son regard cherchait le pardon dans les yeux de Marie-Thérèse.

Le médecin fut très réservé dans son diagnostic.

– Monsieur Cabreloche a commis une imprudence, il a pris un bon coup de froid. Vous lui donnerez ces médicaments-là mais le plus important viendra de lui et non de moi, gardez-le bien au chaud, donnez-lui à boire assez souvent car il a de la fièvre qui pourrait grimper encore. Je reviendrai demain dans la matinée.

Paul et Olivier se tenaient près du lit eux aussi, regardant ce visage qui pour une fois ne parlait guère. Juliette leur demanda de le laisser. Ils lui dirent que certainement demain il serait guéri, il ne pouvait en être autrement…

Lorsque le médecin revint, aucune amélioration ne s'était manifestée, bien au contraire. Émile respirait plus mal que la veille malgré les cataplasmes en farine de lin que venait de lui placer Marie-Thérèse sur la poitrine.

– Il a les poumons bien pris, dit le docteur. Continuez à le surveiller et appelez-moi lorsque vous le jugerez nécessaire, madame Cabreloche.

La température extérieure avait baissé de quelques degrés. On maintenait le feu dans la cheminée en laissant la porte de la chambre bien ouverte et les bouillottes se succédaient dans le lit d'Émile. Celui-ci demanda le curé à son chevet, ce qui surprit Marie-Thérèse et Juliette.

– Tu ne te sens pas bien, que tu veuilles voir le curé ?

– J'ai besoin de le voir, juste une fois… Une petite fois…

Émile n'était pas plus mal que le matin quand le curé entra dans sa chambre. Marie-Thérèse avait glissé un oreiller sous la tête de son mari et placé deux chaises près du lit.

Le curé sourit à Émile :

– Alors, mon ami, que vous est-il arrivé ?

– Un coup de froid, répondit l'autre en levant une main qu'il laissa retomber dans un geste de fatalité.

– Solide comme vous êtes, dans quelques jours nous vous verrons vous occuper de vos bêtes avec Denis, comme avant.

Le malade semblant ne plus s'intéresser à ce qu'il entendait dit doucement à l'homme d'Église :

– Entendez-moi en confession, s'il vous plaît.

Le prêtre se tourna vers Marie-Thérèse qui comprit. Elle s'éloigna et quitta la pièce sans pour autant tirer la porte complètement. Le curé Soulane mesura son éloignement au bruit de ses pas…

Il se signa et se pencha vers le malade :

– Alors, mon brave Émile, vous vous sentez mal à ce point ?

Scène auguste de deux hommes désireux de communiquer, l'un pour entendre, penché vers l'autre, mais tous deux réunis pour un instant de vérité, peut-être de pardon…

Émile s'essuya le visage de ses mains, levant là une dernière résistance à ses révélations. Il parla alors doucement, voulant ainsi éviter de provoquer une quinte de toux qui lui meurtrirait la poitrine.

– Il faut que je vous avoue un mauvais geste de ma part, une chose que j'ai commise il y a bien longtemps maintenant. Mais, avant tout, je n'en demande pas le pardon, non, ce n'est pas pour moi que j'ai souhaité vous parler mais pour ma fille Emma.

Il dut détourner son regard de celui du prêtre un moment.

– Lorsque ma fille reviendra au village, il faudra demander à Dieu de lui pardonner et la défendre contre les mauvaises langues qui ne manqueront pas de poser sans cesse des questions. Marie-Thérèse ne sait pas. Prise dans la tourmente de Paris et tombée entre les mains de mauvais hommes, elle a été obligée de…

– Prenez votre temps, mon brave Émile, restez calme, nous avons tout notre temps, dit le curé en jetant un regard vers la porte entrouverte qu'il alla fermer, ayant deviné une ombre à proximité.

– Ma fille a dû se prêter à un sale métier…

Une quinte le sauva pour un instant.

– Je l'ai compris lors de mon voyage à Paris.

– Vous n'êtes pour rien dans cette affaire, rien ne vient de vous.

– Il m'a fallu mentir au petit Denis toute ma vie, et à Marie-Thérèse aussi qui ne croit plus à son retour, et sans doute a-t-elle peut-être raison. Si Emma revient, protégez-la de votre mieux, s'il vous plaît... Elle a besoin du pardon, j'en suis persuadé...

– Je vous le promets.

– Quant au reste, je n'ai aucun regret... Je vais vous dire ce que j'ai hélas commis et dont je rendrai compte à Dieu le moment venu.

À cet instant la porte de la chambre s'ouvrit et Marie-Thérèse tenta de s'approcher, ayant entendu les derniers mots de son mari.

– Il ne faut pas rester là, madame Cabreloche, j'entends votre mari en confession, s'il vous plaît...

Elle s'adressa à son homme au visage maintenant fatigué, les traits tirés.

– Qu'est-ce que tu as fait, Émile ? Dis-moi ce que tu as fait de si grave ? Dis-moi ?

Il se figea et demeura muet. Voyant qu'elle n'en tirerait rien, Marie-Thérèse sortit et referma la porte violemment. Émile reprit alors :

– Un jour, un homme dont je ne connais pas l'identité est venu au village et m'a rencontré. Il venait de Paris m'a-t-il dit. J'ai vite compris qu'il s'agissait d'un maître chanteur. Il savait, lui, ce que faisait ma pauvre Emma à Paris. Je lui ai donné rendez-vous en fin de soirée au pont penché pour lui régler son compte et je le lui ai réglé une bonne fois pour toutes, monsieur le curé. C'était en 1943 si je me rappelle bien...

Le curé se signa et joignit les mains.

– Mon pauvre Émile, c'est grave et Dieu seul vous…

– Je n'ai pas besoin de pardon. Dans l'existence d'un homme, il faut parfois du courage pour régler ses problèmes. Toute ma vie, j'ai pensé à ce soir-là mais pour sauver ma fille du déshonneur au village j'aurais fait n'importe quoi ! Croyez-moi, s'il le fallait, je recommencerais… Emma était une douce jeune fille innocente qui rêvait d'un prince charmant. Qu'a donc fait le bon Dieu pour elle ?

Émile paraissait au bout de ses forces, tant et si bien que le prêtre, voyant qu'il s'endormait, le bénit d'un signe de croix, prononça à mi-voix quelques prières et sortit de la chambre.

Marie-Thérèse l'attendait et son regard n'était que questionnement auquel elle n'eut aucune réponse.

– Il est bien fatigué, dit simplement le prêtre. Faut dire que par ces temps, il vaut mieux ne pas mettre le nez dehors lorsqu'on n'y est pas obligé.

– Merci d'être venu, merci encore.

– Dieu vous bénisse tous !

Juliette arriva dès le départ du curé.

– Il est toujours pareil et s'est même endormi. Il respire un peu mieux, me semble-t-il…

– Pauvre grand-père… Quand reviendra le docteur ?

– Dès que nous le demanderons, nous a-t-il dit. En attendant, nous nous occuperons bien de lui. Il lui faut de la chaleur…

À partir du lendemain, alors que son état semblait ne pas s'aggraver, Marie-Thérèse n'eut de cesse de le questionner lorsqu'elle se trouvait seule avec lui.

– Qu'as-tu raconté au curé ? Tu peux bien me le dire, Émile ? Allez, dis-moi…

Mais les lèvres de son époux restaient scellées. La fièvre ne le quittait presque pas, à peine si parfois elle lui accordait un léger répit.

Cela dura quatre jours et quatre nuits. Mais un matin, alors que Marie-Thérèse, épuisée par tant de veille, s'était assoupie, son mari s'éteignit près d'elle le plus simplement du monde sans avoir livré son secret.

L'enterrement eut lieu le mardi 21 janvier 1961 dans une terre froide à la croûte gelée. Émile avait quitté les siens sans avoir revu sa chère enfant Emma. Certaines personnes du village témoignèrent d'une sympathie non dépourvue de perfidie.

– La pauvre Marie-Thérèse va se trouver bien seule à présent. Heureusement que son petit-fils n'est pas parti lui aussi…

Les jeunes, Paul et Olivier, avaient beaucoup de peine ; cette douleur que subissent les enfants dans ces premiers deuils familiaux leur est d'autant plus cruelle lorsqu'ils perdent un être si cher.

De retour à Costesoleil, dans le cheminement silencieux de la famille, Denis s'adressa à sa grand-mère très délicatement :

– Puisque grand-père est parti, voudrais-tu habiter avec nous, grand-mère ?

Elle fit non de la tête.

– Vous êtes si près, un simple mur nous sépare, c'est comme si j'étais chez vous.

– J’avais toujours pensé ouvrir un passage entre nos deux maisons, comme un couloir. D’ailleurs, il y a déjà l’emplacement prévu et l’anfractuosité sert de placard actuellement. Ce ne serait rien de percer de ton côté, grand-mère. Tu prendras tes repas avec nous désormais, tu ne vas pas rester seule…

– Tu es trop gentil, Denis, mais je voudrais vivre le temps qui me reste dans mon chez moi et faire la soupe permettra de me tenir en forme, si je puis dire. Ma pensée vers Émile me tiendra compagnie et je pourrai lui parler quand je voudrai… Lorsque l’on vieillit, on se renferme dans le bon temps passé, et Émile a besoin de moi encore comme j’ai besoin de lui… Il ne faut pas m’en vouloir, je serai chez vous tous les jours un moment.

– Les petits t’embrasseront chaque jour, grand-mère.

– Ils sont si gentils mais grandissent trop vite. Tu verras, un jour ce seront des hommes et puis *pfft !* ils quitteront le nid, et il ne te restera plus que les yeux pour pleurer, comme…

Elle n’acheva pas sa phrase mais son petit-fils avait compris. Elle rentra chez Denis.

– Tu resteras ici le temps que ta maison soit bien chaude, Juliette s’occupe de ranimer ton feu.

– Merci, Denis. Il faut que je te demande quelque chose, j’en profite le temps que nous sommes seuls.

Denis fronça les sourcils, cette démarche l’inquiéta soudain. Elle s’approcha tout près de lui et lui murmura à l’oreille :

– Émile avait un secret et, avant de mourir, il n'a pu me le confier, l'aurait-il fait auprès de toi ?

Denis la dévisagea et vit de très près ses pauvres yeux rougis et froissés d'avoir pleuré. Il réfléchit mais ne se souvint pas d'avoir entendu un secret lors des derniers jours d'Émile.

– Je ne vois pas, grand-mère, non, il ne m'a rien confié de particulier.

– Il ne t'aurait pas parlé de ta mère, par hasard, dans un bout de conversation ? insista-t-elle.

– Rien de tout ça, non, il ne m'a rien dit.

– Je me fais sans doute du souci pour rien après tout, pardonne-moi, mon petit Denis, et oublions cette question, promis ? C'est la peine qui me chamboule le cerveau ces temps-ci…

L'incident fut oublié et la vie de la famille Cabreloche recommença presque normalement.

Juliette prenait grand soin de Marie-Thérèse et tentait de rendre les jours plus commodes à vivre. Marie-Thérèse, petit à petit, demeurait dans sa maison plus longtemps, près de son feu.

– Il me tarde que le printemps revienne pour que je puisse jardiner. J'ai besoin de retrouver un peu de soleil, ça me fera du bien au cœur et au corps, et ça ne m'empêchera pas de penser à Émile, mon cher mari. Nous avons tellement trimé tous les deux sur ce bout de terre… et de le voir partir à cause d'une sortie vers la cascade, vers cette coupe de bois où il n'avait strictement rien à faire ni rien à voir… Mais qu'est-ce qui l'a poussé là-bas ? se lamentait-elle auprès de Juliette qui passait beaucoup de temps près d'elle.

Un jour, elle évoqua sa fille Emma, la mère de Denis dont elle ne parlait pourtant jamais. Stupéfaction chez Juliette qui l'écouta sans dire un mot, sans l'interrompre.

– Mon mari l'attendait toujours, sa fille devait revenir. Il savait quelque chose sans doute mais jamais il ne s'est confié à moi. Lorsque notre fille est partie pour Paris, nous n'étions pas d'accord sur cette affaire mais elle nous a mis devant le fait accompli, ce qui nous a fait beaucoup de mal. La seule fois que nous l'avons revue, elle nous confiait Denis, ton mari aujourd'hui. Je lui en veux depuis et je sais que je ne la reverrai pas, c'est peut-être mieux ainsi après tout...

– Denis a conservé la photo reçue un jour...

Marie-Thérèse se tut et demeura comme prostrée devant cette situation inexplicable. Une fille peut-elle oublier ses parents et sa mère en particulier ? L'inimaginable était pourtant arrivé ; aussi Marie-Thérèse préférait-elle penser qu'elle était morte quelque part.

Marie-Thérèse avait vidé son sac.

– Au moins toi, tu as deux garçons, c'est plus sûr, crois-moi. Jamais ils ne vous feront souffrir comme Emma nous a fait souffrir. Maintenant, je suis seule à porter ces pensées et cette solitude me rapproche un peu plus d'elle. Comment est-ce possible ? Par moments, je crois devenir folle !

– Nous sommes là, tous les quatre, vos arrière-petits-enfants vous adorent. Ne voulez-vous pas accepter que Denis creuse un passage dans le mur qui nous sépare ?

– Je crois que j'ai besoin de cette solitude pour vivre. C'est sûrement difficile à admettre et à comprendre mais nous, les vieux, avons nos idées sur le temps. Vous êtes bien trop jeune pour savoir…

– Voilà Denis qui arrive là-bas, je vais le rejoindre si vous permettez, termina Juliette avec cette affection pour cette grand-mère qu'elle appréciait et dont elle respectait les idées, fussent-elles cruelles parfois.

Les saisons et les années défilèrent, et Costesoleil resplendissait de tranquillité.

Les deux cheminées, pourtant voisines, n'avaient pas cessé leur activité ; deux écharpes se disputaient le dessus du toit matin et soir, peut-être l'une plus que l'autre. Qu'importait, les maisons étaient chaudes, là se trouvait l'essentiel.

## 17

Deux années plus tard, tandis que leur aîné allait sur ses quatorze ans, Denis et Juliette discutaient à propos de l'avenir des enfants. Paul souhaitait travailler avec son père et l'avait annoncé depuis pas mal de temps. Poursuivre des études ne l'intéressait guère alors que le travail de la terre l'attirait. De plus, il savait presque tout faire manuellement, très adroit et débrouillard comme pas un. Denis savait qu'il aurait un successeur…

Quant à Olivier, il ne parlait que de vouloir fabriquer du pain ! Le boulanger de Braillac le savait. Aussi l'invitait-il dans son fournil de temps à autre pour percevoir ses vraies raisons d'aimer ce travail. La manière dont Olivier regardait l'ensemble des appareils blanchis de farine, les tables de travail, la balance à mesurer le poids des pains et des tourtes, la dextérité du boulanger quand il jetait sa poignée de pâte tranchée avec sa spatule sur le plateau, l'amusait.

– Comment vous faites pour vous tromper si peu et même parfois pas du tout en mesurant la pâte avec vos mains ?

– C'est le métier qui veut ça, j'ai tellement fabriqué de pain que je pourrais travailler les yeux fermés !

– J'espère qu'un jour moi aussi…

– Ça t'intéresse toujours, à ce que je vois…

– Quand j'observe ce four contenant tous ces pains différents, lorsque la porte s'ouvre, je sens rapidement cette chaleur et puis cette odeur si extraordinaire qui arrive, oui, ça me plaît beaucoup, monsieur Vogière…

– Peut-être en parlerai-je avec tes parents, après le certificat d'études, si tu veux vraiment apprendre le métier, faut voir. Le métier est dur, pétrir n'est pas facile, il faut se lever quand d'autres se couchent…

Il voulait l'en dissuader.

– Oui, m'sieur, ça me plaît déjà, je ne changerai pas d'avis !

Et chaque fois il racontait l'histoire à son frère, ayant déjà tracé son chemin.

– Moi, je veux un jour prendre la suite de mon père, comme il l'a fait avec notre grand-père, la maison est grande maintenant, il y a de la place pour tous !

– Je te fournirai le pain que je fabriquerai avec ton blé, ce sera formidable entre nous !

– Ouais, formidable !

Devant ces saines intentions, face à cette volonté peut-être mal exprimée mais si sincère, les parents se disaient qu'ils avaient sans doute de la chance d'avoir des fils avec autant d'envies de travailler et de ne point partir loin.

Ils finirent par donner leur accord à tous les deux, et grand-mère Marie-Thérèse en fut ravie.

Un beau matin, une idée jaillit dans la tête de Denis, une de ces idées qui arrivent sans prévenir. Il parla à ses deux fils :

– Je vais avoir besoin de vous…

Les frères échangèrent des regards inquiets.

– Notre grande maison, du moins le côté le plus ancien, a besoin d'un rafraîchissement. Je propose que tous les trois, nous refaisions les joints pour qu'ils soient raccord avec ceux de l'autre côté, des joints au sable et chaux. Qu'en pensez-vous ?

– Je ne sais pas si je saurais faire, papa, je n'ai jamais tenu une truelle de ma vie, dit Olivier.

– Nous apprendrons tous les deux, ajouta Paul. C'est une bonne idée, la maison n'aura pas ces deux aspects qu'elle a aujourd'hui.

– Nous travaillerons un peu chaque jour, nous commencerons par l'arrière au cas où nous ferions quelques bêtises, ce sera moins grave.

Denis avait bien parlé et les deux fils avaient accepté le défi.

Alors qu'ils étaient tous les deux seuls, Juliette demanda à son mari :

– Tu as eu une drôle d'idée concernant la maison, crois-tu qu'il n'y ait pas plus urgent ?

– Il y a toujours plus urgent, c'est vrai, mais j'ai eu cette pensée en pensant à ma mère. Si elle revenait, que dirait-elle devant sa pauvre maison à côté d'une nouvelle si jolie ? Tu vois, c'est tout simple. Mais nous pouvons annuler le projet, je suis peut-être stupide de penser à ça.

Elle réfléchit un moment.

– Après tout, je crois que ton père ne serait pas fâché de cette initiative.

Pouvait-elle comprendre que la mémoire de sa mère influence encore les choix de son mari ? Ses longs silences parfois, ses voyages vers un inconnu silencieux commençaient à l'inquiéter maintenant. Y avait-il un moment dans la vie d'un homme où les manques de sa vie d'enfant se manifestaient plus intensément ?

Elle osa en parler à grand-mère Marie-Thérèse.

– Depuis quelque temps, Denis fait souvent allusion à sa mère.

– Il voit ses enfants grandir auprès de leur mère, être heureux de la vie qu'ils ont ici, avec nous tous. Tout ça le ramène à ce qu'il a vécu, sans ses propres parents. Tout cela resurgit aujourd'hui, mais peut-être est-ce autre chose… Je ne sais pas quoi te dire d'autre, ma pauvre Juliette. Depuis la mort de son grand-père, il est devenu plus soucieux, je l'ai remarqué.

– Il a décidé de refaire les joints des murs de votre maison pour qu'elle face corps avec la nouvelle, avec l'aide de ses fils. Ça devrait plaire à sa mère, au cas où elle reviendrait…

Marie-Thérèse ne répondit pas, elle savait par intuition qu'elle ne reviendrait pas.

Dès le début de mars, les trois apprentis bâtisseurs attaquèrent le travail de maçonnerie sur l'arrière de la maison. Presque tous les soirs, à la sortie des classes, on prépara le mur en nettoyant le mieux possible les espaces entre les pierres, on dégagea le vieux mortier encombrant.

– Ce n'est pas facile, disait le jeune Olivier.

– Il faut prendre son temps pour faire toute chose, surtout celle-ci. Nous n'avons que rarement bouché un trou dans un mur et voilà qu'aujourd'hui nous entreprenons un bel ouvrage. Sans vous, je ne l'aurais pas envisagé, dit Denis à ses fils pour les encourager.

– Ça va durer combien de jours, papa ?

– Je ne sais pas exactement mais nous terminerons à l'automne s'il le faut, rien ne presse en réalité si ce n'est la pluie et le vent qui mangent le mortier des vieux murs petit à petit... et aussi des lézards peu scrupuleux, mais que peut-on faire contre ceux-là ?

– J'ai mon certificat d'études à passer en juin, il y aura des révisions...

– J'en tiendrai compte, Paul !

– Et moi qui n'ai rien, je vais travailler pour deux ? osa Olivier.

– Vous me faites deux sacrés ouvriers, dit Denis en rigolant, à peine commencé et déjà les réclamations ?

Olivier eut une idée :

– Et l'oncle Pierre Madrage, avec ses outils de maçon, il devrait venir nous aider aussi...

– Il viendra nous conseiller mais c'est nous trois qui travaillerons sur ce chantier !

Tout rentra dans l'ordre et le bruit des truelles mit une petite animation vers le verger, surtout les jeudis après-midi. Il n'y avait que les dimanches où l'on ne travaillait pas.

Arriva enfin la jetée du premier mortier ! Une joie de commencer le vrai travail, dirent les garçons.

Olivier avait un peu de peine mais Paul, le manuel, projetait savamment entre les pierres ce premier liant. Olivier l'imita sans se décontenancer et, petit à petit, on put deviner le changement à venir.

Marie-Thérèse regardait.

– Si Émile était là, il serait heureux de voir sa maison se transformer. Je vais vous préparer un gâteau, un de ceux que vous aimez...

En se retournant, elle marmonna :

– Ç'aurait bien pu attendre... l'eau ne rentrait pas dans la maison, tout de même, encore des sous...

Elle prépara son dessert avec plus d'amour que d'habitude et tous s'en régalèrent.

Quand Pierre Madrage passait par là, histoire de jeter un œil sur le chantier, il ne manquait pas de féliciter les travailleurs débutants qui mettaient tant de sérieux à l'ouvrage.

Mais le temps du certif fit prendre un peu de retard et les fenaisons puis les moissons également, cependant on s'y tenait toujours chaque jour, ne fût-ce qu'une petite heure. Olivier, le maçon par intérim, savait bien égaliser les joints avec son éponge, et Denis tenait à l'en féliciter.

– On ne verra que ton travail et tu te débrouilles comme un chef !

Paul avait compris.

Fin juillet, l'arrière de la maison fut terminé ! Ils regrettèrent d'avoir commencé par là car le résultat, remarquable, stupéfia Marie-Thérèse qui ouvrit de grands yeux.

Paul obtint son certificat sans problème et il se voyait déjà le petit patron de la ferme, ce qui réjouissait son père. Quant à Olivier, l'année prochaine, ce serait son tour. Déjà, il avait demandé à monsieur Vogière de lui permettre de passer du temps dans son fournil.

Un automne sur Costesoleil.

Début octobre, la maison avait modifié son allure et l'on pouvait deviner le beau mariage des deux constructions en une seule et unique.

Marie-Thérèse et Juliette préparèrent un dîner pour tous et la joie d'avoir contribué à une belle œuvre, car c'en était une, faisait plaisir à voir sur tous les visages.

Marie-Thérèse ne put s'empêcher de penser à Émile… Denis ne dévoila pas ses pensées profondes.

Puis l'hiver s'annonça lui aussi, plus vigoureux que souhaité. Les deux cheminées ne s'éteignaient guère qu'une courte période pendant la nuit, vite ranimées au matin. Les réserves de bois ne manquaient pas et les jeunes approvisionnaient celle de grand-mère en particulier.

## 18

– Voilà que ce mois de mars commence par de la pluie et du brouillard, on n'en sortira donc pas de ce temps qui réveille sans cesse mes vieilles douleurs ! marmonnait Marie-Thérèse. J'aimerais tant un peu de soleil maintenant.

Après avoir remis quelques bûches dans le feu, elle s'assit un moment dans le cantou et comme bien souvent se mit à penser. Sa chevelure blanche faisait d'elle une jolie grand-mère, et ses petits-enfants le lui disaient souvent en lui claquant une bise sur ses joues plates et blanches. L'œil était vif derrière ses verres ronds de lunettes et, bien que sa vue fût parfaitement corrigée, elle n'ouvrait jamais aucun livre, pas même le journal que lui passait Denis.

Elle s'adonnait à de longues réflexions vers le passé, le sien avec son mari Émile et sa fille Emma. Elle ne comprenait toujours pas cette fuite à Paris, attirée par cet homme dont elle savait à peine le nom. « Je vais certainement mourir, moi aussi, sans avoir connu le fin mot de son histoire. Pour une mère, qu'y a-t-il de plus dur à vivre ? Je ne sais même pas comment elle est morte, car elle ne peut pas être de ce monde… C'est impossible… »

Elle se refermait sur elle-même, les mains croisées sur son ventre, les jambes croisées vers le feu et les pieds dans ses pantoufles à carreaux. Il y avait aussi un chat non loin d'elle, dans sa tranquillité sublime et rassurée, qui dormait en apparence et qui, de temps à autre, ouvrait de quelques millimètres les paupières, histoire de tromper son monde. Le chien, qui cohabitait avec lui fraternellement, vivait sans trop de soucis lui non plus. Le seul bruit de la maison était celui de la pendule mais cela ne dérangeait personne. Lorsqu'elle sonna ses quatre coups, Marie-Thérèse soupira et voulut se dégourdir les jambes dans la pièce. Face à la fenêtre, voyant ce sale temps perdurer, elle ouvrit machinalement la porte pour mieux mesurer cette triste lumière de l'après-midi voilée par la brume.

Il lui sembla apercevoir une silhouette de femme se rapprochant tout doucement de la maison. Elle tenait à bout de bras une valise et, sous l'autre, avait vraisemblablement coincé un sac à main. Marie-Thérèse la fixait, interloquée par cette scène inhabituelle. « Que vient-elle me vendre encore, celle-là ? » Elle dut calmer le chien qui l'avait repérée.

La femme approchait doucement, ralentissait même son allure pourtant si peu rapide jusqu'à ne plus pouvoir avancer, semblait-il. Les cheveux lui collaient au visage.

Alors, Marie-Thérèse l'interpella :

– Vous n'avez pas de parapluie sous ce mauvais temps ?

Elle fit non de la tête.

La personne semblait troublée par la vue de cette maison car ses petits yeux la parcouraient sur toute la longueur. Marie-Thérèse Cabreloche eut pitié d'elle et lui dit :

– Entrez un moment... Ce n'est pas un temps à traîner dehors...

Elle s'écarta pour qu'elle entre.

Lorsqu'elles furent près l'une de l'autre, Marie-Thérèse rajusta ses lunettes et tout à coup :

– Dieu du Ciel ! Est-ce possible ? Vous ressemblez tellement à...

Le temps ralentit soudain et enfin, au bout d'un long moment, la vieille femme ne put se retenir :

– Ne serais-tu pas Emma ? Tu lui ressembles... Oui, tu es Emma !

La femme trempée acquiesça. Alors la mère et la fille s'étreignirent, pleurant, sans pouvoir articuler un mot.

– Je te croyais morte, ma pauvre Emma, pardonne-moi... lâcha Marie-Thérèse.

Emma demeurait silencieuse, tremblante dans les bras de sa mère qui la serraient encore.

– Ton pauvre père t'a attendue jusqu'au bout et n'aura pas eu ce bonheur de te revoir. Emma, ma fille Emma, comme je suis heureuse, mais viens près du feu, tu dégoulines...

– Maman, dis-moi pour Denis...

Les yeux d'Emma s'ouvrirent soudain démesurément pour se river à ceux de Marie-Thérèse.

– Il va bien, il est à côté avec sa femme et ses deux enfants...

– Sa femme, ses deux enfants...

Paralysée, Emma resta bouche bée.

– Merci, mon Dieu !

Elle eut une quinte de toux importante, très coriace à dissiper.

Sa mère la conduisit près du feu auquel elle rajouta quelques bûches. Un lourd silence s'installa alors, tant la surprise les paralysait.

– Je vais te préparer un café, ça te réchauffera, tu es transie…

– Ce froid m'a surprise, je n'ai plus l'habitude…

Marie-Thérèse ne posa aucune question, pas davantage sur sa phrase que sur son accoutrement. Ce qui primait était ce retour après tant et tant d'années d'absence.

Emma, silencieuse, tourna le sucre dans son café, plus longtemps qu'il n'était nécessaire en réalité. Mille questions se bousculaient dans sa tête dont elle retenait le jaillissement. Son regard, d'un bleu usé, observait chaque détail de cette maison qui avait été la sienne. Puis :

– Tu vas bien, maman ?

– C'est un des plus beaux jours de ma vie. Je te revois, ma fille…

Ses yeux s'embuaient de larmes et ses mains demeuraient jointes comme dans une prière.

– Et Denis ? J'ai peur de le rencontrer, et moi je me sens si coupable… Il ne me connaît pas…

– Tout s'arrangera, avec du temps, beaucoup de temps peut-être.

– Et pour papa ?

– Ton père t'a attendue et appelée jusqu'au dernier moment de sa vie qui s'est arrêtée dans la nuit du 18 au 19 janvier 1961. Lui savait que tu reviendrais un jour, il était bien le seul…

Emma dévisagea sa mère étrangement. Contrairement à son père, celle-ci n'avait pas eu les mêmes pensées. Elle en fut blessée et dans un mouvement de protection pourtant inutile, elle referma ses bras autour de sa poitrine et baissa la tête.

– Puis-je rester chez toi, maman ?

– Autant que tu le voudras, tu es ici chez toi. Tu dormiras cette nuit dans ma chambre et demain nous aviserons. Tu as besoin de te requinquer, il me semble, mais d'où viens-tu, ma petite ?

Emma s'empressa de détourner la conversation.

– Mon petit Denis, comment va-t-il prendre la chose ? répondit-elle.

– Il n'en croira pas ses yeux…

Emma revisitait de son regard curieux tous les recoins de la pièce, parfois surprise, parfois retrouvant tel ou tel détail lui donnant un peu de joie, comme ce petit pot de terre fabriqué de ses mains avec l'argile de derrière la maison pour une fête des mères, à l'école.

– Tu n'as pas des chaussures pour ici, je vais t'en donner de bien chaudes, on n'a pas idée par ce temps de pluie de…

Elle se tut, réalisant là qu'elle lui adressait presque un premier reproche. Et elle lui sortit d'une boîte (sa réserve) une paire de pantoufles presque comme les siennes, sur un ton de marron et beige, des chaussures de grand-mère, évidemment.

– Elles ne sont pas d'une grande élégance mais ça te tiendra chaud… Lorsque tu étais petite, tu aimais prendre les miennes, te promener avec, et tu nous faisais bien rire, ton père et moi…

– Je m'en souviens, maman. Mais dis-moi, pour mon Denis, comment ça va se passer ?

– Tu oublies qu'il a trente-neuf ans, c'est un homme responsable aujourd'hui. Nous l'avons élevé de notre mieux mais je dois te dire qu'il n'a pas été difficile, non, ce fut un brave petit, comme c'est un bon mari et un bon père aujourd'hui…

– Nous n'allons pas nous reconnaître, mon Dieu…

– Il ne se rappelle pas grand-chose, ni la couleur de tes cheveux… Ils étaient bruns, assez foncés même, je m'en souviens très bien…

Emma passa la main dans sa chevelure, un geste machinal, un geste maladroit soulignant la vérité d'avant, bien avant.

– Je vais reprendre ma couleur, ce sera la première chose à faire, tu as raison, maman.

Elle hésitait à demander une des choses parmi les plus importantes pour elle, celle qui lui redonnerait un peu d'espoir. Elle osa enfin :

– Maman, pourrais-je espérer demeurer chez toi, je veux dire pour pas mal de temps, me comprends-tu ?

– Je te l'ai déjà dit : pour toujours si tu le désires.

Emma embrassa sa mère comme si elle avait reçu le plus beau des cadeaux du monde.

– Merci, ma chère maman, merci. Je me suis réchauffée, je me sens mieux maintenant que j'ai retrouvé ce feu et ce cantou.

Les flammes faisaient briller les yeux de sa mère, ses petits yeux à l'abri derrière ses lunettes, comme à l'abri du mal.

– Je vais te faire réchauffer un excellent bouillon, on dit que c'est meilleur lorsque c'est réchauffé. Il y a des légumes et sans doute un peu de viande aussi, te souviens-tu ?

Emma acquiesça de la tête, ne pouvant répondre tant elle était heureuse et gênée à la fois.

– J'ai failli ne pas reconnaître la maison. J'ai hésité un long moment, j'ai observé, je n'étais plus sûre, elle paraît toute neuve avec l'autre tout à côté, et si tu n'étais pas sortie sur le pas de la porte…

– Nous l'avons agrandie pour loger Denis et sa famille, ton père en avait décidé ainsi et avec l'aide de ses beaux-frères, les Madrage, ils ont réussi à faire ce que tu as vu.

– Les Madrage de La Retourne ?

– Tu te souviens de cette famille ?

– Oui, je n'ai pas tout oublié, simplement rangé au fond de ma mémoire. Alors mon fils a épousé une Madrage ?

– Oui, et ils sont heureux, c'est le principal, et moi aussi.

Marie-Thérèse Cabreloche avait envie de la questionner mais une terrible crainte s'était invitée dans ses pensées. C'est alors qu'Emma se livra quelque peu.

– Quant à moi, je ne t'apporte rien de bien, ma pauvre maman…

– T'es revenue, ça me suffit, Emma, oui, ça me suffit. Veux-tu que je prévienne ton fils ?

Elle prit un moment pour répondre, pas certaine de le vouloir maintenant, plus tard mais pas ce soir encore.

La mère installa sa fille dans sa chambre puis toutes deux prirent une place sur le coin de la table, et le bouillon, si parfaitement réalisé, fut un bonheur pour Emma. Son visage, pour autant si blême et malheureux à son arrivée, avait volé quelques couleurs à l'amour de sa mère, enfin.

Revenues au cantou toutes deux, elles essayaient pour un court moment de parler de choses sans importance, pour le premier soir, c'était bien suffisant.

Lorsque Denis entra comme il avait l'habitude de le faire chaque jour, il salua cette femme assise au coin du feu, sur la bergère de bois.

– Bonjour, madame, dit Denis le plus naturellement du monde.

Elle ne put répondre, pétrifiée. « Et si c'était Denis? » pensa-t-elle.

Marie-Thérèse se leva, prit son petit-fils par le bras. Elle lui dit simplement :

– Denis, ta mère est revenue…

Il regarda cette femme, cette inconnue, longuement puis, un instant de panique s'emparant de lui, il se raidit soudain. Sans un mot, il s'en retourna et claqua la porte. Que s'était-il passé dans sa tête ?

Emma avait compris. Son cœur faillit cesser de battre. Elle fut prise de toux, une fois de plus, et Marie-Thérèse lui conseilla de se coucher.

– Demain, tout ira mieux, ma fille. Ici, tu es en sécurité comme tu l'as été lorsque tu étais une enfant, notre fille adorée par ton père et moi…

Emma devint docile et se recroquevilla sous le gros édredon de plumes.

Dormirait-elle ?

Et Denis, dormirait-il après ce choc ? Bouleversé lorsqu'il était sorti de la maison. Tourneboulé par cette apparition, par cette femme, sa mère, qu'il avait tant imaginée cependant, mais une mère, pour lui, ce n'était pas comme ça !

## 19

Marie-Thérèse Cabreloche entendit sa fille tousser pendant la nuit. « Cette petite n'est vraiment pas bien, je me demande si… » Mais elle n'intervint pas.

Quant à Denis, rentré chez lui, il tenta de paraître comme tous les jours mais contrairement aux autres soirs, aucune conversation ne semblait l'intéresser. Juliette savait qu'il se passait sûrement quelque chose mais se garda de l'interroger. Dans de tels cas, elle savait qu'il valait mieux attendre. Ce qu'elle fit.

Olivier parla de son futur examen de juin, mais surtout de monsieur Vogière, son possible maître d'apprentissage.

– Il est venu me rencontrer, dit alors Denis, tu sembles l'intéresser…

– Il est venu te voir récemment ?

– Cet après-midi, et nous avons bavardé un moment. Il faut que tu obtiennes ton certificat, c'est la première condition pour qu'il te prenne, sinon…

– Mais je l'aurai, ne t'inquiète pas, comme Paul.

– Si cela t'intéresse, il est prêt à te prendre début juillet pour commencer. Tu auras ainsi le temps de mieux apprécier si cela te convient parfaitement…

– Ça m'étonnerait que cela ne me plaise pas, depuis que j'attends !

Paul et son père échangèrent un clin d'œil, sachant fort bien ce qui se passait dans la tête d'Olivier.

– Nous aurons du pain frais tous les jours ? questionna Juliette.

– J'espère, oui ! s'exclama le jeune fils Cabreloche.

Tous rirent de bon cœur.

Cette conversation permit à Denis d'oublier un peu les soucis encombrant son cerveau.

La nuit réunit enfin le couple Cabreloche, et alors que ni l'un ni l'autre ne trouvaient le sommeil, Denis se décida à parler à son épouse.

Elle s'assit sur le lit, ralluma la lumière et dévisagea son homme immobile qui demeurait allongé.

– Denis, tu m'annonces ça comme ça, comme une simple chose ?

Il replia son bras, s'arrangea sur son coude et posa sa tête sur sa main refermée.

– Je l'ai aperçue quelques minutes seulement et me suis presque enfui. J'attendais depuis toujours, et voilà… Depuis qu'elle est revenue, je ne ressens rien, pas le moindre sentiment. Si tu la voyais…

– Que t'a-t-elle dit ?

– Rien, elle n'a pas eu le temps, mais moi je l'ai regardée et j'ai eu peur, oui, Juliette, j'ai été pris d'une crainte soudaine et irrépressible, je ne me l'explique pas. J'aurais dû l'embrasser, mais…

Elle s'approcha de lui, le prit dans ses bras et lui dit comme on console un enfant :

– Tu vas dormir, maintenant. Demain, tu y verras plus clair.

Silencieux, il combattit le sommeil tant qu'il put puis sombra. Alors seulement, Juliette fit de même.

Le lendemain matin, grand-mère Marie-Thérèse vint chez son fils et tous deux parlèrent un instant. Juliette s'était éloignée pour ne pas paraître indiscrète.

– Laissons faire les choses, dit simplement Denis. Je viendrai la voir lorsque tu me le diras…

– C'est très bien ainsi. Et pour tes enfants ?

– Ils se demanderont ce qui se passe mais je le leur annoncerai bien assez tôt. En attendant, évite de les inviter chez toi, simplement pour deux ou trois jours.

Puis il disparut vers son étable, le cœur triste. Il devait se préparer lui aussi.

Emma demeura alitée deux journées, épuisée par une vilaine toux, mais pria sa mère de ne recourir à aucun médecin.

– Ne préviens personne, ça va passer. J'ai l'habitude de me soigner toute seule. Je me sens bien chez toi, maman, voilà le meilleur des remèdes.

Sa mère lui sourit mais elle savait qu'elle n'allait pas bien du tout. Voir sa fille avec ce visage triste et ces cheveux blonds aux racines châtaines, voire grisonnantes, lui inspirait de sérieuses inquiétudes. Le troisième jour, Emma demanda tout de même à sa mère si la coiffeuse du village ne pourrait pas venir à Costesoleil pour les lui teindre en toute discrétion.

– Je te trouverai ce qu'il te faut, ma pauvre Emma, j'irai moi-même cet après-midi…

Ce ne fut pas la coiffeuse que ramena Marie-Thérèse mais une mixture, une teinture pour les cheveux, et le soir même la chevelure d'Emma reprit sa couleur d'origine.

– Je te retrouve, ma fille, ce blond ne t'allait pas du tout. Ça te donnait un mauvais genre… si je peux me permettre.

Emma ne répondit pas et détourna les yeux. Elle allait mieux et sourit à sa mère.

– À propos de Denis, j'ai malheureusement compris son désarroi en m'apercevant. Je ne pense qu'à ça depuis mon arrivée. Il faudra bien que l'on se voie, que l'on se connaisse enfin. Je sais que cette couleur de cheveux que j'avais ne m'allait pas. À vrai dire, je me suis négligée depuis quelques jours… Si tu savais…

– Je ne te poserai aucune question, Emma. Si toi et le père de Denis n'avez donné aucune nouvelle depuis si longtemps, c'est que vous aviez vos raisons, du moins je le pense. Chacun sa vie.

Tu es là, le reste ne me regarde pas… Mais pour ton fils, il en va autrement, tu peux le comprendre. Lui, il est trop jeune pour demeurer dans le silence.

– Un jour je lui parlerai, je te le promets !

Six heures sonnèrent à la pendule. Les deux femmes parlaient, assises dans le cantou. Ce n'étaient pas de grandes conversations mais on parlait des gens du hameau, de ceux qui étaient morts et des autres.

Dehors, la température s'inscrivait dans la continuité de ces sales jours humides et froids.

– Je me sens déjà mieux, dit Emma en souriant à sa mère. La maison d'une maman, il n'y a rien de mieux au monde…

Marie-Thérèse eut envie de lui crier : « Mais alors pourquoi n'es-tu pas revenue plus tôt ? » Oh, oui ! Elle avait besoin de lui dire sa douleur… Mais elle se retint, à quoi bon aujourd'hui ?

La porte s'ouvrit soudain et Denis apparut. Il entra et referma la porte derrière lui.

Il paraissait décidé mais perdit son assurance dès qu'il vit sa mère.

– J'ai changé de couleur de cheveux, elle ne m'allait pas très bien, je dois le reconnaître.

– C'est mieux comme ça, dit-il enfin. Excuse-moi pour l'autre soir mais il faut comprendre. La surprise était trop immense.

Elle répondit par un mouvement de tête qui semblait dire « je comprends »…

– Assieds-toi un moment, Denis, viens, approche-toi.

Il déplaça le bout du banc vers elle mais resta muet. Il ne se souvenait plus des mots qu'il avait préparés.

Sa grand-mère rompit ce moment avec des paroles simples, celles qu'elle pensait les plus appropriées dans ces circonstances si particulières.

– Il va falloir un temps pour vous retrouver tous les deux, vous aurez beaucoup de choses à vous raconter, ça va de soi.

– Nous prendrons le temps, Denis, c'est vrai que l'on ne se connaît pas beaucoup et même pas du tout. Tu as une femme et des enfants, il me tarde de les voir, mais soyons patients, je ne voudrais pas les choquer par ce retour tardif…

– Ils te croient toujours en Amérique, c'est ce que grand-père m'avait annoncé un jour…

– En Amérique ? reprit-elle, surprise de cette révélation.

– Émile me l'a dit alors que je n'avais pas encore dix ans ; tu avais rejoint là-bas mon père parti bien avant toi.

Elle tombait des nues.

– Je te raconterai ce qu'il s'est vraiment passé, évidemment, je suis revenue pour ça… mais dans quelques jours seulement, le temps de me remettre car je suis bien fatiguée comme tu peux le voir.

– Et mon père, est-il revenu lui aussi ? Je ne l'ai jamais vu…

– Tu sauras toute l'histoire, je te le promets ! J'aimerais apercevoir ta femme et tes enfants ;

demain peut-être ? S'ils le veulent bien ? J'ai tant à me faire pardonner…

Denis s'était levé pour s'en aller, non sans avoir au préalable touché l'épaule de sa mère qui avait saisi sa main et l'avait embrassée furtivement.

Marie-Thérèse, en voyant le geste, avait esquissé un léger sourire. Dans son cœur, il y avait tant de chagrin, et l'avenir ne lui semblait pas au beau fixe. Elle pensait aussi à Émile qui avait tant attendu ce retour, impossible d'après elle, et pourtant réaliste pour lui.

Ainsi elle se trouvait seule désormais avec sa fille, cette enfant prodigue.

Emma n'avait pas dit un seul mot sur son passé, son inexplicable absence, cette étendue d'années qui avait effacé une partie de sa vie. La révélation attendue et souhaitée la tourmentait jusqu'au plus profond d'elle-même. On eût pu dire qu'une angoisse l'habitait.

– Présente-moi ta femme, s'il te plaît, Denis, répéta Emma, je verrai les enfants après. Je ne sais pas s'ils voudront de moi comme grand-mère.

– Et pour quelle raison ?

Elle leva la main d'une manière imprécise mais révélatrice d'un doute certain. Denis n'insista pas et promit que Juliette viendrait la voir le lendemain même.

– Ma mère veut te rencontrer, je lui ai dit que demain ce serait possible, es-tu d'accord ?

– Je suis d'accord bien entendu, c'est ma belle-mère, et il me tarde de la connaître.

– Elle n'est pas trop en confiance. Je compte sur toi pour que tout se passe bien. Elle verra les petits plus tard. Il ne faut pas la brusquer, m'a-t-elle demandé. D'autre part, je t'avais dit qu'elle était blonde… Elle a les cheveux châtains aujourd'hui, je préfère…

Étonnement et surprise dans les yeux de Juliette.

– Attendons demain, mais ce qui est tout de même bizarre, c'est qu'elle ne veuille voir les enfants que plus tard…

– Elle me paraît en effet un peu perdue, mais j'espère que tout s'arrangera…

Emma n'était pas la seule à être un peu perturbée… Denis tournait dans la maison sans trop savoir que faire. Juliette n'intervint pas.

Le lendemain dans l'après-midi, Juliette se décida à rencontrer la mystérieuse disparue, Emma. Lorsqu'elle eut franchi le pas de la porte, elle la vit immédiatement à côté de Marie-Thérèse, non loin de l'âtre. Elles s'avancèrent l'une vers l'autre sans précipitation. Emma ouvrit ses bras à sa bru tout naturellement.

– Je suis heureuse de vous connaître, Juliette.

– Moi aussi, madame.

Il y avait dans ce mot « madame » une gêne inquiétante pour Emma qui perçut la chose mais tenta de ne rien montrer.

– Appelez-moi Emma, si vous le voulez…

– Je vous ai préparé du café, dit Marie-Thérèse, approchez-vous de la table, ce sera plus commode pour parler aussi…

– Je verrai les enfants dès que possible mais, les circonstances étant ce qu'elles sont, je crains qu'ils ne m'acceptent pas de bon cœur. Je me suis mise à leur place depuis que je sais qu'ils sont là et je sais que ce ne sera pas facile pour eux.

– Vous êtes revenue, et Denis est bouleversé lui aussi bien entendu, vous pouvez le comprendre, n'est-ce pas ?

Emma répondit affirmativement d'un hochement de tête.

– Dans quelques jours, lorsque je serai remise de ce grand voyage que j'ai dû entreprendre pour revenir, je vous raconterai mon destin ou une partie de celui-ci que je ne souhaite d'ailleurs à personne…

– Votre passé ne nous regarde pas, ce n'est que le présent qui compte.

– On dit ça le premier jour et, petit à petit, tous au pays chercheront, s'épuiseront à savoir ce que j'ai bien pu faire pendant tout ce temps… Le monde est ainsi fait.

– Ne tardez pas à prendre le café, il va refroidir, déclara grand-mère Marie-Thérèse.

L'expression « grand voyage » revint à l'esprit de Juliette. Elle pensait à l'Amérique qui était évidemment fort loin. Mais elle ne posa pas de questions, ce fut Emma qui demanda :

– Êtes-vous heureuse avec Denis et vos deux enfants ?

Jamais Juliette n'avait entendu pareille question, ce qui retint la réponse qui tarda à venir.

Elle tourna dans sa tête quelque chose de possible, d'évident, que répondre d'autre ?

– Nous sommes heureux tous les cinq, et nous l'étions davantage quand il y avait encore Émile, qui a souffert de votre départ toute sa vie.

Juliette marquait son territoire, semblait-il. Emma baissa les yeux, ayant bien reçu la pique lancée par sa bru.

– J'ai aperçu les enfants depuis la fenêtre, ce sont de beaux garçons, comme leur père…

– De ce côté-là, nous avons eu de la chance, lâcha maladroitement Marie-Thérèse. Oui, ils sont beaux et sont très attentionnés envers moi… C'est l'essentiel, moi qui suis vieille maintenant.

– Travaillez-vous avec Denis ? demanda Emma à Juliette qui ne savait trop quoi dire.

– Oui, nous avons agrandi la propriété, le travail ne manque pas et nous avons l'aîné, Paul, qui travaille maintenant avec nous, c'est un sacré coup de main.

– J'ai cru ne pas reconnaître la maison tellement elle s'est agrandie…

– C'était le souhait d'Émile.

La vie ne s'était pas arrêtée à Costesoleil, depuis le départ d'Emma. Elle s'en rendait compte. Avait-elle bien fait de revenir ? Cette question la torturait mais elle était là et devait affronter le présent désormais.

– Ma mère m'a dit qu'Olivier voulait devenir boulanger, voilà une magnifique idée, un métier respectable, nous avons tous besoin de pain, n'est-il pas vrai ?

– Puisque ça lui plaît… termina Marie-Thérèse qui voyait bien que la conversation allait au ralenti, chacune tentant de se contenir.

– Je dois retourner au travail, on aura bien l'occasion de se revoir et de papoter entre nous, annonça Juliette, impatiente. Et merci pour le café, grand-mère.

# 20

Ce jeudi matin, Paul et Olivier rangeaient du matériel dans le hangar. Celui-ci était parfois tellement encombré qu'il fallait alors y mettre bon ordre pour pouvoir y circuler aisément.

– Il ne fait pas bien chaud ce matin, annonça Olivier. Si nous allions chez grand-mère nous faire offrir un café brûlant ?

– Bonne idée, à condition de ne pas traîner ! Je ne l'ai guère vue ces jours-ci mais faut dire qu'elle est mieux au cantou que de traîner dehors.

Ils poussèrent la porte et eurent la surprise de voir une autre femme auprès de leur grand-mère.

Ils la saluèrent et embrassèrent Marie-Thérèse qui, fort embarrassée, ne trouva rien à dire. Elle se décida enfin, il fallait bien que ça arrive à un moment ou à un autre et c'eût été un manque de courage que de repousser ce moment.

– Paul et Olivier, il y a du nouveau chez nous. Votre grand-mère est revenue, c'est Emma que voilà, ma fille unique et la maman de votre papa, dit-elle en la présentant d'un petit geste de la main les invitant à s'en rapprocher.

Les deux garçons n'osaient bouger d'un millimètre, tant la surprise les paralysait.

– Bonjour, les garçons, dit Emma, je comprends votre attitude mais laissez-moi vous regarder et aussi vous serrer dans mes bras.

Les deux gars se regardèrent et s'approchèrent enfin de la femme qui était la mère de leur père et se laissèrent embrasser.

– Vous arrivez d'Amérique ? demanda Olivier.

Trop surprise, Emma leur répondit :

– Je viens de loin en effet mais je suis si heureuse de vous voir enfin. Je suis là depuis trois jours mais tellement fatiguée que…

– Et notre grand-père ? Où est-il ?

Elle ne put répondre et Paul s'excusa.

– Papa et maman savent-ils que… vous êtes ici ?

– Bien sûr. Je préférais attendre pour être plus présentable à vos yeux, mais je suis si heureuse de vous voir, vous êtes magnifiques tous les deux…

Des larmes coulèrent lentement le long de ses joues.

– Revenez cet après-midi, on aura un peu plus de temps et je vous ferai un bon café comme d'habitude, dit Marie-Thérèse qui percevait la gêne de ces jeunes gens confrontés brutalement à la réalité.

Paul et Olivier s'en retournèrent.

– C'est notre vraie grand-mère, nous en aurons deux maintenant.

Ils devinrent muets tout à coup et, au lieu de retourner à leur travail, ils rentrèrent chez eux où Juliette préparait le repas de midi.

– Vous avez déjà faim ? leur dit-elle.
– Nous venons de chez grand-mère et nous y avons découvert une belle surprise…
Elle arrêta net son geste et les fixa comme prise au piège du silence…
– Nous attendions pour vous parler car ce n'est pas si simple. Votre père est choqué, lui aussi. Nous allions sans doute le faire aujourd'hui.
– Voilà pourquoi il paraissait bizarre ! s'exclama Paul qui travaillait avec lui tous les jours. Je lui ai demandé simplement où était son mari, notre grand-père, mais elle n'a pas répondu…
– Je crois qu'il lui faudra du temps pour se réhabituer au pays. Elle finira par nous raconter… Mais il ne faut pas lui poser de questions. Je l'ai rencontrée et j'ai perçu le mystère qui l'entoure.
– Pourquoi ne nous avoir rien dit ?
– Parfois, on ne sait comment faire, on attend, on attend que tout rentre dans l'ordre… Mais maintenant vous savez, n'en veuillez surtout pas à votre père, qui ne va pas tarder, d'ailleurs.
– Ne t'inquiète pas, nous sommes des hommes maintenant !
Les garçons sortirent et travaillèrent encore un moment, pressés aussi de partager les événements du jour.
– Ça me fait bizarre de voir cette nouvelle grand-mère, elle nous a embrassés mais ça ne m'a rien fait, elle ne sera jamais grand-mère Marie-Thérèse…
– J'ai ressenti la même chose peut-être parce qu'on n'est pas habitués ; mais pourquoi elle n'a

pas donné de nouvelles depuis tout ce temps ? Il y a bien du courrier qui s'en va d'Amérique, on n'a jamais vu ça…

– Elle n'a pas l'air d'une Américaine. En principe ce sont des riches sinon ce n'est pas la peine d'aller si loin.

– Tu me fais rire mais tu as quand même raison, elle n'a pas l'air argentée…

– Si papa avait été heureux de la retrouver, il nous l'aurait dit tout de suite…

Une vérité toute simple…

Lors du repas, Denis préféra ne pas trop parler de sa mère.

– Elle semble très affaiblie, on aura tout le temps plus tard, coupa-t-il afin de clore un sujet qui brûlait les têtes.

Tous avaient compris, plus par affection pour ce père attentif aux siens que par souci de la santé d'Emma.

Les jours qui suivirent apportèrent un peu de douceur, la température devint plus agréable et Emma sortit autour de la grande maison qu'elle avait visitée avec Denis et Juliette. Elle visita également le jardin et retrouva ses souvenirs d'enfant, ce qui lui redonna le sourire.

Un soir, son fils et sa bru l'invitèrent à souper dans la nouvelle maison. Elle s'y rendit en compagnie de sa mère mais l'on n'en sut pas davantage sur son passé. Olivier et Paul se retinrent de la questionner malgré leur envie. Ce qui les étonnait, c'était qu'elle n'ait apporté aucun cadeau, si petit soit-il, et une grand-mère qui oublie cette chose… voilà qui donne à réfléchir.

Elle allait bien mais ne voulait à aucun prix revoir quiconque du village, du moins pour le moment…

Un soir, alors que Denis, entouré de sa femme et de ses enfants, achevait de dîner, Vincent leur rendit une visite.

– J'arrive bien tard, les amis, pardonnez-moi.

– Veux-tu rester manger un morceau avec nous ?

– J'ai reçu un courrier important et je voudrais en parler à Denis…

– Que se passe-t-il, mon cher Vincent ? Je te vois tout chamboulé…

– Regarde, dit-il en lui tendant une lettre, tu peux en prendre connaissance…

Intrigué de se voir confier la lecture d'une lettre adressée à Vincent, venant d'Espagne, il la lut avec soin et attention. Puis un sourire éclata sur son visage… Il connaissait l'expéditrice, Marie, la Gitane.

– Quelle surprise, Vincent, c'est merveilleux…

Denis n'alla pas jusqu'au bout mais Vincent lui ordonna de la lire complètement.

– C'est ta vie privée, je ne peux pas…

D'un geste, Vincent l'obligea à continuer.

– Tu n'as jamais désespéré de recevoir une telle lettre, c'est bien ce que tu m'avais dit un jour ?

– Voilà pourquoi je te la confie aujourd'hui et tu as devant toi l'homme le plus heureux de la terre ! Marie m'a écrit ! Un miracle !

Denis s'adressa à Juliette qui ne comprenait pas le moindre mot de l'histoire.

– Je te raconterai… Nous avions des amis bohémiens, Marie et Jésus. Vincent en pinçait pour Marie mais lorsque les roulottes ont quitté Costesoleil, le cœur de Vincent bien que brisé n'a cessé de battre pour Marie.

– Aujourd'hui seulement j'ai appris son nom : Marie Santalouisa, de Grenade en Andalousie. J'ai bien fait d'attendre, je savais qu'un jour…

– Que vas-tu faire ?

– Lui répondre et attendre encore sa réponse, lui rappelant que j'espère toujours. Je suis libre comme elle maintenant.

La lettre de Marie racontait sa vie. Elle avait rompu avec son promis depuis longtemps mais, bien qu'elle pensât à Vincent, elle n'avait pas osé lui écrire jusqu'à ce jour. Ne connaissant pas la situation de Vincent, elle demeurait sur une certaine réserve, sans doute était-il marié ?

– Voilà une bonne nouvelle, Vincent, nous allons boire à ta santé ! Moi aussi, j'ai quelque chose à t'annoncer, une grande et surprenante nouvelle…

– Paul et Olivier vont-ils avoir un petit frère, par hasard ?

Juliette et les enfants souriaient.

– Ma mère est revenue !

Vincent demeura boulonné sur place quelques secondes, n'osant comprendre.

– Tes parents sont revenus ?

– Ma mère est rentrée, seule. Pour le reste nous ne savons pas, elle a besoin de se remettre…

– Je ne pensais pas que ce soit possible, mon cher Denis, non, je ne pensais pas…

– Nous autres, non plus. Mais nous reparlerons de tout ça plus tard, si tu le veux bien…

– Nous avons une grand-mère de plus, dit Olivier, sans arrière-pensée.

– Tu as de la chance, c'est bon pour les cadeaux, tu apprécieras en fin d'année.

Olivier se retint de dire ce qu'il pensait à ce sujet.

– Personne ne sait encore au village, dit Denis. Ma mère est allée faire des achats chez les commerçants et personne ne l'a remarquée parmi ceux qui l'avaient connue autrefois. Elle ne s'est pas présentée…

– Je serai discret mais tout se saura bien un jour, le pays n'est pas si étendu.

– Donne le bonjour à Marie et à Jésus !

Ils trinquèrent et Vincent se retira, heureux d'avoir partagé son bonheur tout neuf.

Ce mois d'avril amena le coucou dans les taillis et celui-ci y fit ses frasques[1] habituelles.

Tout en demeurant discrète quant à sa vie passée, Emma s'occupait sans cesse de sa mère et lui prodiguait beaucoup d'affection. Elle s'était rendue un jour au cimetière où dormait pour toujours son père et là, à genoux sur la pierre tombale, lui raconta sa vie, sa triste vie, lui disait-elle, mais seule une brise légère partagea ses secrets.

---

1. Le coucou (ordre des cuculiformes) pratique le parasitisme de couvée qui consiste pour la femelle à pondre dans le nid d'une autre espèce afin que celle-ci assure la couvaison de l'œuf puis l'alimentation du jeune individu.

Les relations avec Denis, sa femme et ses enfants avaient tout doucement progressé, et tous s'étaient comme apprivoisés. On n'avait jamais parlé du père de Denis qui, semblait-il, était devenu un sujet tabou. Au bout de quelques jours Denis avait embrassé sa mère… Il y avait au fond de lui une rage certaine, une haine parfois, et de temps à autres aussi une tendresse qui osait s'exprimer. Tant qu'Emma ne sortirait pas de sa réserve, qu'elle ne se livrerait pas, Denis ne se libérerait pas tout à fait.

Juliette parlait souvent de sa famille dont se souvenait Emma. Elle se rappelait les anciens comme Justin Bardou et sa femme, Jeanne et Henri. De Braillac, elle parlait du *Café Bleu* et de sa patronne la mère Poulardi. « C'était le temps où j'étais si jeune… où j'avais des amies de mon âge… »

Quand Marie-Thérèse décida de partir vers Braillac pour quelques emplettes, Emma se recroquevilla vers le cantou dont elle entretenait le feu, compagnon de silence. Puis elle eut cette idée de brûler des vêtements qui ne lui convenaient plus. Elle alla dans sa chambre et ramena une brassée de chiffons plutôt colorés, robes, chemisiers et sous-vêtements. Elle se parlait à elle-même.

– Tout ça m'insupporte maintenant, il est temps de m'en débarrasser, j'aurais dû le faire bien avant.

Et pièce après pièce, elle déposa ses affaires dans le cantou, les flammes les dévorant avec un certain plaisir, lui sembla-t-il.

« Que me dirait-on si l'on me voyait ainsi fagotée ? Je suis à Costesoleil et n'en repartirai jamais ! Combien cette terre m'a manqué, ce hameau où tout était si simple autrefois, avant ma folie… Lorsque j'entends les cloches de l'église de Braillac dont j'aperçois la flèche au loin, j'aime à penser que je ne suis pas tout à fait morte encore. Une chance incroyable m'a permis d'y revenir et de retrouver mon fils vivant. La boucle sera bientôt bouclée et le sourire de mes petits-enfants réchauffe déjà mon pauvre squelette habillé de cette misérable peau, détestable peau, salie par la vie, ma vie… » pensait-elle.

Les flammes consommèrent ses mauvais souvenirs et un certain apaisement l'envahit soudain. Elle sortit sur le pas de la porte et observa les nuages que le vent chassait petit à petit. Mais ce ciel n'avait pas la couleur des cieux d'été, ces étés de lumière qui lui revenaient en mémoire soudainement. L'hiver de sa vie n'était pas terminé.

Le printemps avait cependant commencé à poindre le bout de son nez, apportant avec lui un parfum de renouveau dans les taillis, les bords des chemins, les jardins. Déjà quelques bourgeons se hasardaient dehors en libérant les toutes premières feuilles. « Comme tout va vite ici, quand on vit près de la nature… »

Dans le fond de son âme, une silhouette apparut, silhouette tant aimée, la guidant dans le petit bois à cèpes. Elle se voyait portant ce panier d'osier fabriqué par ce père prévenant, déjà garni de fougères pour protéger le trésor à venir. Quant à l'autre main, elle la lovait dans celle, forte, de son père, où elle se sentait bien arrimée. Tant de complicité entre ces deux-là. Elle sentait cette rassurante protection, tiède et douce. Dans un brusque réflexe, elle referma ses doigts pour garder sans doute cette impression de présence protectrice.

Elle essuya une larme et sortit retrouver la lumière naturelle du jour. Elle s'éloigna de la maison pour la détailler mieux, admirant l'agrandissement qu'avait souhaité Émile. « C'est un petit château… et c'est chez moi, chez moi, répéta-t-elle en pensée comme pour s'en convaincre. Suis-je bien revenue ? Pourquoi ne pas sortir au village et le faire savoir ? Peut-être tous savent déjà ? Je veux que l'on sache que mon fils a retrouvé sa mère ! »

Une décision habitait maintenant sa pauvre tête ; il fallait que l'on sût !

Elle s'habilla et passa annoncer à Juliette qu'elle allait faire un petit tour, que sa mère ne s'inquiète pas de son absence momentanée.

D'un pas décidé, elle alla jusqu'à Braillac et repéra la mairie.

Un homme affairé dans ses papiers la salua.

– Je cherche monsieur le maire, dit-elle.

– Je suis Antoine Verdale, le maire, que puis-je pour vous ?

– J'ai connu Jules Verdale mais…

– Je suis son fils, il y a quelques temps que je l'ai remplacé, il n'est plus de ce monde.

Elle hésita un instant.

– Je suis la fille de monsieur et madame Cabreloche, la mère de Denis.

Le maire se leva de son siège où il paraissait pourtant rivé. Son visage marquait l'étonnement et la surprise.

– Vous êtes donc Emma Cabreloche ?

Elle sourit pour toute réponse.

– Mais vous êtes…

– Oui, je suis revenue après une longue absence, je suis là, je voulais vous le dire et j'habite chez ma mère, à Costesoleil.

– C'est une excellente nouvelle mais…

– Au revoir, monsieur le maire, merci de m'avoir reçue.

Stupéfait, l'édile n'en revint pas. Oui, il connaissait l'histoire de la famille Cabreloche, du moins cette fuite qui avait tourné en disparition. Son père lui en avait parlé.

Il regagna son siège pour y couler son corps massif, lourd de plus de cent kilos au moins. L'assise était à sa mesure… Il tendit le bras vers le téléphone.

Le hasard fit si bien les choses qu'Emma et Marie-Thérèse se retrouvèrent sur le chemin du retour. Ainsi bras dessus, bras dessous, mère et fille regagnèrent leur demeure de Costesoleil.

– Il y a trop de temps que nous n'avons marché ensemble, dit Marie-Thérèse, mais que fais-tu sur ce chemin ?

– J'ai informé le maire de mon retour, ça m'a pris d'un coup, maintenant on saura…

Marie-Thérèse la gratifia d'un maigre sourire et toutes deux rentrèrent silencieusement.

# 21

– As-tu assez d'argent ? demanda Marie-Thérèse.

– Oui, maman, je n'ai pas besoin de grand-chose, ne t'inquiète pas…

Marie-Thérèse n'avait pas la moindre idée des ressources de sa fille et s'en préoccupait comme ferait toute mère.

Était-elle rassurée par la réponse d'Emma ?

– Voilà nos deux grands-mères, dirent les deux jeunes en les voyant arriver, une image à laquelle nous n'étions pas habitués.

Puis Denis, qui n'était pas loin, ajouta :

– Alors, maman, tu as été en ville, tu as osé ?

Il souriait de voir sa mère et sa grand-mère se promenant enfin ensemble. Emma, quant à elle, pour la première fois de sa vie s'entendait appeler « maman » et « grand-mère ». Ça ressemblait au bonheur, à un bonheur fragile cependant.

Les jours s'accrochèrent les uns aux autres tandis que le soleil réchauffait généreusement la campagne.

Le facteur se présenta un matin et demanda Emma Cabreloche… Surprise générale. Inquiétude.

Emma prit la lettre lui étant adressée et s'isola dans sa chambre. Lorsqu'elle en revint, tout paraissait comme avant sur son visage et elle n'en dit mot. Marie-Thérèse remarqua simplement un geste vers la cheminée où Emma jeta l'enveloppe discrètement.

Le lendemain matin, Emma demanda à son fils s'il voulait bien l'accompagner un moment dans les chemins alentour et pourquoi pas vers le ruisseau d'en bas, elle désirait lui parler en tête à tête.

Toujours tourmenté par les secrets de sa mère, Denis entrevoyait l'explication de ses aventures. Il craignait d'apprendre quelque infortune, quelque raté. Les indices donnés par les vêtements d'Emma, entre autres, ne laissaient présager rien de bon. On ne portait pas de tels vêtements en France !

Juliette et Paul observèrent Denis et sa mère aller dans les chemins traversant les champs descendant vers le ruisseau. Ils souriaient de les voir s'éloigner ainsi et, du bout de leurs yeux, aperçurent même Emma prenant le bras de son fils.

– C'est bien la première fois que je les vois ainsi, dit Paul, et ça me fait plaisir…

Tous deux retournèrent à leurs occupations. Ils entendirent l'horloge tinter trois fois.

Denis sentait cette main lui tenir le bras fermement, cette main qu'il aurait voulue toute sa vie près de lui… Ils marchaient lentement puis Emma lui demanda :

– Tes enfants m'ont parlé de Tribun, une marionnette que tu aurais inventée, raconte-moi…

– C'est une histoire, on peut dire ainsi, qui m'a amusé un moment. J'avais rencontré des Bohémiens avec mon copain Vincent. J'étais dans l'âge où je m'ennuyais énormément et ces étranges voyageurs nous ont adoptés en quelque sorte. Leur amitié sincère m'a surpris tout d'abord puis attiré. Ils m'ont offert un chien pour rompre ma solitude et, de plus, l'un des Gitans m'a appris à amuser les autres avec.

Emma regardait son fils sans l'interrompre, sauf par quelque quinte de toux comme à son habitude.

– Je l'ai appelé Tribun et je le faisais parler devant les gens éberlués. J'avais un talent qui me rendait différent, me donnait une disparité intriguante. Je n'avais pas de parents mais je possédais Tribun ! J'en étais même fier.

Un grand silence.

– Tribun est mort, et une amie m'a fabriqué une peluche, une marionnette, et j'ai continué à amuser les autres avec.

– Tu as toujours cette chose ?

– Oui mais elle vieillit dans un tiroir. Aujourd'hui j'ai autre chose à faire… Un jour, je te la montrerai…

– C'est une belle histoire, ça m'a fait plaisir de l'entendre, un merveilleux souvenir.

Denis s'arrêta soudain, et ses yeux questionnèrent Emma violemment. Elle avait compris. Elle l'avait prié de l'accompagner, ce n'était pas que pour l'entendre mais elle repoussait le moment difficile.

– J'ai l'impression que tout est devenu petit, les prés, les champs, et que le ruisseau est tout proche. Avec mon père nous venions ici, il m'avait appris à pêcher, à braconner même, à ne pas avoir peur des serpents et des grenouilles lorsque j'étais plus petite.

– Allons nous asseoir sur la rive, ce n'est pas encore les grandes chaleurs de l'été mais ça me rappellera…

Denis marqua alors une longue hésitation, puis reprit :

– Nous aurions pu aller à la cascade des loups, c'est un peu loin…

– Tu connais cet endroit si étrange, lugubre et froid ? Le soleil n'y pénètre pas souvent. Mon père m'y a conduite une ou deux fois, guère plus, c'est impressionnant. Il me disait alors : « Au bord du haut de la chute, tu peux être happé par le vide et être emporté… Tu n'y survivrais pas… »

– C'est ce qu'il me racontait aussi.

Quelques grosses pierres firent l'affaire pour s'asseoir et Denis sentit que sa mère s'apprêtait à aborder un sujet épineux. Les yeux d'Emma questionnaient le ciel, les environs, et lentement revenaient sur l'eau, toute proche, qui gazouillait comme à son habitude, gonflée par les pluies récentes et abondantes.

Quelques oiseaux dérangés déguerpirent, montrant leur mécontentement, et une légère brise anima soudain le feuillage des arbustes.

Emma se redressa, prit une grande inspiration et s'adressa à son fils. Peut-être était-elle plus pâle qu'à l'accoutumée.

– Mon fils, après ce que tu vas entendre, tu ne seras plus le même homme et le regard que tu porteras sur moi sera à jamais changé.

Il n'osait plus se tourner vers elle, craignant de ne pouvoir supporter ces propos dont elle venait de le prévenir.

Et la vérité sortit de sa bouche comme une coulée d'acide.

– Je me suis enfuie de chez mes parents pour suivre celui dont j'étais follement amoureuse, et qui m'avait tant promis. Je l'ai suivi contre l'avis de mon père, malgré ses mises en garde… J'avais dix-neuf ans. Il devait me présenter à ses parents dès notre arrivée à Paris. Il n'y eut pas femme plus heureuse à cet instant ; je partais à Paris, mener une grande vie. Je n'avais alors pas le moindre doute… J'étais son « bout de ciel bleu », je me souviens de ces mots. Il s'appelait Ludovic.

– Tu as rencontré ses parents ? intervint Denis.

– Non, il m'a conduite vers des amis qui nous ont logés provisoirement, en attendant d'habiter un bel appartement. Nous étions amoureux, il était sincère quand il disait vouloir faire sa vie avec moi. Je suis tombée enceinte et la vie a continué tant bien que mal car Ludovic avait une double vie. Il l'avait choisie depuis longtemps, au cœur de la violence, des trafics en tout genre. Elle ne tenait qu'à un fil parfois. Il m'a tenue à l'écart le plus possible mais un jour, tu avais dix mois, il a été victime d'un coup de force et, ce jour-là, il a payé de sa vie la trahison de l'un de ses coéquipiers.

Elle s'arrêta un moment. Denis respirait de plus en plus fort près d'elle.

– Il est mort dans l'incendie de leur cachette. C'est un des hommes de sa bande qui a pris soin de moi en m'éloignant quelque temps de là.

– Il t'a sauvée ?

Emma hésitait à poursuivre. Ses mains trituraient son jupon et elle baissait la tête.

– Pas vraiment. Ils m'ont pris sous leur « protection », comme on dit… Denis, ils m'ont fait chanter. Si je ne me prostituais pas pour eux, ils t'auraient fait du mal. Alors j'ai obéi.

Emma reprit après un long silence :

– Voilà, mon enfant, où j'ai passé ma vie : au fond du ruisseau… Je n'ai pas compris pourquoi tes enfants m'ont parlé d'Amérique. Si j'ai quitté le pays une fois, c'était pour l'Afrique du Nord, pas l'Amérique… et c'était quelques années après t'avoir confié à tes grands-parents.

– Grand-père est allé te chercher à Paris mais il est revenu sans toi. Il a rencontré une de tes amies je crois, une nommée… je ne me souviens plus mais c'était plutôt espagnol…

– Ce ne serait pas Annonciation, par hasard ?

– Il me semble mais je n'en suis pas certain. Elle te recherchait aussi, et puis on lui a dit que tu étais partie en Amérique, rejoindre mon père… Voilà ce que grand-père m'a dit et je n'avais aucune raison de ne pas le croire.

– Pauvre papa, comme il a dû souffrir lui aussi pour inventer tout ça…

– Pourquoi tu n'as jamais donné de nouvelles ? J'étais vivant moi et je t'attendais. Comment as-tu pu vivre ainsi ? hurla Denis. Mais comment as-tu pu ?

Il lui tournait le dos, il ne pouvait plus la regarder.

– C'est un monde cruel dans lequel j'ai vécu, indescriptible. Un monde de honte. Je ne suis plus rien désormais, rien. Ta mère est une putain, comprends-tu ? Une putain ! Qui voudrait d'elle ? Et toi, maintenant, me voudrais-tu encore pour maman ? Surtout ne réponds pas, laisse-moi encore rester près de toi un moment…

Denis ne parlait plus, respirant mal, se cachant le visage dans les mains.

– Tu m'as tout de même envoyé de l'argent via un livret de Caisse d'Épargne, comment as-tu fait ?

– Un jour, j'ai joué à la Loterie nationale, juste pour voir, pour essayer comme d'autres. Et puis voilà que mon ticket gagne une grosse somme. J'ai aussitôt pensé à toi et me suis débrouillée pour qu'elle soit en sécurité et qu'elle te parvienne un jour. On me l'aurait prise autrement, c'est la seule chose que j'aie pu faire de pas trop mal pour mon fils.

– Je suis loin d'avoir tout dépensé, je te le rendrai dès demain…

– Je n'ai besoin de rien, Denis. Je n'ai plus rien en ce monde et même ton regard s'enfuira face au mien.

Il baissait la tête, anéanti. Le poids du monde venait de lui tomber dessus et ses épaules paraissaient trop faibles pour le supporter.

Il ne voyait plus l'eau qui continuait à clapoter contre les rochers, ne savait plus si c'était le jour ou la nuit devant lui.

– J'ai pu rentrer par bateau grâce à des gens que j'avais rencontrés là-bas et qui avaient écouté mon histoire. Ils ont préparé mon retour en toute discrétion. Ce sont eux qui m'ont écrit, il y a quelques jours. Tu n'as pas prêté attention aux journaux ces temps-ci mais ils parlent de l'exode des Européens d'Algérie. Voilà comment j'ai pu te voir enfin, toi, l'être à qui j'ai pensé tous les jours de ma vie, même dans les plus mauvais moments, et il y en a eu… C'est un miracle d'avoir pu te voir. Tu es un homme maintenant sur lequel repose désormais un fardeau. Tu peux garder notre secret, je n'en dirai mot à personne, je te le jure !

Incapable de lever les yeux vers elle, il mesura ses forces comme bien minces. Il imagina sa mère dans d'étranges situations, les pires, et il eut ce sursaut de penser au mal qu'elle avait enduré depuis si longtemps. Un destin horrible, pourtant au départ placé sous de beaux auspices : une histoire d'amour avec son père, un vacancier parisien venu se perdre non loin de chez elle dont il était sûr aujourd'hui qu'elle ne connut jamais sa véritable identité.

Il ne parla pas de cet homme, n'en dit rien. Il n'existait pas pour lui. Denis se tenait la tête, ne regardait rien autour de lui si bien que, sans s'en rendre compte, son corps chut dans le ruisseau comme un sac de farine.

Aussitôt réveillé et relevé, il jura de toutes ses forces par des « nom de Dieu ! » retentissants.

– Quel idiot je suis, disait-il en sortant de l'eau, dégoulinant de partout, que vais-je raconter en rentrant ?

– Tu diras que je t'ai poussé dans le ruisseau et personne ne te croira, dit-elle. Il faut savoir mentir dans la vie…

Après ce qu'il venait d'entendre, il ne fut pas surpris par ses derniers mots.

– Viens, rentrons maintenant. J'ai la tête qui va éclater !

Les deux silhouettes cheminaient silencieusement l'une derrière l'autre, peu importait celle ouvrant la marche. Seules les chaussures de Denis faisaient grand bruit, pleines d'eau. En d'autres circonstances, on en aurait ri et on se serait esclaffé de la chose mais aujourd'hui n'était pas un jour comme les autres…

Emma n'avait plus rien à dire à son fils, délivrée de son secret si lourd à porter. Cependant, elle aurait pu lui raconter son périple du Maroc à l'Algérie, ses aller et retour, aux mains de proxénètes, entre ces deux pays où tout allait bien mal aujourd'hui. C'était cependant déjà beaucoup d'avoir pu exprimer cette vérité qui l'avait entièrement mise à nu devant son fils unique.

Qu'y a-t-il de plus déshonorant pour une mère ?

La grande maison apparut soudain, image bousculant brusquement leurs pensées dans ce silence seulement trahi par le crissement de leurs pas. Denis rentra dans sa grange, il y trouverait bien quelques affaires de travail pour se mettre au sec.

Dans sa pauvre tête, le pardon ne se dessinait pas, bien au contraire, il s'éloignait de plus en plus et se murait dans une forteresse.

Dès que la nuit tomba sur Costesoleil, il affirma que ses reins demandaient du repos et comme il le faisait parfois, il rejoignit sa chambre de bien bonne heure, sa manière à lui de se soigner comme le lui avait appris son grand-père en pareille occasion. Une manière de se soustraire aux questions qui n'auraient pas manqué de jaillir.

Emma fit comme d'habitude, prépara la soupe pour sa mère et toutes deux parlèrent d'autrefois, surtout de son père Émile qui manquait beaucoup dans cette maison.

– Un jour, lui dit-elle, ton père a été bien malade et on a même prévenu le curé. Ton père n'était pas homme à se tracasser de la sorte mais il était au plus mal.

– A-t-il reçu l'extrême-onction ?

– Il s'est confessé et j'ai entendu quelques mots dont je n'ai jamais compris la signification. Il ne demandait pas le pardon pour lui, non, il n'en voulait pas mais il le souhaitait pour quelqu'un d'autre, peut-être était-ce pour toi ? Pour ton absence ? Nous ne le saurons jamais. Ce qu'il faut que tu retiennes, c'est qu'il n'a jamais cessé de penser à toi et d'attendre ton retour.

Emma ne disait rien, essayant de revivre en pensée ces instants de bonheur éteints à tout jamais.

Elle n'était pas pressée de rejoindre sa chambre, ce qui intrigua Marie-Thérèse.

– Tu n'as pas sommeil, ce soir ? Le grand air avec ton fils ne t'a pas saoulée ?

Elle fit non de la tête. Marie-Thérèse annonça alors qu'elle devait en revanche rejoindre son lit, il se faisait bien tard.

– Tu éteindras la lumière avant de monter, quant à moi, j'ai les yeux qui m'échappent.

Emma demeura dans sa chambre un long moment, redescendit un court instant et remonta. La lumière de sa fenêtre ne s'éteignit pas cette nuit-là mais qui aurait pu s'en soucier ?

# 22

*Jeudi 19 avril 1964.*

Le temps jouait encore avec des giboulées de mars bien tardives qui lui pesaient au ventre.

Grand-mère Marie-Thérèse se leva un peu plus tard que d'habitude et alluma son feu de cheminée, une vieille habitude qui perdurait presque jusqu'en mai tous les ans pour reprendre à la mi-septembre parfois.

À voir la table, Emma n'avait pas pris son petit déjeuner comme il lui arrivait de le faire sans toujours attendre sa mère.

« Elle s'est peut-être endormie tard, la sortie avec son fils… »

Il était presque 10 heures lorsqu'elle frappa à la porte de sa chambre, inquiète. Pas de réponse une fois, deux fois. Elle tourna la poignée et dégagea l'entrée, juste pour apercevoir le lit. Celui-ci était fait, tout était en ordre dans la pièce.

Elle se rendit alors chez Denis, y trouva Juliette ; elle non plus n'avait pas vu Emma.

– Elle a dû aller au village y faire des emplettes, elle en avait envie ces jours derniers.

– Pardi, rien ne l'en empêche après tout. Elle reviendra bien à l'heure de la soupe, comme l'on dit chez nous.

Midi arriva et point d'Emma. Le chemin restait vide et les yeux de Marie-Thérèse se fatiguaient à le scruter. « Jamais elle s'est comportée ainsi… » L'angélus de midi sonna.

Sur la table de Marie-Thérèse, deux assiettes attendaient. Le chien surveillait sa maîtresse, assis sur son derrière, attendant lui aussi sa part.

– Tu attendras comme moi qu'elle revienne, tu n'es pas maigre, que je sache, d'ailleurs, à partir d'aujourd'hui, je vais te mettre au régime, ça te fera le plus grand bien…

Ainsi, Marie-Thérèse passait son impatience sur la bête qui ne devait rien y comprendre.

Denis apparut soudain dans l'entrebâillement de la porte demi-ouverte.

Il posa la question à sa manière en haussant le menton.

Elle répondit de même en bougeant la tête. Conversation minimale. Il repartit chez lui. Marie-Thérèse entama son repas sur le bout de la fourchette. L'appétit n'y étant pas, elle reposa ses couverts.

Il était maintenant 14 heures et Marie-Thérèse attendait assise sur une chaise, près de la porte. Rien ne se passait et le chemin demeurait toujours vide.

– Tu n'as rien pris, il faut manger, grand-mère, allez, passe à table, elle reviendra…

Denis avait haussé le ton pour l'obliger à chasser ses soucis.

– Tu devrais aller voir au village, Denis, si ça se trouve, elle est là-bas…

– Elle a dû rencontrer une connaissance et papote, comme toutes les femmes…

– Ça ne ressemble pas à Emma…

« Si tu savais, ma pauvre grand-mère, si tu savais… » pensait Denis.

– Pour te faire plaisir, je vais aller voir, ça ne me prendra pas longtemps.

Il prévint Juliette et partit en ronchonnant entre ses dents.

Braillac n'étant pas très éloigné, un kilomètre et demi à peine environ, il rejoignit le centre du bourg et vit quelques personnes attroupées devant la mairie.

– Que se passe-t-il donc ? osa-t-il demander avec une angoisse feinte.

– Le maire est parti de toute urgence vers la cascade des loups, des pêcheurs ont découvert un noyé, on attend aussi les pompiers…

Son sang ne fit qu'un tour. Et si c'était sa mère ? Oui, si Emma avait commis… ?

Il prit ses jambes à son cou et se dirigea vers les lieux de la découverte. Il entendit alors venir de la grand-route les klaxons des voitures de pompiers. « Mon Dieu, mon Dieu… faites que… »

Au pied de la cascade, des gens étaient attroupés, quatre ou cinq peut-être. On le vit arriver et plus il s'approchait, plus les hommes le regardaient, interdits.

Le maire, monsieur Verdale, s'avança vers lui, comme pour lui barrer le passage.

– Denis, soyez courageux, ce n'est pas beau à voir, nous pensons que c'est votre…

Il n'eut pas le temps de continuer que déjà Denis s'approchait du corps de la malheureuse. Sa respiration se bloqua un moment, et il dit simplement :

– C'est ma pauvre mère, ma pauvre mère.

Il se pencha sur ce corps retiré de l'eau et posé sur la berge. Le crâne avait été fracassé certainement dans sa chute. Ses pauvres vêtements avaient été rajustés en attendant que les pompiers n'arrivent, ainsi que les gendarmes, prévenus eux aussi. Ses paupières étaient closes.

– Je lui ai fermé les yeux, dit un homme, un de ceux qui l'avaient découverte, pardonnez-moi mais je ne savais que faire en attendant.

Denis acquiesça d'un hochement de tête.

– Je ne savais pas que votre mère était revenue d'Amérique, dit l'un d'eux, non, je ne l'ai appris que par monsieur le maire, il y a quelques instants.

Pompiers et gendarmes questionnèrent les uns et les autres.

– Il semblerait que ce soit sur un geste volontaire, avança l'un des gendarmes. Nous sommes obligés de l'emmener à l'hôpital à Aurillac, c'est la procédure.

Un pompier l'examina encore. Puis ils avancèrent la civière. Alors Denis demanda que l'on s'écarte, la souleva, la prit dans ses bras et la déposa sur le brancard.

– Était-elle dépressive, monsieur Cabreloche ?

– Ma mère est revenue à Costesoleil au début du mois de mars et vivait depuis près de sa mère, dans un mystère total quant à son passé.

– Elle ne vous a rien dit de particulier ces jours-ci ?

– Elle m'a simplement dit, et pas plus tard qu'hier, qu'elle me raconterait bientôt sa vie, « sa pauvre vie » disait-elle, « son Amérique », mais rien de plus. Elle avait quitté Costesoleil un jour pour suivre un garçon contre l'avis de ses parents. J'avais à peine deux ans lorsqu'elle m'a emmené ici et depuis je ne l'ai jamais revue, ni personne d'ailleurs…

Les pompiers ramenèrent la civière jusqu'au fourgon et expliquèrent à Denis que tout ceci était obligatoire.

Sur la place du village, un attroupement de gens parlaient à voix retenue et, plus précisément, attendaient le retour des gens en uniformes. Il ne se passait jamais rien d'extraordinaire à Braillac et pourtant, aujourd'hui, un drame venait de se produire.

Avant de s'installer dans l'ambulance où il accompagnerait la dépouille de sa mère, Denis demanda qu'on prévienne sa femme ; il rentrerait tard, très tard.

Le maire alla remplir la lourde et ingrate tâche d'annoncer le décès de sa fille à Marie-Thérèse Cabreloche.

Il était plus de 20 heures lorsque Denis revint à Costesoleil. Jeanne Madrage se trouvait près de Juliette et de ses enfants, tous groupés près de la cheminée, le visage défait, silencieux autant que l'était le mystère qui entourait Emma.

– Ma pauvre fille n'a pas trouvé ce qu'elle était venue chercher, dit Marie-Thérèse, j'en suis persuadée. Et toi, Denis, sais-tu quelque chose de plus à présent ? Cette Amérique, c'était quoi au juste ?

– Ma mère avait le corps usé comme une vieille femme, a dit le médecin. Elle était au bout de ses forces.

– Peut-être ne l'a-t-on pas assez aidée, dit Marie-Thérèse en sanglotant. J'aurais dû m'en apercevoir et l'empêcher de partir ce matin, mais voilà, je n'ai rien vu, rien entendu… Quel malheur !

– Bien des gens à Braillac n'étaient pas encore au courant de son retour, elle s'en était tenue à l'écart. Je les ai entendus parler entre eux.

Les deux fils de Denis avaient les yeux rougis par la peine de leur père et de grand-mère Marie-Thérèse. Ils se souvenaient de la mort d'Émile mais ne ressentaient pas le même chagrin. Inexplicable…

– Mais pourquoi est-elle allée à cette cascade ? Pourquoi ? Elle la connaissait certes, lorsqu'elle était jeune, Émile l'avait conduite dans ces lieux du diable ou des loups, je ne sais plus trop…

– Je crois qu'elle s'y est rendue en connaissance de cause…

– Si je comprends bien, elle s'est…

Elle n'acheva pas le mot et dissimula son visage dans ses mains.

– Il faut aller se reposer, lui dit Juliette, on ne changera pas le destin en restant là. Voulez-vous que je reste près de vous, ce soir ?

Elle fit non d'un geste mais accepta le bras qu'on lui proposait.

– Il faudra qu'on s'occupe de l'enterrement… Denis, tu pourras…

– Je m'occuperai de tout, essaie de dormir un moment.

Juliette passa la nuit dans un fauteuil près de Marie-Thérèse qui ne s'en aperçut même pas.

Au matin, quand elle la vit, elle lui demanda :

– Tu n'as quand même pas dormi ici ?

Juliette l'embrassa et lui prépara le petit déjeuner.

Marie-Thérèse s'enferma dans un silence inquiétant et laissa passer le temps en regardant par moments tout autour d'elle comme si elle ne reconnaissait pas sa maison.

L'ensemble des Madrage vint le lendemain, stupéfaits eux aussi d'apprendre ce qui venait de se dérouler ici.

Juliette leur expliqua l'étrange situation qu'ils vivaient depuis début mars.

– Emma voulait venir vous rendre visite, avait-elle dit ; elle se souvenait de vous deux et de tes parents, ajouta-t-elle en s'adressant à sa mère. Mais nous ne savons rien de sa vie, elle a emporté son secret.

– Cette histoire d'Amérique qu'avaient colportée certains enfants à l'école avait surpris bien des gens mais elle n'était pas la seule à y être allée, dans ce pays… pour y faire fortune.

Puis l'on se fit discret pour Denis. Ce qui n'empêchait pas de penser que tout ça n'était qu'une invention. Il y a partout des mauvaises langues…

D'autres gens de Braillac firent une visite, croyant pouvoir se recueillir devant le corps d'Emma. Marie-Thérèse restait dans son mutisme. Si la plupart des visiteurs comprenaient son état, ils demeuraient parfois plus que surpris, pour ne pas dire vexés, de ce retour dissimulé.

Juliette et Denis leur expliquaient qu'Emma avait demandé de ne pas répandre la nouvelle de ce retour et que devant sa santé précaire ils attendaient que celle-ci prenne une autre attitude.

Ils repartaient peu convaincus, ce qui ajoutait du mystère au mystère.

Le curé s'était présenté lui aussi à Costesoleil pour l'organisation de la cérémonie, attristé de cette fin peu ordinaire.

« C'est un accident », avait assuré Denis, conforté par des autorités n'ayant pas l'intention d'approfondir les recherches. À quoi bon ? Ils s'étaient rendus chez les Cabreloche, avaient jeté un œil sur la chambre d'Emma, ouvert son sac à main contenant simplement sa carte d'identité, quelques billets de banque, sa fortune sans doute, moins de 800 francs. Denis avait choisi des vêtements pour sa mère qu'il donna aux gendarmes. Face au désarroi du jeune homme, ils les emportèrent.

Denis et sa mère eurent une longue conversation sur un sujet qui tourmentait toujours Marie-Thérèse : les propos tenus par son mari au curé de la paroisse sur son lit de mort.

– Ce que j'ai entendu me tracasse encore, c'est vrai que je n'aurais pas dû l'entendre mais tu sais bien que nous autres, les femmes, nous sommes curieuses de tout et mon mari n'avait rien à me cacher…

– De quoi me parles-tu ?

– Ton grand-père, se voyant mourir, demandait le pardon pour une personne mais pas pour lui-même, voilà le problème et cette idée me ronge l'esprit depuis ce jour. Ne t'aurait-il rien dit à ce sujet ?

– Non, il ne m'a jamais parlé. Je te l'affirme !

– Je me demande bien où était l'Amérique de ma fille, oui, je me le demande, répétait-elle alors sans cesse.

Les petits-enfants, Paul et Olivier, savaient aussi qu'il y a des gens de toutes conditions dans les pays lointains. Mais on ne peut pas s'attacher sentimentalement à une grand-mère qui arrive à l'improviste et qui ne raconte rien de son absence aux siens, une carence de près de trente-six années…

Il n'y avait que Denis qui connaissait son secret, et il s'était juré de ne jamais le livrer, au grand jamais. Tiendrait-il sa parole au fil du temps ?

Il pensait que oui, quoi qu'il puisse arriver.

# 23

L'église de Braillac était bien silencieuse et froide lorsque le cercueil d'Emma y fut déposé par les porteurs habituels de la commune, des amis des Cabreloche.

Tous regardaient cette boîte de chêne clair posée sur le catafalque recouvert de tissu noir. Quelques pauvres fleurs naturelles et une gerbe en perles de verre l'accompagnaient. Il y avait aussi un christ en bronze fixé sur une plaque de marbre.

Denis avait un visage grave dont le regard ne se détachait pas du cercueil. Sa mère et son épouse, de chaque côté, semblaient le soutenir dans son tourment. Ses deux fils avaient les yeux mouillés et l'air perdu.

Un rang plus loin, la famille Madrage, au grand complet. Puis les amis de Denis, les commerçants du village, ceux qui avaient sans doute connu Emma dans sa jeunesse et qui portaient sur leurs traits l'âge de la défunte. Le maire Verdale se tenait droit et semblait estimer le nombre des présents, il en est souvent ainsi dans ces cérémonies.

Lorsque le curé commença son homélie, l'on se demandait ce qu'il allait bien pouvoir dire sur

Emma, quelle serait la portée de ses paroles, sur sa vie qu'il ne connaissait pas plus que les autres.

Il parla tout d'abord de ses parents, d'Émile, ce qui fit beaucoup pleurer Marie-Thérèse. Elle se questionnait encore sur son secret et le prêtre, qui savait, resta silencieux, ne faisant que son devoir en taisant le terrible destin d'Emma. Et ce retour, enfin !

Si Marie, la mère de Jésus-Christ, avait vu mourir son enfant sur la croix, aujourd'hui c'était l'inverse auquel on assistait ici, dans cette petite paroisse de Braillac, un fils qui enterrait sa mère…

Emma allait rejoindre ceux qui s'en étaient allés avant elle et l'on allait prier pour elle, pour le salut de son âme. Il fallait excuser cette absence, comme Dieu pardonne, et la considérer comme une épreuve demandée par Lui.

– Emma a besoin de vos prières, ne l'oubliez jamais, conclut-il.

Au cimetière, ce fut Marie-Thérèse que l'on dut soutenir, écrasée par la douleur soudaine de voir placer près de son père la bière de sa fille. Et certains, les plus proches, purent l'entendre murmurer : « Mon pauvre Émile, voilà que notre fille te rejoint aujourd'hui… Toi qui l'attendais tant… »

Allez savoir pourquoi le soleil en ce jour marqué par la tristesse dardait ses rayons les plus chauds depuis le début du printemps ? Voilà une étrange participation mais nul ne lui fit le moindre reproche… Le curé avait suivi le corbillard en début du cortège funèbre et demeurait silencieux.

Personne ne regardait plus loin que sa peine et pour certains elle était grande. Le bruit des pas sur le gravier venait, en écho, marquer sans doute l'appartenance de l'homme à la terre qui l'attend.

Le moment des condoléances fut pénible mais ici personne ne se résignait à les supprimer au sortir du cimetière, ç'aurait été un déshonneur.

Il y eut des mots aimables pour Denis en particulier ainsi que pour sa grand-mère. Denis tentait de s'échapper mentalement malgré lui de cet environnement mais Juliette le ramenait à la cérémonie. Lui tardait-il que cela finisse ?

Lorsque la famille demeura seule, elle fit un dernier adieu à Emma, se signa et tout doucement s'en alla. Le portail grinça quelque peu, et les terrassiers achèveraient plus tard leur besogne.

Tout était terminé et l'on ne parlait pas. Chacun emportait en secret ses émotions, ses pensées, ses illusions aussi.

Les Cabreloche, réunis chez Denis et Juliette, préparèrent la table. Midi étant dépassé, chacun s'assit et prit ses couverts. La vie reprenait ses droits et petit à petit des mots étaient échangés et des conversations aussi.

Ils s'étonnèrent, tous sans le dire, d'avoir un bon appétit.

Que n'a-t-on pas raconté sur des repas de famille au retour du cimetière, lorsque le défunt leur avait demandé (ce qui demeurait fort rare) qu'un bon vin fût tiré, servi et bu en sa mémoire. Ce n'était pas le cas ici mais chacun faisait en sorte que son voisin de table ne fût pas écarté de la conversation.

– Nous avons eu beaucoup de monde, lâcha soudain Marie-Thérèse qui avait repris des couleurs.

– Oui, dit simplement Denis. Maman n'était pas oubliée…

Et l'on ne parla plus de cette cérémonie.

On quitta les vêtements du dimanche pour ceux du travail, on devait encore s'occuper des bêtes… Marie-Thérèse traîna un moment en compagnie de Juliette et finit par rentrer chez elle où elle ranima le feu.

Une page du grand livre de la vie venait de se tourner jusqu'au jour où d'autres…

La vie avait repris normalement son cours à Costesoleil. Ce silence entretenu dans le monde paysan permet aussi de reprendre le collier plus facilement. À quoi bon se tourmenter sans fin ? Rien ne change tout à fait et chaque jour ressemble au lendemain…

Denis avait besoin de se retrouver seul parfois et malgré ses précautions, Juliette le voyait. Elle lui abandonnait volontiers ses moments de recueillement, les protégeait même en demandant à ses enfants de comprendre. Ils comprenaient, et les jours devinrent plus doux.

Environ une bonne semaine plus tard, Vincent, son grand ami Vincent Reboilleux, leur rendit visite alors que Denis donnait une ration supplémentaire à ses « allaitantes ».

Après les salutations amicales d'usage, Vincent aborda rapidement un sujet qui lui tenait à cœur. Il s'agissait toujours de Marie Santalouisa, sa chère petite Marie d'Andalousie.

– Tu penses toujours à elle, à ce que je vois…

– Plus que jamais, mon cher ami, plus que jamais ! Nous nous sommes entendus pour nous revoir, cette fois c'est décidé !

– Viens jusqu'à la maison, nous allons parler de ça devant un verre, une nouvelle pareille…

Juliette était absente de la maison à ce moment-là, Denis trouva deux verres et sortit une bouteille.

– Celui-là va nous réchauffer, tu peux me croire, alors, raconte-moi…

– Je vais partir en Espagne, mon premier voyage ! Et mon père est d'accord, pour une fois.

– À ton âge tu n'as quand même pas besoin de son autorisation ?

– Mes parents sont comme ça, et moi ça ne me dérange pas.

– Alors quand pars-tu ?

– Entre les fenaisons et les moissons, ça va dépendre de l'avancement des prairies mais voilà la fourchette, et pour une bonne huitaine de jours.

– Tu vas donc revoir Marie et Jésus, je n'ose y croire. Es-tu sûr d'aimer encore Marie ? Elle a peut-être changé physiquement, tu n'en sais rien ?

– Je suis sûr que rien n'a changé, bien au contraire, et Jésus a toujours veillé sur elle.

– Je pense à une chose, Vincent. Lorsque vous reviendrez tous les deux au pays, je vous promets une soirée avec Tribun, je l'ai délaissé depuis longtemps, ça me changera les idées après tout ce qui vient de m'arriver.

– Tu me fais plaisir, Denis. Marché conclu !

Ils parlèrent un moment encore et Vincent prenait congé au moment où Juliette rentra.

– Je vous y prends, tous les deux, on ne s'ennuie pas, à ce que je vois ! s'exclama-t-elle joyeusement.

– Je t'expliquerai, rassura Denis, nous ne nous adonnions pas à la boisson comme le laissent supposer les verres sur la table… Nous parlions mariage…

Vincent éclata de rire, un rire si communicatif que tous firent comme lui.

Puis Vincent embrassa Juliette et s'en retourna chez lui, ravi d'avoir rencontré ses amis et d'avoir partagé ses espoirs, ses projets.

Denis raconta l'entrevue à Juliette.

– Je me souviens de ces Gitans, ils proposaient leurs paniers et réparaient les chaudrons de cuivre, les enfants venaient à l'école quelques jours, oui, je me souviens et toi, tu étais souvent fourré chez eux avec Vincent…

– Ces gens du voyage m'ont beaucoup apporté dans ces moments où je me sentais perdu. Lorsque Tiago m'a offert un chien, j'étais alors le gosse le plus heureux du monde.

Juliette comprit qu'il ne fallait pas épiloguer davantage sur ce sujet. Denis se souvint d'un projet…

Bras dessus, bras dessous, ils allèrent tous deux voir Marie-Thérèse pour bavarder un moment.

– Le soleil de mai commence à me réchauffer les os, dit-elle en les voyant s'approcher. Je réfléchissais sur ma chaise, moitié à l'ombre, moitié au soleil.

– C'est bien ainsi, grand-mère, il faut prendre de l'énergie pour l'année…

– Et toi, Juliette, tu accompagnes ton homme aujourd'hui ? Tu pourrais nous faire un café ?

– Tout de suite, il y en a pour une minute…

– Tu as vraiment une brave épouse, Denis, oui, une charmante épouse…

– Nous sommes venus t'annoncer que nous allons ouvrir une porte entre chez toi et chez nous, nous l'avons décidé ainsi !

– J'ai comme l'impression qu'il n'y a rien à ajouter, je suis une pauvre victime, dit Marie-Thérèse en simulant des pleurs.

– Tu es bonne comédienne, mais prochainement nous serons dans la même maison, enfin ! C'est une envie qui n'est pas nouvelle, et tu le sais…

– Il en avait été question lors de la mort de mon pauvre mari et je n'avais pas voulu. Tu es maintenant le maître des lieux, il faudra penser à la succession, c'est bien naturel. Ta pauvre mère disparue, tu es désormais le seul héritier…

– Voilà le café ! Denis, avance deux chaises, nous sommes bien ici, il fait si bon…

Marie-Thérèse regardait la maison, sans rien dire, le regard balayant la construction agrandie.

– Qu'il pleuve ou qu'il vente, tu n'auras plus à subir le mauvais temps pour prendre tes repas avec nous. Et pour Paul qui veut occuper la chambre de ma mère, ce sera plus facile, pas vrai ?

– On commence demain, mon frère vient nous donner un coup de main, annonça Juliette.

– Après tout ce n'est pas une mauvaise idée, dit-elle enfin en souriant.

Le lendemain, la poussière envahissait la maison tant le mur et son mortier étaient vieux. Puis ils fixèrent des montants très lourds de bois, reprirent au mortier les espaces laissés et, petit à petit, cette trouée imprévue donna le sourire à Marie-Thérèse.

Trois jours plus tard, elle traversait ce couloir sans risque et avec le sourire. L'éloignement entre eux, même bien faible avant, avait disparu et ce rapprochement plaisait à Marie-Thérèse au-delà de ses craintes.

– Nous sommes vraiment tous ensemble maintenant. Dommage que Paul ronfle dans son sommeil, là-haut…

La bonne humeur aidait à effacer les mauvais souvenirs récents. Le regard de Marie-Thérèse était toujours pétillant lorsqu'elle riait derrière ses petites lunettes. Ses rides se creusaient alors davantage autour de ses yeux.

Elle disait souvent à Olivier :

– J'espère que tu vas l'avoir, ce certificat d'études, comme ton frère Paul.

– Oui, grand-mère, je travaille sérieusement car j'ai trop envie de rentrer comme apprenti chez monsieur Vogière, le boulanger.

– Ça te tient toujours ? Comment ça t'est venu, cette envie de faire du pain ?

– C'est bizarre mais, un jour, un copain m'a fait rentrer dans le fournil de monsieur Vogière. Voilà comment ça a commencé. Il y avait une odeur de pain chaud, de farine, et de la poussière blanche qui collait à nos vêtements, et ça ne me gênait pas. La chaleur de l'endroit me plaisait tant que je n'en serais jamais sorti.

– Tu es un drôle de petit mais je t'aime tant, mon pitiou… Je te le dis parce que nous sommes seuls… dit-elle en lui envoyant un clin d'œil.

## 24

Les jours avaient passé sans qu'on n'évoque trop souvent la disparition d'Emma. Tous s'étaient rendus au cimetière une fois et recueillis près de la tombe où un tertre de terre s'élevait encore de vingt centimètres. Le renflement se tasserait petit à petit, la gerbe de fleurs de verre serait alors bien placée ainsi que la croix.

Cependant, malgré ses airs détachés, Denis n'oubliait pas sa mère, y pensant tous les jours, surtout au moment de s'endormir.

Plus le temps passait, plus il se sentait coupable de quelque chose d'indéfinissable et de déchirant. Elle lui avait confié son lourd secret, sa vie passée dans les bas-fonds.

Le courage dont elle avait fait preuve le subjuguait. Où avait-elle puisé la force ? En tant que mère, laisser s'échapper l'atroce vérité dite avait dû lui labourer le cœur et l'âme.

Avait-elle prémédité de mourir ici, dans son village natal, après le périlleux aveu ? Il ne le pensait pas, il ne pouvait l'imaginer ainsi. Mais alors, à quoi rimaient ses pensées ? Il ne savait pas mais un sentiment étrange avait fini par le gagner peu à peu.

Contemplant le ciel en ce début d'après-midi, il sut que les nuages approchant avaient envie de pleurer. Il prit une veste de pluie et annonça à Juliette son intention de faire un tour vers ses champs, ses prairies…

Juliette connaissait ce besoin qu'ont les hommes d'arpenter leurs terres parfois, de cheminer là où bon leur semble pour savourer « s'il en était encore besoin » ce sentiment de posséder les biens qu'ils foulent, écrasent sous leurs brodequins ou leurs bottes.

Les chasseurs font de même dans les territoires giboyeux sans pour autant que les surfaces ne leur appartiennent sinon que le temps de leur passage. Les pêcheurs développent une pratique similaire en suivant le bord des ruisseaux. C'est peut-être ce que l'on appelle communier avec la nature ?

Denis s'éloigna de la ferme et disparut. Juliette l'avait suivi du regard le plus loin possible.

Dans la tête de Denis se dessinait sûrement sa destination précise. Il longea les prés, les champs et les bois qu'il connaissait. Une colline importante toute proche, et le ruisseau aux truites. Plus il avançait, plus il devinait le bruit qu'il attendait. Il pensa à son grand-père qui l'avait accompagné ici, puis à Juliette qu'il avait amenée dans ces lieux malgré son peu d'enthousiasme à le suivre.

Les nuages s'arrêtèrent soudain de déverser leur ondée. Au bruit de la cascade, il sut qu'il était tout près.

Il sentit soudain une fine bruine imprégner son visage, un vent contraire le surprit. Puis le pied de la chute, baigné d'écume, apparut. Les souvenirs récents le submergèrent. Là, oui, sur ce bord, le corps de sa mère étendu avait échoué, déplacé par les remous puissants et le bouillonnement incessant.

Des frissons s'emparèrent de Denis tandis qu'il scrutait la hauteur de la chute d'eau toujours aussi impressionnante et bruyante. Il distinguait nettement ses aspérités meurtrières.

Les bords des rochers suintaient d'un ruissellement indéfini. Le froid lui glaça les os, et il eut le sentiment d'entrer dans un monde irréel. Malgré tout, il ne voulait pas s'éloigner, même si un pêcheur de truites passa par là.

Le ciel se dégagea au-dessus des lieux. Denis se cala, assis, dans un coin. Il fut alors assailli de pensées diverses et incontrôlables. Tout à coup, il culpabilisa, il avait enfin trouvé pourquoi sa mère avait subitement mis fin à ses jours, le lendemain de ses aveux, dans le silence et dans l'effroi…

Prenant alors son visage dans ses mains, il pleura toutes les larmes de son corps, la poitrine secouée par des sanglots douloureux.

« Pourquoi ? Pourquoi ? N'ai-je pas compris ce qu'elle me demandait ? Moi seul aurais pu le lui donner et, comme un orgueilleux, comme un homme dominant, je n'ai rien compris, je n'ai rien pu dire tant mon orgueil et ma lâcheté m'étouffaient… »

Le visage ruisselant, les cheveux dégoulinants, la figure rougie par ses mains la comprimant, il souffrait de n'avoir pas compris sa pauvre mère.

Tout à côté de lui continuellement et dans un bruit assourdissant, l'onde bouillonnait dans des éclairs métalliques.

Denis oubliait le temps, paralysé dans sa souffrance nouvelle. Alors, n'en pouvant plus, il leva les yeux vers le haut de la cascade et cria de toutes ses forces : « Maman ! Maman ! » Puis il supplia : « Pardonne-moi, pardonne-moi ! Je n'ai rien compris ! »

Il enferma sa tête dans ses mains quelques minutes et quand il rouvrit les yeux, il vit ce que personne n'avait vu jusqu'à ce jour : un arc-en-ciel jaillir du haut des lieux et se courbant en direction de Costesoleil !

Subjugué, les yeux et la bouche grands ouverts, il se leva et déploya puis tendit ses bras vers le ciel, ignorant le bruit immense qui l'entourait :

– Merci maman ! Merci maman ! Tu m'as répondu et pardonné alors que c'était à moi, ton fils, de le faire lorsque tu t'es confiée. Je ne l'oublierai jamais.

Il avait changé de place tout en observant ce miracle, un arc-en-ciel ici, à la cascade des loups. Il se rappela le phénomène que produisaient les deux cailloux que l'on posait sur les oreilles et que son grand-père lui avait conseillé de bien cacher dans un creux du rocher. Il les retrouva et tenta de nouveau d'entendre le hurlement des loups. Rien ne se manifestait. Il insista et crut entendre alors une douce voix lui dire : « Je t'aime et je te pardonne, mon enfant, puisque tu m'as pardonné… »

Il sécha ses larmes qui n'avaient plus de raison d'être. Il tentait de sourire à l'arc-en-ciel en serrant bien fort dans ses poches les deux pierres magiques. Puis il but ce que purent contenir ses deux mains réunies.

Il se réjouissait d'être venu, ne sachant cependant s'il pourrait un jour raconter ce qu'il venait de vivre.

Sa veste lui tenait chaud maintenant et il marchait d'un bon pas, le chemin lui paraissait facile. Le ciel s'étant dégagé de presque tous les nuages, il perdit tout à coup les traces de l'arc-en-ciel. Il n'avait pourtant pas rêvé !

Au détour d'un sentier quelqu'un venait à sa rencontre, d'un pas décidé. Juliette courait vers lui pour lui annoncer une surprise.

– Comment savais-tu que j'étais par là ? lui demanda-t-il.

– Nous, les femmes, avons un sens de plus que vous, les hommes. As-tu aperçu l'arc-en-ciel venant de la cascade des loups ?

– De quel arc-en-ciel me parles-tu ? dit-il en riant. Moi je n'ai rien vu…

– Tu ne sais pas mentir, mon cher mari…

Il aurait voulu lui révéler cette vérité brûlante qu'il détenait, mais il s'était promis de garder son secret. À quoi bon le divulguer ? Il essaierait encore et encore de le préserver tout au long de sa vie…

Il en avait eu une honte immense, infinie, un certain soir où il n'avait pu développer la moindre réflexion, la moindre acceptation. Cela avait été pour Denis comme un aveuglement, un anéantissement…

– Tu n'as pas pu t'empêcher d'aller là-bas ? s'entendit-il dire.

– Je n'ai pas pu, en effet, et je t'ai ramené deux cailloux, ces fameux cailloux avec lesquels mon grand-père m'a appris à entendre les loups, un jour…

– Moi aussi, je les ai entendus, ou j'ai cru les entendre, j'étais sous le charme de tes paroles.

– Je devais avoir neuf ans et j'avais organisé une promenade avec Vincent. Je m'en souviens car je suis parti seul, avec un morceau de pain et du fromage dans une musette. Je l'avais fabriquée moi-même avec un sac de toile et des ficelles croisées. La participation de Vincent n'était qu'un faux prétexte, c'était pour avoir la permission d'un après-midi… Coiffé d'un drôle de chapeau, je suis parti seul à travers champs et bois, chassant les herbes de mon bâton, un bout de branche trouvé le long du chemin.

Juliette l'écoutait silencieusement.

– Je suis arrivé près de la cascade et au lieu de m'en approcher comme je l'ai fait aujourd'hui, j'ai eu peur d'elle, de ce bruit, de cette moiteur me collant au visage. En réalité, je l'ai contournée, j'ai escaladé la colline pour la regarder d'en haut et j'ai eu encore plus peur.

– C'était bien mieux avec ton grand-père, n'est-ce pas ?

– Je voulais jouer à l'homme, pensant que tout était possible mais, hélas, une peur soudaine m'a attrapé. J'ai pressé le pas pour m'en retourner et je croyais entendre les loups au loin défendre leur territoire. Pardon de te raconter de telles histoires, je dois paraître bien idiot…

– Un lieu tout de même pas ordinaire, cette cascade sans arc-en-ciel, sauf aujourd'hui !

Denis lui serra davantage la main et tous deux revenaient maintenant vers Costesoleil.

À un moment, n'y tenant plus, elle chercha dans la poche de la grande veste de Denis les fameux cailloux. Elle les colla à ses oreilles.

Il l'observait en souriant, essayant de deviner l'émotion sur son visage.

– Je n'entends rien…

– Nous sommes trop loin maintenant.

Le charme avait-il été rompu ?

– Voilà qui restera un bon souvenir, dit-il tandis que Marie-Thérèse les apercevait dans le chemin.

Elle leur fit un signe avec sa canne.

Denis se remit au travail. Il n'oublierait jamais ce qu'il avait vu, du côté de la cascade des loups…

Tandis que le temps se mettait à courir plus vite et plus loin, Denis demeurait bouleversé par ce qu'il avait vécu, là-bas, sous les nuages se promenant au-dessus des collines, ignorants et insensibles aux tourments des hommes.

Quant au ciel, il prenait des instants pour l'observer, et par-delà ce bleu si pur, il y avait un visage qu'il voulait retenir mais qui s'enfuyait, s'effaçant chaque semaine un peu plus.

La fin de juin approchait.

Alors qu'il regardait d'un peu plus près les objets placés sur la tablette de la cheminée où il avait déposé les deux cailloux, machinalement il se saisit du petit pot d'argile, souvenir modelé par les mains de sa mère au temps de sa scolarité.

Comme il le caressait presque affectueusement, il remarqua qu'il contenait un bout de papier roulé, glissé dans le fond. Un oubli, sans doute, pensa-t-il. Il l'extirpa délicatement.

Oh ! Surprise !

Ces quelques mots écrits à la main lui étaient destinés.

*Le 18 avril 1964, 23 heures.*

*À Denis, mon cher enfant.*

*J'ai pu revenir enfin pour te voir et j'ai découvert un homme et sa famille. Je sais maintenant que tu vis. Je peux m'en aller.*

*Ta maman*
*Emma.*

Interloqué, il lisait et relisait ce message, les derniers mots de sa mère avaient été pour lui. Daté du 18 avril, le soir même de leur terrible entrevue au bord du ruisseau.

Accaparé par des réflexions douloureuses, il n'avait pas entendu Juliette arriver près de lui. Il la découvrit et, sans un mot, lui remit le document, la clef de sa disparition, sa préméditation.

– Où as-tu trouvé ce papier ?

– Dans ce minuscule vase de terre que ma mère avait offert à la sienne quand elle était une petite fille, un cadeau de la fête des mères sans doute…

Elle le lut, et, bouleversée, le lui rendit sans le moindre commentaire.

– Viens, Denis, Olivier va t'annoncer une bonne nouvelle !

Son jeune fils brandissait un document ardemment gagné, le fameux certif !

– Je l'ai eu, papa, je l'ai eu. Je vais de ce pas avertir monsieur Vogière…

– Va, mon fils, et sois heureux de nous ramener un jour ce pain de la vie.

Denis jeta un œil au ciel. Avec sa femme, ils rejoignirent gauchement le jardin, ne sachant quoi faire d'autre. Ce lieu respirait le calme et la sérénité dans un ordre parfois imparfait. Quelques pieds d'oseille bordaient l'allée en compagnie de ciboulette, de persil, de romarin, de thym, toutes ces choses insignifiantes et d'autres encore donnant cependant tant de saveur en cuisine.

Soudain Denis saisit Juliette, lui barrant le chemin et, sur le ton de la supplique, il lui demanda :

– Aide-moi, Juliette, à protéger grand-mère le plus longtemps possible, le seul lien vivant désormais qui me lie à mon passé…

Sa femme lui sourit. Denis, retombé dans ses pensées, dit alors :

– Une omelette à l'oseille, voilà qui mettrait de bonne humeur l'ami Vincent, il adorait ça…

– Il doit adorer encore, pourquoi ce temps au passé ? Ce n'est pas parce qu'il est parti que…

– Un jour, ma mère a suivi un homme qu'elle aimait… J'espère que Vincent et Marie auront plus de chance… et que nous les reverrons un jour.

Juliette tourna la tête et s'exclama :

– Denis, regarde qui nous rejoint, un panier au bras !

Grand-mère Marie-Thérèse avait aussi besoin de leur compagnie.

# Épilogue

*L'anniversaire de Paul. Dix-neuf ans !*

« Paul a approximativement l'âge de ma mère lorsqu'elle a quitté le pays », pensait Denis.

Que de calendriers avait-on épuisés !

Grand-mère Marie-Thérèse avait veillé au menu du repas, comme toujours indispensable, malgré ses douleurs persistantes. Juliette ne pouvait se passer d'elle dans cette famille marquée par une terrible tragédie.

Denis tentait de se détacher définitivement de cette enfance et de sa jeunesse passée à attendre, toujours espérer ce retour qui lui avait mangé une partie de sa vie.

Ses enfants avaient grandi dans cette maison, bien à l'abri des choses tristes de la vie, lui semblait-il.

Aussi, ne comprenaient-ils pas leur père contemplant le ciel chaque matin. Ils avaient remarqué que son regard n'oubliait jamais de se porter en direction d'une cascade d'où avait jailli un jour un arc-en-ciel. Plus jamais le phénomène ne s'était reproduit.

Olivier, devenu ouvrier chez le boulanger du village, avait préparé et cuit le pain nécessaire pour la fête de son frère !

La lumière matinale éblouissait parfois les yeux de Denis, mais non son cœur, et les lieux du drame lui demeuraient interdits comme à ses enfants.

La pensée de cette cascade maudite s'éloignerait petit à petit, et peu importait si parfois on parlait encore des histoires de loups dans le pays.

À la fin de ce beau jour d'anniversaire, Juliette observa attentivement le visage de son mari qui scrutait le firmament, éternelle voûte bleutée.

– Tu as l'air inquiet…

– Pas le moins du monde, ma chère Juliette, je sais maintenant que demain il fera jour…

Achevé d'imprimer
à Noyelles sous Lens
pour le compte de France Loisirs,
123, bd de Grenelle
75015 PARIS

*Imprimé en France*
Dépôt légal : janvier 2013
N° d'édition : 72453